黄佟佟 著

春光好
Good Spring

花城出版社
中国·广州

图书在版编目（CIP）数据

春光好 / 黄佟佟著. -- 广州：花城出版社，
2023.1（2023.1重印）
ISBN 978-7-5360-9804-6

Ⅰ. ①春… Ⅱ. ①黄… Ⅲ. ①中篇小说－小说集－中国－当代②短篇小说－小说集－中国－当代 Ⅳ. ①I247.7

中国版本图书馆CIP数据核字(2022)第193202号

出 版 人：张 懿
责任编辑：周思仪　王梦迪　刘　欢
技术编辑：凌春梅
装帧设计：迟迟工作室

书　　名	春光好 CHUNGUANG HAO
出版发行	花城出版社 （广州市环市东路水荫路11号）
经　　销	全国新华书店
印　　刷	佛山市浩文彩色印刷有限公司 （广东省佛山市南海区狮山科技工业园A区）
开　　本	880毫米×1230毫米　32开
印　　张	11.5　1插页
字　　数	210,000字
版　　次	2023年1月第1版　2023年1月第2次印刷
定　　价	59.80元

如发现印装质量问题，请直接与印刷厂联系调换。
购书热线：020-37604658　37602954
花城出版社网站：http://www.fcph.com.cn

这是一本写了 20 年的小说集

序

别样的存在

张 欣

　　文学是接受美学,能否触动人心需要作家和读者的共谋。所以就作品之外的发言都有些多余。同时,文学又是别样的存在,没有鲜明个性的作品即使在出版门槛偏低的今天,仍旧找不到存在感。

　　这便是文学温柔的倔强。

　　给佟佟的新书写序当然是我的荣幸。对于作者而言,其实写文章并没有前辈后辈之分,有人说我早悟或者晚悟到这些,呕心沥血;有人说我是哭着写完这些,心如刀割。这些都没有意义,文章只是客观存在。

　　这也是文学冷酷的一面。

　　这本小说集的特点就是呈现——高饱和度的饱满的呈现。

　　这也是佟佟一贯的写作风格,没有说教,只有呈现,在人物身上表达她对人生的感悟和理解。所有这些大多来源于她的亲身经历和剪裁、提炼、思考、追问,她是记者出身,除了见多识广，对各种人物的观察也是敏锐犀利的。

所以她的作品鲜活而不陈腐，有一种泥沙俱下的即视感。

不说教，其实很难。

像我，也会挤在小说里面说些有的没的，不肯做归隐派。到处金句，这是毛病，得改。

终于，我可以讲讲佟佟这个人了。以往我们写序的习惯是尽量多地谈作品，其实作品是靠阅读去体会的，完全不必事先定义。所以我一直认为谈人更重要，因为文章来自于"我手写我心"，点点滴滴无不诠释作品的底色。

小说当然也是人的主宰。

首先，我觉得新时代的文学，已经不能完全靠技能和所谓的才华或者标新立异什么的来出位，更需要的是胸怀、格局、眼界、开疆拓土的勇气，佟佟身上就有比较强烈的时代特色。传统纸媒解体之后，业内人士纷纷投奔怒海，其实是一次伤筋动骨的转身，大家都遭遇了想象不到的困难。

但是她却以一己孤勇，和蓝小姐一起创立了自己的公众号，日夜不休地写作，拥有了自己坚实的粉丝团，成为城市中产阶级女性的贴心密友，她不是在采访就是在去采访的路上；像去北京、上海这样的城市参加活动居然可以当天来回，可以说她的工作量惊人，许多男性也未必吃得消。她是那种燃烧型的作者，只有在满负荷、高能量的运转中产生永不熄灭的创作灵感和写作激情。

她代表了一种精神，是一种全力以赴的时代精神。

她打破了那种"我有才华，我是作家，全世界都应该为我让路"的魔咒，而是奋斗、成就、我终将亲手改变自己命运的独立宣言。

其次，在文学式微的今天，佟佟希望回归文学多少令我有些意外，本来对于财务自由的她来说完全不必重新挑选这条辛苦的路，可见不忘初心植根于她的心灵深处。是的，文学之路的艰辛在于自我内耗、自我折磨，而且没有什么性价比，几乎就是一种信仰的选择。

然而华屋美服、大品牌的包包跟我们的信仰是不矛盾的，就像我们不是因为贫困而写作，很富有也可以爱文学，因为那是我们的精神解药。

我想这也是佟佟选择回归文学的意义。

再次就是佟佟身上那种从未泯灭的好奇心，以及对于陌生世界的求知欲。这也是一个作家不可或缺的品质。

常常，作家会有一种莫名的智力优越感，觉得自己无所不通。这其实只是一种幻象而已，没有人的知识和认知能力不会老化，自以为是是作家致命的天敌。

而佟佟是善于学习的，她对于绘画（同时也收画）、音乐（有特色的明星演唱会必到现场）、健身、美食、装饰、旅游等都充满了兴趣，遇到有才华的同道，会主动结识、交流、华山论剑。所以她是一个开心的人，即使在创业艰辛、苦哈哈的日子里也是乐观向上的。

并且佟佟甚喜广交天下豪杰，朋友多如星辰，大有"九死南荒吾不悔，兹游奇绝慰平生"之风。

最后一点尤为重要，就是佟佟乐于助人的习惯，常常将自己的朋友、关系、平台、渠道介绍给熟人和朋友。能做到这一点相当不易，我前面说了，这是一个需要胸襟的时代，可是同时又是焦虑、内卷横行于世的时代，每个人的关系网都是自己不能见人的存折，很难无私地跟朋友分享。

不遗余力地夸奖朋友的作品，这种精神即使在今天都难能可贵。

然而这一点却成为她身上醒目的标识。

说回这本小说集，现在你是不是非常希望一探究竟了呢？那就对了。我一直认为我们是因为热爱生活才热爱文学（当然因为热爱文学才热爱生活的人也很多），所以我才介绍了一个别样的作家。

她是疾风暴雨的，又是细致入微的。

她是广博富饶的，又是直指内心的。

记得看她的跋，那是粗略的编年史，点点滴滴于心灵深处，无不体现出文学不可替代的功能——抚慰与共情。

那么就让我们跟着佟佟的笔触走进一个五彩多姿的精神世界，也许那里有一面镜子，可以让我们重新认识和观照自己。

或许也能够让我们沉思、遥想、重温来时的路。

目 录

小镇·乡村

天生怪病 …………………………………… 3
吴中桃花 …………………………………… 9
猪经纪疤面 ………………………………… 14
美人梅细 …………………………………… 18
葛 明 叔 …………………………………… 27
易刺毛的故事 ……………………………… 37
漫不经心的母亲 …………………………… 42

厂矿·小城

发 明 家 …………………………………… 75
小戴奶奶 …………………………………… 84
栀子姐姐 …………………………………… 93
飞　女 …………………………………… 112
由老太 …………………………………… 125
星　妹 …………………………………… 130
爱 莲 说 …………………………………… 134
春 光 好 …………………………………… 194

都会·流年

地 税 员 ……………………………… 259
大 罗 ……………………………… 266
哥 哥 ……………………………… 272
白桃杜薇 ……………………………… 281

我的三重宇宙（跋）……………………………… 341

小镇·乡村

这个镇叫白沙镇,就是湘中地区普遍可见的那种古镇。镇不大,但什么都有,米粉店、鞋店、剃头铺、棉花店、铁铺、医院、学校……

天生怪病

> 由得她去，一人有一人的命。

这是真事。

白沙镇的人都叫她文先生，有的干脆就叫她先生。

文先生不是教书先生，她只是认识字。在没有做裁缝之前，她当过二十来年的尼姑。

文先生当尼姑也事出有因。三岁，还是肉团团的娇娈娈，嫩白粉红，藕节似胳膊，是年画里的娃娃，却得了怪病，看见肉就哭，凡菜沾了猪油必呕。文先生家里颇有一些田地，变卖了到处寻访名医，总也治不好，不吃不喝，日夜啼哭。

总是不断地生病，不断地生病，不断地生病，人瘦成一根茎，都说只怕活不长。算命先生来算过命，说她命格硬，必须离家，至少百里之外，无论与娘家还是夫家，都没有缘分。

九岁上,母亲带文先生来观音庵。一跨进院门,她高高兴兴在院子里转圈儿,刚好离家百里,母亲想起算命先生的话,就将她留下。

一留下,神奇地,什么病也不生了。

两个老师姑,三个师姐,两三个时辰打坐,两三个时辰种菜,再一两个时辰操持杂务、浆洗衣衫。青灯古佛,荒山小庵,文先生从九岁长到三十,细白一张脸,秀丽风致,法名慧定。

有来庵堂的香客见了,多会顿足叹气,可惜了,可惜了。文先生只会合掌低头,轻轻走过。

下午吃过饭,打开门,能望见寂寂一山枞树,深深浅浅的绿,在风中微微颤动。偶尔打开后门,庵里的菜园会惊起一只野雁,箭一般飞走,留下一地惊慌。

三十岁的时候,文先生也做了师父。才做了师父,庵就没有了,改成邮政所。镇里的干部们说新社会没有尼姑,于是这世界上有了文先生。

家人在镇上替她买下一座小小的二层木板楼,因为文先生不肯回家。哪怕庵堂被火烧了,遍地是黑寂寂的木炭和灰烬,文先生也不肯回家,只在黑炭地上打坐。她说她是出家人了,不能回家——怎能回家?

父兄叹口气,买下木板楼,"由得她去,天生怪病,不能有家,一人有一人的命。"

木板楼下做门面,白天给人裁剪衣裳,夜里依旧打坐,也没人管她。镇里的群众和干部都说文先生是天生怪病,由得她去,一人有一人的命。

日月穿梭,也这么一剪刀一剪刀地过,也平和如昔。

小木楼还是再添了一位主人,那是文先生从水里救出来的水嫚,镇上管结过婚的妇人都叫嫚。水嫚是邻镇人,嫁来白沙镇才一年,就穿了孝衣,无儿无女,想不开了,跳了河。恰又被文先生看见,呼了人救了上来,水嫚说:"文先生,你救了我,我就跟你修行。"

从此,木板楼就有了两位主人。文先生管外务,裁剪交结,水嫚管内务,洒扫庭院,做饭生炊。衣五毛,裤是两毛,做得精细,干净,活儿倒是不断。有时碰上有破衣烂衫的乞丐,叫他进来,吃一碗饭,喝一杯水,走的时候,再给一件整齐衣裳也是有的。

镇上的人数百上千,开始觉得奇怪,久了就习惯了。更有不少受丈夫打的、被婆母冤的女子上门,借着裁衣之故,上门哭诉。文先生只是听着,倒也不多说一句。她越发精瘦了,长脸,爱穿一身白,一边做活计一边听,站在屋顶玻璃射下的一束阳光里,化在了光里。

妇人们得寸进尺,送件布料来做,有时还夹缠着要文先生写封信,认个文书什么的。因为文先生认识字,她和善,也不收钱,于是来的人愈发多了,文先生的瓦房门口一天到晚川流不息。

镇领导也觉得奇怪,问文先生在里面做了什么?说了什么?如果是封建迷信,就要禁了她。

没有说什么,临了,最多说我跟你点炷香。这香在屋子里腾腾袅袅,慢慢消散,然后妇人们再走出门时,肩上霍然就轻快了。

这真是奇怪。

镇领导又派好几个女干部去坐过,都是如此,并无假话。文先生照例只是一边做活计,一边听人说话。进了她的堂屋,就觉得阴凉、干净,隐约闻到木梁的沉香、布匹的清香和身后神台上隐约的檀香。面前有一杯清茶,人坐在那里,看着文先生裁衣剪布做活计,白衫飘飘中,心就突然静了下来,任凭外面沸反盈天,只觉得那屋里是另一重无忧宇宙,待得人不想离开。

镇领导一想也觉得并无不好,以前妇人们受了委屈,爱跳河,爱喝农药,爱上吊,现在去了文先生那里待着,出来就不吵了,不疯了,不上吊了,这不是好事吗?有文先生的白沙镇变得更好了,老公保住了老婆,子女还有母亲,婆婆还有媳妇,这是大好事啊。

镇领导关心群众,说文先生你们没后人,干脆把你们划为五保,还有点钱领。文先生说,我们做活计,可以赚钱,我们不是五保户。隔了几个月,水嫚的哥哥把儿子怀湘送了过来,在镇上挂了号,算是这间屋子的后人。

怀湘管文先生叫妈,管水嫚叫娘。文先生待怀湘好,倒是水嫚严,孩子总有淘气的时候,水嫚一骂,文先生只管抱住满街走,水嫚只好作罢。

怀湘读书倒是好,只是花费大。读高中的时候,文先生偷偷托镇上的黑仔卖了一只金镯子才上成了学。水嫚说,怀湘,要一辈子记得妈。

怀湘巴巴结结读书,竟然考上武大。四年后,怀湘被分配到内蒙古,人老实,三十岁还是单身。文先生相上了镇里学校的女老师,办了一场风风光光的亲,开了十几桌,都是文先生的老顾客。

刚把女老师调到内蒙古,孙子出生了。文先生和水嫚结伴到内蒙古带孙子,一带六年,孙子管水嫚叫奶奶,管文先生叫姥姥。

1995年,文先生和水嫚从内蒙古回来,说是孙子大了,终于可以回老家了。两个人依旧住木板楼。木板楼越发旧了,晃晃悠悠,楼板朽的朽、蛀的蛀,倏忽一算,竟也三十几年了。

文先生央镇上的二叔公找房子,要求是清静。找来找去,找到镇尾僻静处山脚下一间空房。这家人搬去了市里,房子空了,只要四千块。文先生一看就说这个地方好,翻过一座山就是她从小待的庵堂,是无论如何也要买下来。

文先生两个拿了两千,儿子拿了一千,镇上文先生的访客们凑了一千。搬家的时候,文先生破例放了三千响的炮仗。

文先生老了，不做裁缝了，屋子依旧还是川流不息。大家都爱到文先生家里来坐坐，喝杯茶。有些人过意不去，就在出门的簸箕里放一点茶钱。文先生还是不怎么说话，只是人愈发白了，白得肌肤都有些透明，大家都说文先生果然是天生怪病，人老了只会越来越黑，怎么有人倒愈来愈白的。水嫚比文先生小了差不多十岁，怎么如今却比文先生老相。文先生反倒和从前一个样子，清清爽爽，行路如风，水嫚说她哪能和师父比，师父是老神仙。

又是十年。

十年之后有个夏天，特别热，水嫚先走，终年七十九。

一年之后，文先生一个夜晚悄然往生，终年八十九岁。

怀湘把她埋在母亲水嫚的旁边，碑上写的是慧定师父。

吴中桃花

王宝钏苦守寒窑，十八年孤苦犹觉甜。

吴桃花二十五年前踏进白沙镇的第一步，正好踩到一堆黄泥巴。彼时桃花开得正盛，一树一树，在雨里，闪一圈毛茸茸的白光。

哪里都是湿漉漉的，泥巴溅了一裤脚。她哎呀娇喝一声，被旁边的傻子看见了，哇哇直笑，踩到屎了，踩到屎了。

桃花那时年轻，正怀着孕，又刚刚分了新房，春风得意之极。她恨恨地瞪了傻子一眼，就走上台阶，进了卫生院。

吴桃花在镇上的卫生院，是护士。护士和医生不一样，但都穿着白衣服，来看病的乡人分不清他们的区别，一律叫他们医生，所以桃花一辈子享受的是医生的尊称。而桃花的老倌黑仔在镇上的机械厂当车间主任，湖南人把丈夫叫老倌。黑仔实际上并不老，是镇上最俏皮最威风的男子，打架是一把好手,车模也是一把好手,无人不服,四乡有名。两个人结婚的时候,宾客坐了满满半条街,卫生院和机械厂的领导都到场了,白沙镇两个效益最好的单位联姻,流水席开起来,酒喝起来,烟敬起来。婚宴之后收垃圾的傻子捡了半推车的喜糖,可见这对夫妇是多么爱体面的人。

双职工本来就少,他们就是。头胎就生崽的也少,他们就是。两地分居能调到一起的很少,他们就是。结婚两年后,桃花就从遥远的江浙吴中调到了白沙镇,分了一室一厅,还生了一个大胖小子,真是想什么有什么,要什么得什么。桃花手又巧,打针不疼,钩毛线轻快,家里四处都扫得干干净净。沙发上铺着钩好的"喜上梅梢",黑仔用厂里的废料焊的铁床放在里屋,被她擦得锃光发亮。

要是这样的日子一直过下去就好了,吴桃花想,要是日子只过到1990年就好了。

桃花每次夜里醒来都这么想。

1990年,他们的儿子七岁,刚读一年级,黑仔下岗了,他们俩开始天天吵。其实以前也吵,但以前吵没有现在这么心慌,因为黑仔从此再没有单位了。

黑仔朋友多啊,哪里赚不到饭吃。可是不知道为什么,那几年他总是这么黑,跟人跑运输就翻车,开米粉店赔钱,做保安就丢东西。

1992年的时候,黑仔说,你把家里的钱给我,我要去云南打石头。

打石头，就是猜玉，桃花不知道打石头，只知道云南。还是读书的时候从书上看的，云南啊，彩云之端啊，西双版纳啊，云南啊，有傣族姑娘的包包裙啊，人们互相泼水啊，云南啊，五彩斑斓啊，是个好地方，好吧，黑仔你去吧！你去了，记得过年要回来。

黑仔去了云南，就一去没有回头。

两年没有回来，桃花心还不慌，不回来就不回来，镇上那么多女人的男人都在外面打工，多少人一两年也没音信。三四年不回来的时候，桃花有些心慌了。医院的护士长说，我家男人去上海也有四年没回来，第五年还不是带着十多万到家了，桃花听了又心安了。五六年不回来的时候，桃花有些心冷了，婆婆说薛平贵征西，十八年没有回来，王宝钏还不是苦守寒窑，十八年孤苦犹觉甜，到后来王宝钏还不是做了西凉国的正宫皇后娘娘。桃花你是黑仔的正头老婆，他要负你我打断他的脚，桃花听了不出声了……桃花没有想过做皇后娘娘，但是第一次知道原来还有女人一等十八年。是啊，比起十八年，她才等五六年，算什么呢？她等的时间还没有人家的三分之一呢！桃花想，以前王宝钏还没有工作，不是也要养起一家人，她现在卫生院的工作好得很呢。医院有什么加班加点的活都派给她，加班是有奖金的呢，双倍呢，别人想赚还赚不到呢。还有全勤奖，月月都有她呢，每个月多拿二十块钱呢。

你看，没有老公有没有老公的好，工作就上心，总是拿卫生院护士的最高工资。院长说，王宝钏苦守寒窑十八年，十八年玉手结了茧，没有了男人就把工作干好，吴桃花你是个好女人……

差不多过了十年，桃花才知道，黑仔不仅把家里还有老娘的钱都拿光了，而且外面还借了两百万。两百万啊，吴桃花每个月工资才七百块，什么时候还得完啊？吴桃花对讨债的人说，一间房子，三条命，你们要，就都拿去！

讨债的人咕噜着散去——那就等黑仔回来，他反正要回来，他儿子老婆老娘都在。

一等就是十五年。

黑仔十五年都没有回来，一次都没有回来。

黑仔可能是死了，被人杀了，桃花对周围的人说。如果不是死了，他怎么会不回来？他有仔哩，他有妻哩，他还有老娘哩，他不是死了，他怎么会不回来？他老娘死了哩，他若不是死了，他怎么会不回来？说着说着，她就哭了，说着说着，她也就信了。

吴桃花五十岁那一天夜里，突然有个电话来，打完电话，她哭了一夜。

装电话的那家人说，那是黑仔打来的。

吴桃花问他为什么不回来？

那边不出声。

吴桃花就哭了说你不回来你不早点告诉我，害了我一世哩，五十岁还离什么婚，我去哪里找男人？不离，坚决不离。

黑仔的儿子十九岁高中毕业,没能考上大学,就去了长沙打工,吴桃花又是一个人了。这些年,她唯一的变化是,人们不再叫她小吴,而是叫她吴姨。儿子一个月回来一次,有一次儿子说我带你去旅游吧,我们去一次云南吧,吴姨说不去,我眼睛都不会望那一边哩。

吴姨退了休,卫生院看她一个人生活,返聘她挂号,五百块一个月。吴姨挺高兴,这样,退休金就可以都存着,准备给儿子在长沙买房子。

吴姨的宿舍十八平方米,是结婚那年卫生院分给她的。屋子没别的,从地到顶堆得满是五颜六色的毛线。她给一个毛线厂做活计,以前钩一件是五块,现在钩一件十块。十几年了,吴姨几乎每三天就能钩一件花样复杂的女式毛衣,剩下的毛线,她就织成围巾,送给院里的孩子和堂客们。

十八平方米的家,里一间,外一间,堆满了东西,挤得满满当当。里面那间房里堆着无数五彩斑斓的毛线,五彩斑斓毛线的中间是一张铁床。她床的边上,有一张小桌,桌上有她儿子的照片,有她抱着儿子的照片,还有一只白瓷花瓶,瓶里插着一枝她钩的毛线花,五瓣白细碎的黄蕊,院里的小孩就问吴姨,那是你钩的桃花吧?

吴姨说,不是,我虽然叫桃花,但我不喜欢桃花,那是我们老家才有的腊梅。

猪经纪疤面

他闭上眼摇着头仿佛手里握的不是唢呐,而是别的什么法物,真是再快活没有了。

疤面年轻时长得特别帅。虽然眼角下有块黑疤,但不妨碍他成为白沙镇最帅的男人,这块黑疤反倒是他江湖豪情的象征。

高,大,标准行头是里面白汗衫外面再披一件纺绸中式白飘衫,手上提着一只锃光放亮的铜唢呐,不要说镇上,连镇周围四乡八里都知道镇鼓乐队有这么一个威风的小伙子。他吹唢呐的时候,与众不同,先稳稳地站起来,大眼睛精光四射,全场就自觉地静下来。他再闲闲地一提气,闭上眼,把唢呐放在嘴边,停,两分钟之后,一鼓气,那铜家伙的声音震彻云霄,他闭上眼摇着头仿佛手里握的不是唢呐,而是别的什么法物,真是再快活没有了。

偶尔睁开眼,用眼风扫定几个看他的小媳妇大姑娘,如果用现在的说法,那就叫"电"。

疤面老婆也是在听他吹唢呐时迷上他的,她爱听他那样吹唢呐,也爱他那神气的走路相儿,更爱他似笑非笑白衣飘飘的拥抱。

疤面老婆嫁过来时,肚子里已有三个月的毛毛,但是仍然是白沙镇有史以来最漂亮的一个新娘——文静秀气,和疤面相映成趣,金童玉女,不过也就是这样了吧!

第一个孩子生下来便夭折了,第二个孩子出天花死了。疤面安慰老婆,说不要紧,我们再生,他是凡事不放在心上的人。镇上说不准搞封建迷信送葬奏曲了,他就改行做了猪经纪,更不着家了,三天两头在外面喝酒,说是谈生意,疤面老婆一边摆摊一边要浆洗衣裳打扫做饭。第三个孩子结结巴巴养到三岁,疤面去邻居家看了一阵杀猪,儿子居然就从楼板上不小心掉下来了。第四个孩子好不容易养到四岁,疤面老婆做饭时又从后楼掉到河里淹死了。

第五个孩子在肚子里流了,疤面老婆从此改卖香烛纸钱,说是要给自己积点德。

四十岁上头,得了第六个孩子,取名小玉。从小就在脖子上系着一个大大的银项圈,上面系着一块玉。那是找文先生在佛前开过光的,文先生说这一个必定平安长大。

小玉果然平安长大,而且还长得漂亮,是白沙镇一枝花,千挑万选选了一个老实的女婿,找葛明叔写的婚书。女婿对小玉是百依百顺,不到三年,生了个方头大面的儿子,疤面在街上走路都生风了,好多年不曾这样了。他到处说,怎么样,我女儿就是生儿子的相!

黑夜里想想也觉得自己真算是个有福人了,一辈子吃吃喝喝,没吃过苦没遭过累,没什么本事,也讨了如花似玉的老婆,居然生出了这么一个如花似玉的女儿,还有了这么一个方头大面的外孙。谁说我疤面没有儿子?我连孙子都有了。

外孙基本上是疤面夫妇带,直到上小学时,还坐在疤面为他做的小推车上。为了让外孙高兴,每天傍晚,疤面连喘带吼地吹起了他多少年没碰过的唢呐,唢呐声没以前响,断断续续的,像只孤单的鸭子,轻轻伶仃地在河面上漂——但是有总比没有好,有唢呐响的日子真是美极了,疤面想。

七十五岁生日他吃了小玉带来的寿面。

好像面还没有吃完,小玉就查出得了肝腹水,不到半年就去了。下葬的时候,连老硬汉疤面都哭晕了过去,倒在坟上。醒来发现从这天起,天变色了,这世界是再也没有小玉的世界了——他瘫了。

女婿说,你们还是我的爹娘,我替小玉孝敬你们。

女婿带着外孙常过来,每个月按时给他们一百元,加上镇上补助的,一共两百元。疤面老婆接了,忙前忙后泡茶给女婿喝,她明白,这个家以后得靠他了。

但是女婿还年轻,他当然是要再结婚的。

于是，来得便少了，只是钱还是准时到。

再过了两年，疤面老婆更见老了，头发雪白。有一天她对疤面说，我有点不舒服，想睡。第二天早上醒来，她就再没有起来。

又坚持了一年。

这一年，疤面变成了另一个人，三天两头把看护他的雇工赶走，不让人进门，除了外孙。

外孙到城里上学的第三天，女婿奇怪疤面怎么三天没骂人，过来看看。大门紧闭，雇工早被他骂走了，女婿只好从窗户里爬了进去，一摸，疤面全身又湿又凉——他是饿死的。

美人梅细

> 她梅细这一辈子,就是被辜负的命。

梅细很细,个子也最细,细细的眉毛,细细的眼睛往上翘,像画里走下来的古代美人。

在家里她最细,上面有两个哥哥。

两个哥哥都是混子,花脚乌龟一样的人物,所以父母最宠她。她家在白沙镇开着一家杂货铺,算是殷实人家。她又长得美,只要是她站在柜台后面,生意总是特别好,"梅细,买包烟……梅细买包火柴……梅细有没有冰糖?……梅细、梅细、梅细、梅细、梅细……"叫得她转身不赢。

当然也有些人狡猾,总挑些店里没有的东西:"梅细,有没有大白兔奶糖?"

"没有。"

改天又问:"有没有上海牌花露水?"

"没有。"

她促狭,就真的进了货,再招呼人家:"今天进了上海牌花露水!"人就嗫嚅着说不要了,她一双凤眼瞪起来,似怒非怒:"是你要,才专门进的……"脸皮薄的人就只好买,脸皮厚的人就跑了。从此,这人要是再叫她,她就不理,把大白兔奶糖细细剥了,放在口中,斜乜一眼,羞得那人不敢抬头。

梅细打心眼里瞧不上这些男人,她偷偷喜欢上的是老街李家的第五个儿子。新凤霞演的那个大辫子李双双怎么唱的?"我爱他,人品好,身体壮,能劳动,学文化。"梅细从城里看了一场电影回来,就学会了这一句,翻来覆去地哼。人家打趣她:"梅细,梅细,你爱的是哪一个啊?是不是我啊?"

梅细把凤眼一瞪:"我爱你娘哩。"

梅细是很泼辣的,五哥喜欢的也是这一点,当完兵回来,就和梅细私订终身。本来准备安安心心和梅细一起开店子,估计镇上最多安排他到镇附近的铝合金厂当保卫。谁知道转业办居然告诉他,因为部队领导说他表现好,所以省里的机械厂挑了他去……

梅细比五哥还高兴,准备好几大包东西送了五哥去省城。过了一两个月,五哥还有信回,再过了两三个月,连信都没有了。梅细写了无数封信去,结果人家回了一封信说经过再三思考,觉得两个人性格不合适。梅细一打听,原来是五哥的哥哥姐姐嫌她没工作，齐心协力地劝他不要再找镇上的姑娘，随便到城里找一个，不是比带着一个乡下的堂客要强？那时候，户口是一件顶要紧的事哩。

梅细一听就塌了天，闹着去省城找五哥，但她没出过远门，机械厂用的地址都是代号，连哪条街哪个区都不知道。她求哥哥们带她去，哥哥都笑起来：又没有结婚，怎么去找？睡过，你一个姑娘家家，怎么讲得出口，以后怎么找婆家？……

梅细知道哥哥们根本不想去。去了又怎么样？省城那么大，可能连人也见不到，哥哥们又忙，忙着找女朋友找生活——梅细坐在柜台后痴痴地望着一条街上来来往往的人，第一次觉得她是那么孤独，像一个人待在孤零零的深井里，来来往往那么些人，没有人肯丢一根绳子来救她。就算有，她也不想去拉，不是五哥，谁拉都没意义。

可是五哥究竟没有回来，一转背就听到他结婚的消息。五哥娶了省城的一个姑娘，是他哥哥托人帮着介绍的。梅细终于明白了，五哥是真的不要她了，五哥的新生活里，没有她这个小镇姑娘的位置，去找也没有用。两个人又没有扯结婚证，有些官司是没法打，有些话是没法说的，特别是你还是一个女孩。

人都是只想着自己的，想通了这一层，她不去找了。

还是继续站柜台，只是站得有点沉默，有点呆。但正是因为这样，站在昏暗的杂货铺，屋顶一束光打下来，雪白缄默的年轻女孩倒越发像是油画中才有的沉静贤淑的美人。

只一眼,就让铝合金厂的一个帅哥动了心,从此就经常到她铺子来买东西。他人长得又高又大,样貌不知道比五哥强多少,一笑起来,两个酒窝,有一种天真的男孩气。头发短短的,肩膀宽宽的,梅细想靠着这样的肩膀,一定很稳当,也就顺势接了他的意,两个人同出同入起来,相处了一年就讲要结婚。帅哥那个在铝合金厂工会当主席的叔叔,不但帮他们在铝合金厂分了一套一室一厅,还想尽办法把梅细招到厂里分装车间当上了工人。分装车间灰大一点,但到底有了工作,铝合金厂可不是容易进的。

结婚的时候,婚礼办得好隆重。梅细老公穿着西装,一表人才,方头大脸,到处张烟。大家都说:梅细命好哩,去了一个陈世美,来了一个霍元甲……还别说,梅细的老公还真姓霍,走起路来地板都震得叭叭响,倒真像个武林高手……他不嫖不赌又长得帅,和梅细在一起那是好登对,梅细命好哩,大家都说。

铝合金厂找不出这样漂亮的夫妻,男的威武、女的柔媚,梅细肚子还争气,三年抱俩,还是两个儿子。梅细老公威风凛凛地走出来,肩上扛一个,手里抱一个,三个人玩成一团。大家都说,梅细命好哩,有三个男人保护她。

可是梅细不觉得自己命好,不珍惜自己的命好,老是和霍元甲吵,吵什么?

无非就是那些鸡毛蒜皮的小事,比如小霍不做家务;小

美人梅细 21

霍不关心她；小霍抠，工资也不给她，自己买零食吃，回家就打开电视看到晚上睡觉，两个孩子一点都不管……开始在家里吵，没人理她，梅细就走家串户，和旁人控诉她的老公，恨得咬牙切齿。

大家明里不说梅细不好，暗里都觉得她太娇气。别人的男人喝酒、别人的男人嫖堂客、别人的男人打老婆。但是小霍呢，不嫖不赌不烟不酒，他只是不爱做家务，只是抠，只是工资不给她，只是自己给自己买零食吃，只是一回家就打开电视看到晚上睡觉，只是两个孩子一点都不管……他这么好的男人你上哪里去找，而且还长得那么帅，看上去那么威风凛凛，还给你找了正式工作，你梅细也太不知足了，你梅细也太娇气了，你梅细也太多事了。

梅细后来就不说了。

她知道她说了，别人还笑她，但是她止不住地恨。世界上怎么会有这样的男人？除了一副登样的躯壳，里面什么都没有，没有心没有肝没有肺没有脑子，简直就像一包草料。有时晚上梅细真的想拿把刀子把他给剁了，但是草料剁碎了还可以喂猪，小霍剁碎了只有几斤烂肉，丢都没地方丢。梅细这一回是承认自己不会看人，看上了五哥，五哥是骗她的；看上了小霍，小霍是害她的，早知这样，她不如嫁给隔壁的张矮子。除了矮一点，他算数那么快，又那么会说笑话，还那么会做生意。她结婚后张矮子下了广东，听说在那边娶了亲发了财。唉，她怎么年轻时就这样不长眼，但是没办法，这就是命。

一晃就是多少年，小霍变成了老霍，但那里面的草料一点也没变，还是十几年前的小霍，那个什么也不想做、什么话也不想说、什么兴趣也没有，每天就只会买买东西吃吃零食看看电视睡觉上班的小霍。她去找文先生诉苦，哭得肝肠寸断，直到有一天水嫚看不过眼，说了一句狠话，男人都这样，不会变的，你别气着自己。

那一瞬间，梅细突然就醒了。是的，老霍是不会变的，里面一包草就是她男人，她男人不是不好，而是蠢，而蠢，是没有办法改变的。

梅细把铺盖搬出里屋，她在客厅里打了一个高低床，自己睡下面，两个儿子睡上面。既然老公靠不住，梅细想，那就把儿子培养好。

梅细把所有的注意力转移到两个儿子身上。她惊奇地发现大儿子像极了她老公，样子像，方头大脸，人高马大；人也像，什么也不想做、什么兴趣也没有，每天就只会买买东西吃吃零食看看电视。小学一年级数学就不及格，将来只能读技校，回铝合金厂顶他父亲的班，这简直是可以一眼看到头的生活。梅细不愿意想，于是她把兴趣转移到二儿子身上，二儿子不错，成绩过得去，虽然不是前三名，但也总能保持在前五名。

梅细开始给二儿子的班主任任老师送礼，陪她逛街，帮她做家务，下了足足三年的工夫。最后关头，总算说出了想法，想让任老师给个名额给儿子考中专，要是考上中专，就是干部了，就不用当工人了——当工人累死了，不是吗？当工人多累啊，梅细才四十来岁，就觉得喘不过气来。

可是二儿子到底也没能考中专，还是像他大哥一样，进了技校，将来只能回铝合金厂当工人。任老师特地上门，提着三四盒红艳艳的干货盒子，说对不起，梅细我们这么好的朋友，我本应该帮你，但是名额只有一个，前面还有三四个同学成绩比他好……梅细当时就气得双泪直下，她这么些年用的心就值这三四盒墨鱼瑶柱吗？三年，她用了多少心，费了多少力，一有机会就梭到任老师家里帮她洗衣服洗碗拖地照顾她的女儿。结果呢？结果全是一场空。

梅细恨啊，比恨老公还恨，任老师一下楼，就看到那些礼品从天而降，砸到了地上，砸得稀烂，像灾难现场。

谁不知道啊，铝合金厂要垮了呀，每个月的工资拖了又拖，这样子还一家人窝在一个厂里，将来连饭都吃不上啊，梅细愁坏了，一家四口，好像只有她一个人在操心。

但她没有办法，一点办法也没有，她尽力了。她三年来每天都去任老师家候着，她伺候她比伺候老子娘还用心。她还不是被辜负了，她梅细这一辈子，就是被辜负的命。看看眼前，十多年了还住着刚结婚的时候分的那一室一厅的旧房子，老公还是一样，吃零食看电视，儿子长得和父亲一模一样，得个样子好看，大的就谈恋爱、小的就打游戏，没有一个说要出门找份事做。眼看铝合金厂要垮了，这家里没有一个男人出来顶门立户。梅细看着家里三个膀大腰圆的男人走来走去,胸口就觉得闷,闷得让人喘不上气来。就算这样,喘不上气来的她还是要一天三顿不落地煮饭做菜喂给这三个浑浑噩噩的男人吃,吃得不好还要闹,还要甩碗丢筷子,老子的工资就给我吃这些草料。梅细气啊,她一边在厨房里挥刀斩着鸡,一边在心里发狠:你们就等死吧,你们总有等死的一天。

果然不过两年,铝合金厂大下岗,不满五年工龄的各谋出路,十年工龄以上的双职工只保留一个岗位,一家四口,两个下岗,本来是她要留厂的,她老公就偷偷把她的名字换成了他——结果,四十二岁的梅细,一家之主梅细,最泼辣最精明的梅细,光荣下岗了。

梅细下岗的第二年,就得了肺癌,没到半年,就死了。死的时候,身边一个人也没有,老公要上班,大儿子忙着陪女朋友,二儿子在技校读书,大家都忙。

梅细下葬的时候,只来了稀稀落落几个人。她的坟就在离家不远的那座小山坡上,从那里可以望到她宿舍区的家。可是梅细的家很快就没人了,她死后不出一年,老公就倒插门找了个寡妇,干脆搬到那寡妇家去了。两个儿子没了爹,一个早早结婚,去了老婆家;一个技校毕业,去了广东。

过了几年,梅细的坟上开始长草,再过了几年,梅细的坟几乎不见了。大家都说梅细活了一辈子,不说点根香,连个帮着锄草的人都没有,梅细原来是美人哩……说是说,但梅细坟上的草倒还是一年比一年深。

有一年，梅细的坟上突然没了草，还盖了一些新土。大家都很惊讶，老霍回来了，还是五哥，还是张矮子？

后来一打听，才知道是任老师盖的。

葛 明 叔

果然是个怪人,简直是白沙镇男人的耻辱,他怎么能一点也不生气?

一

葛明叔是白沙镇上的怪人。

镇上别的四十岁的男人都是一副傻大黑粗大腹便便的样子,他始终白白净净利利索索,肚子没有鼓起来,脸上也没长疙瘩,背后看身段像小伙子。别的四十岁的男人多年泡在酒色财气里将一具肉身都氧化得臭气熏天,他永远是一件洗得雪白的衬衣,隐约能看到里面的白背心,身上还散发着好闻的肥皂味。别的四十岁的男人大多喜欢喝酒,一喝多了就喜欢钻人多的地方,喜欢打乱讲,葛明叔永远不上桌,就算万不得已上了桌,也绝对不喝酒。基本上,他总是离人堆远远的,见人就退后几步,满是谦逊的微笑,"你先请,你先请"。

大家都说,这就是有文化的人和没文化的人的区别。

所以大家都羡慕葛明嫂嫁得好,虽然同样是盲婚哑嫁,葛明嫂还是葛明叔的妈妈葛老太太从怀化拐来的童养媳,但是来到葛家这么多年,真是一点也没受过苦。不像镇上其他的堂客,三天两头被老公打,要不然,就是一窝孩子的吃喝拉撒,上有老下有小,从清早做到密密黑,吊颈都没工夫歇一口气的累。男人喝酒去了,出门去了,家里的女人像一头不知疲倦的驴一圈一圈一天一天在屋子里打转,梗着脖子使着力,把日子碾碎,煮好饭食,辛辛苦苦把屋里的每一个人喂饱,把老的送走,把小的熬大。而男人,在白沙镇女人的心里,就是门板,看起来当门立户,其实不过是两块木头,用来摆着顶顶风还行,其他时候,没有任何作用。

不像葛明叔,人家是正经国家单位的正经干部,正经的大学生,正经的帅哥,关键是他对堂客还正经的特别好。当然,葛明叔唯一的缺点是他一直在离白沙镇一百多里的锰矿上班,一两个月甚至半年才回来一次。但日子过久了的堂客们都没有把这个当作缺点,她们恨不得把老公送去远地方,最好也半年再回一次,这些酒醉鬼不在家对人只有好处,只有清静,少做一个人饭,少受一个人气。

这么些年,葛明叔一直是镇上女人公认的最佳老倌。

虽然很久才回来一次,但一回家总是带着礼物,一段布料啊,一盒点心啊,和葛明嫂更是举案齐眉,恩爱非常。两个人肩并肩一起到镇上老街买东西,一条鱼啊、一块肉啊,几块豆腐啊,然后拎回去两个人一块儿做,在厨房里你切我洗,有讲有笑。

他家的房子是祖上传下来的,原来是个布店,前店后家,公私合营的时候,前院拆了,就成了白沙镇百货店的一部分。葛老太太年轻守寡,能说会算,后院倒是一直让他家住着,百货店的售货员们下班时可以看到葛明叔和葛明嫂在厨房里夫唱妇随、你切菜我煮饭的样子,看得眼睛里冒绿光,好不艳羡——白沙镇几乎没有男人会陪自己的老婆买菜做饭的,只有葛明叔这样待他的老婆。大家都说,这就是有文化的人和没文化的人的区别。

二

也难怪,葛明叔从小就和白沙镇别的男人不一样。

小时候,他是布店的少东家,葛老太太又管得紧,本就少出门,一味待在家里看书写字。后来上小学读书了,老师又喜欢他,成绩好不说,从不打架撩祸,和那些飞天遁地的粗鲁男孩相比,他文静秀气得简直像个姑娘。天长日久,他那些中学同学给他取名叫葛妹子,下了课给他使绊子啊,放学路上纠结几个人欺负他。后来有一次打狠了,后脑勺被瓦片削飞了一块,流了一背的血,被葛老太太知道了,这一顿闹啊。那几个闯祸的男生家长全被叫到学校当着葛老太太的面道了歉，回去又被吊着打了一顿，从此"葛妹子"是不敢当面叫了。

葛妹子惹不得哩，他老娘送了东西给班主任，班上的同学都这么说他，越发不肯和他讲一句话，什么游戏都不带他玩。好在葛明叔不在乎，他本就沉默寡言，这下更应了他的愿，只是埋头读书，永远是第一名，成绩和第二名拉开一百多分。班上的同学后来想起他，只记得他成绩好，别的什么都不知道，都觉得他像一个谜。

后来他成为白沙镇第一个考上重点本科的学生，大家一点也不意外，他考不上，才奇怪呢。读的是矿院，本来男生就多，又都是有文化的人，葛明叔在大学里不但没有人欺负，还很是交了一些朋友。他和其中一个新疆同学特别合得来，暑假的时候，还带他来白沙镇玩过。那男生像外国人，深目高鼻，肤白如脂，头发自然卷，简直像挂历里走出来的人。那是白沙镇第一次来这样的人，傍晚，两个英俊的少年出来散步，双双走在路上，一高一矮，却又煞是好看，后面跟着一群小孩子，大叫"外国人，外国人"。

他们俩总是在下午去涟水河里游泳，河水碧绿透蓝，如纵身跃进蓝宝石，又轻又飘。二十出头的男孩子，正是猿臂细腰的好时光，水珠滚落在壮硕胸肌和长腿上，在太阳底下发出耀眼的光芒，那阵子白沙镇的姑娘们都躲在后楼的窗户上看，竟也有三五个不怕事的少男少女也拎着五颜六色的救生圈来玩水。那个夏天,涟水河因为葛明叔和他的新疆同学,很是热闹了一阵。

葛明叔虽然从小在这里长大,但始终与乡人不熟,说句话都脸红,连女同学也觉得他没劲。倒是他那个新疆同学打破了僵局,他用蹩脚的普通话和他们开玩笑,十几岁的孩子很快就和他熟起来,一堆人在水中你追我赶,从河这边游到河那边,总要游得筋疲力尽才回家。有时葛明叔还会借条小船,带上几个相熟的半大孩子一路,几个人一漂就漂好远,眼看两岸杂花缤纷,灌木如荫,远山如黛,白鹭纷飞,竟看得人痴了过去。葛明叔笑着说我们要不管它,可能船就带我们去桃花源了,新疆同学就笑了,怎么可能?世上没有桃花源,哪里都是人间。

混了一个暑假,回学校的时候,两个人都晒得黝黑,突然就有了男人的味道。

三

但是葛老太太这个暑假过得并不愉快,开始她是高兴的。独生子和他的同学来了,那还不是顶了格地招呼!芝麻茶啊上好的瓜果小菜鲤鱼猪肉买回来,晚上的夜宵也少不了绿豆稀粥鸡蛋甜酒元宵丸子。后来不知怎么的,就和儿子有点怄起气来。暑假过完以后,她回了一趟怀化老家,带回了一个姑娘,这个姑娘就是葛明嫂。第二年过年的时候,就逼着葛明叔办了订婚酒。

葛明叔一副不情愿的样子，新时代怎么还能用旧办法，大学生怎么能娶童养媳？但葛老太太是什么人？她有铁一般的意志，也有水一样的手段。若不是她从中周旋，那布店怎么可能在公私合营的时候留得下来，百货公司领导又怎么可能留一半屋子给他们住下来？葛老太太要做的事，是一定要达到目的的。而且葛老太太不是随便给儿子找了一个文盲老婆，小姑娘长得眉眼周正，做事利落大方。葛老太太还教她识文断字，处理里外家事，葛明嫂扫过的地明如镜，擦过的桌子更摸不出一丝灰，谁看了不说将来是当家的一把好手，这些都是葛老太太训练出来的。

三年时间一眨眼就过，葛明叔矿院毕业时申请去新疆，申请单都填了，被他妈闹了回来，说是只有一个儿子要盼着他养老。而且他家里还有堂客，再找了锰矿上的一个葛家的叔伯兄弟硬生生把葛明叔分配到了离白沙镇最近的锰矿，硬生生地早早结了婚，放话出来，要三年抱孙。

可惜，葛老太太并未能如愿，葛明叔和葛明嫂虽然感情好，但是葛明嫂的肚子并没有隆起来，直至葛老太太归西，也没有给她生下一个半个孙儿。葛老太太临终的时候，眼睁睁地看着儿子，哀哀地说，娘只想死后有孙儿给我拜坟山，你们俩要是记得我的好，就要还我这个愿。

葛明叔哭着说，好好好。

果然老太太去世三年后，葛明嫂怀了孕，生了个儿子，隔年又生了个女儿。一家四口去给奶奶上坟，荒凉的坟上点起炮仗，响得很，好像在给天上的老人报信。

但有关这两个孩子的来历，白沙镇的人们倒是议论纷纷，葛明叔对葛明嫂这么好，可是葛明嫂这个人一点也不惜福。葛老太太一死，葛明叔又总不在家，她就总有些不三不四的新闻传出来，有人说她和镇上的会计小杨好上了，那小杨还是葛明叔的远房表弟，论起辈份来还是葛老太太的侄子，你说这叫什么事？

白沙镇当然不缺耳报神和千里眼，这种事，根本不用人提，就传得飞快。明里暗里，总有好心人想跟葛明叔戳穿这层纸，但是葛明叔一不听、二不看、三不出门，一下了火车就往家走，休假一结束就往矿上去，从不与人说话，这真的急死人。

抱不平的人终归还是行动了。那天葛明叔从矿上回来，在镇边上的火车站一下车，葛明叔的两个昔日同学就拦住了他。这时满天阴霾，天色暗得很，不凑近根本就看不清脸，也不知他们是特意还是无心，还都戴了帽子戴着口罩。两个同学低低地对葛明叔说，你家堂客要管一管哩，好几次晚上被人撞到镇上的会计小杨晚上从你家后门出来……

若是旁的男人一听这话就一蹦三尺高了，免不了回家一场暴打，弄出点声势，这时人们才好一拥而上，主持正义，提供证据，毕竟过去做这样的事女人是要沉潭的。独独葛明叔听了，一点脸色都没变，不动声色地说，我家堂客不是这样的人，你们不要乱讲，举头三尺有神明。

话音一落，天上突然就下了大雪，飘飘洒洒。葛明叔那天穿着黑色呢子大衣，围着一条白围巾，他跺跺脚上的泥，一转身就从车站往镇上走。大雪纷飞中留下一个翩翩的背影，倒把他那两个同学给窘得不行，直念叨，真是个怪人，真是个怪人。

四

奇了怪了，这葛明嫂也不是什么天姿国色的女人。淡白的皮肤上有几个雀斑，细眼、高鼻，小长相，确实是身材不错，细腰肥臀，但何至于能把两个男人摆平得服服帖帖，白沙镇的人都惊着了。

白沙镇上不是没有偷人的女人，但偷得如此云淡风轻的只有葛明嫂一个人。她带着孩子，每日里上学放学买菜做饭，屋子里欢声笑语，日子不要过得太好，上没有婆婆管，中间没有老公要伺候，又只有两个小崽子要照顾。

时不时地，还有杨会计上门送温暖。葛明叔有时半年都不回来，钱倒是准时准点寄回来，一个月好几十，邮局的人月月见到来取钱的葛明嫂就感叹，你真的好福气，有个那么能干顾家的老倌，还有杨会计帮你忙，哪个人的日子过得像你这么好过。

葛明嫂知道这话里藏刀，倒也不接招，就笑笑，取了钱就走，并不与人理论。要是有流氓地痞晚上打门敲户，派出所隔两天就会上门，大家都说，这都是杨会计暗里找的人。好事的人总说葛明叔这一对儿女，样子跟老杨挂相，但是没有人敢跟葛明叔讲，因为讲了也白讲。小杨和葛明叔也是亲戚，相像也是正常的，关键葛明叔跟老杨见面还一点不尴尬，街上见着了，两个人还握握手，一个说，哥好久不见，一个说弟弟你辛苦辛苦。

怕还是睡他老婆辛苦了，葛明叔简直是糊涂，简直是白沙镇男人的耻辱，他怎么能一点也不生气？只能说他果然就是个怪人。但是他怪他的，他又没有杀人放火，又没有打家劫舍，他儿子女儿像不像他这种事，他既然自己都不说什么，别人就更不能说什么。杨会计大家也是不敢得罪的，而且捉奸这件事，如果没有苦主牵头，大家也懒得去办了，乡下不比城里，这样的事也多。

镇上的女人都不知道怎么办好，只好集体不跟葛明嫂讲话，以示她们的不屑与清白。

五

一年又一年，葛明叔的一儿一女都长大了，上了大学。儿子留在省城，女儿也回来当公务员，当然是杨会计出力帮忙，去了县城的商业局。

再过了些年，听说葛明叔退休回了白沙镇，依旧和葛明嫂感情好得很。两个人会一起到镇上老街买东西，一条鱼啊，一块肉啊，几块豆腐啊，然后拎回去两个人一块儿做，走在路上两个人一前一后有讲有笑的，看得镇上的女人好不艳羡。只是葛明叔定期要出门旅行，一年总要在新疆待个三个月至半年，南疆北疆吐鲁番全都去过，回来时带着好多瓜果。

再过了几年，葛明叔突然跟葛明嫂离了婚，葛明嫂就搬走了，说是去给儿子带小孩子。等她回来的时候，她居然是和老杨一块回的，这时，人们才知道老杨的老婆前两年就死了。

这还不是最奇怪的。最奇怪的是，葛明叔仍然和他们住在一起，他们夫妻住在东厢房，葛明叔住西厢房。葛明嫂一直管葛明叔叫哥哥，从回来的第一年就这么叫，这么些年也没改口。现在倒是真合适，她是他表弟的老婆，三个老人一起养老，倒也其乐融融。

有一年葛明叔从新疆回来，中了风，但是抢救及时，没有留下什么太大的后遗症，只是手上多了一根拐杖。葛明叔还是那么爱干净，他拄着拐杖散步的时候，有促狭的人说葛明叔，你老婆被老杨抢走了，你怎么也不急？

葛明叔说，哎，我这样的人呀，本来就不应该有老婆。

怎么样的人呢？白沙镇的人都想问，但又问不出口，毕竟葛明叔可怜。他混了一辈子结果混成连老婆都被人抢走的老光棍，实在是可怜，可怜的人就别再问了吧。

因为大家都知道葛明叔真是一个怪人，是的，再也没有比他更怪的人了。

易刺毛的故事

他的刺毛，叫生活这个剃头匠，慢慢给剃平了。

易刺毛这个人最大的毛病是有刺，这样的人，一个单位，总有几个。

他带学生去搞劳动，走到半路看到山下一对婆媳吵大架。易刺毛蹲在那里笑嘻嘻看了半天，等她们打起来的时候，易刺毛说拍掌，于是大家都拍掌，婆媳二人都羞得回了屋。

那时节，学校天天要搞学习，晚上还要开会，晚上一开会学校领导在上面说大话，他就在下面说小话。领导说易刺毛你真刺毛，我要扣你的工资，易刺毛说扣吧扣吧反正这个月的奖金早就扣完了，有本事你就扣我下个月的。领导没办法，就把易刺毛分配到一年级教数学，易刺毛就把一年级的小朋友带到河堤上让他们数树，他在一边晒太阳。

领导说易刺毛我真想调你走，易刺毛说你舍不得，调走我，你就没有蛇肉吃了，领导想想也是。昨天易刺毛不知从哪里弄来一条蛇，吊在篮球场上，刀子一划，蛇就软了下来，做成汤，很香，领导晚上也吃了一碗。

易刺毛这个人没有什么优点，他书教得不好，人长得不好，马屁就更拍得不好。捉蛇？捉蛇能叫拍马屁吗？每一个老师都吃了，又不是单给领导一个吃。他就是运气好，三代贫农，又把高中读完了，所以能当民办教师。

唯一称得上优点的是，他对老母亲孝顺。

怎么能不孝呢？他是独子，老娘守了三十年寡把他养大。他三十二岁上头还没讨老婆，老娘给他定了一门亲，媳妇不识字，不漂亮，还有点傻，他不愿意，但是又没办法，结婚头一天晚上就跑回学校。

结婚头两年，他一个月才回去一次，家里离学校才三里路。

易刺毛就喜欢待在学校，因为学校人多，好玩。有人会画画，有人会弹琴，有人会唱歌，有人会跳舞，易刺毛一样也不会，但是他喜欢看他的同事搞这些不三不四的事。有一次他参加学校的合唱队，四个声部，他唱男声的低音部，合唱的时候，他们几个男老师就负责在那里搞背景音，啦啦啦，唰唰唰。当女老师们一起头"一条大河波浪宽，风吹稻花香两岸"时，易刺毛的心就好像被早晨的第一缕光照到，整个身体都通明透亮，眼泪水止不住往外流，站都站不住。

原来,这世间真的有天籁之音,而当人听到天籁之音的时候,原来是会发抖的。

一条大河波浪宽,风吹稻花香两岸。啦啦啦,唰唰唰。

易刺毛从来不知道世界上还有音乐这样一件让人高兴的事。他小时候放牛,喜欢躺草地上听风声,鸟叫蝉鸣牛哞哞,他都爱听,后来进了学校,才知道合唱时的声音那么好听。再后来,在同事小唐带来的收音机里,他还听到过钢琴的声音,叮咚叮咚好迷人。第一次听《命运交响乐》的时候,邦邦邦邦,邦邦邦邦,就这几声"邦"把他打蒙了,世界一下子起龙卷风,把他的心卷得高高,又低低放下,一路滑下雪山,又掉到青草荫荫之所。易刺毛从来没想到原来世界之外还有一个世界,一个音乐的世界,可以让你心如秋千,也可以让你如踏过万丈深渊。

谁能想到你祖上八辈子农民的高中生,还会喜欢交响乐,从长沙下放来的才子小唐说。

易刺毛就嘻嘻笑,是啊,他也不知道原来他喜欢的是这些东西,这些阳春白雪,这些一条大河波浪宽的东西,这些叮咚叮咚邦邦邦的东西,跟吃饭无关,跟拉屎无关,跟教书无关,跟领导无关……他自己都不好意思提,索性死缠着小唐要他帮他装了一部收音机,天天蹲在学校最高的土坡上把天线调来调去。耳朵贴在收音机上,脸上风云变幻,仿佛小收音机里有一个小型的上帝,主宰着他的一切喜乐和魂灵。

除了爱音乐这个阳春白雪的毛病,易刺毛别的毛病没有，反而慢慢成了学校须臾不可离开的人。如果没有他，工会工作怎么开展，合唱队谁去组织，谁去一个一个叫人？如果没有他，小唐老师给小潘老师的信谁个能一走几十里地去送？如果没有他，小学的伙食怎么办，谁去捉蛇钓鱼偷鸡？如果没有他，开会时谁来在打瞌睡的时候讲笑话？如果没有他，学校女同事的炉子怎么生？搬家时那些重重的桌子椅子谁来搬？

哪里有易刺毛，哪里就有欢声笑语；哪里有易刺毛，哪里就锣鼓喧天。后来连领导也离不开易刺毛了，一天不在，就好像没有魂，哎，易刺毛到哪里去了？怎么不来开会了？开会都没得味了？

同事们喜欢，领导看重，易刺毛就越发不愿意回家了。他就乐意待在学校，练合唱，听收音机，和那些女老师打情骂俏，甚至帮音乐老师潘金凤背个风琴去公社开会，他不回家，领导也拿他没办法。

老母亲拄着拐杖来学校骂他，他就躲到学生家，不敢露面。等他娘走了，他才回来，恶狠狠地对同事说，迟早有一天要离了她。

他娘听了这话，说你敢离了她，我就一绳子离了你。

离！离！离！离！离！离！离！离离离离离离离离离离离离……说了几十年，到底也没离成，到底还是养出了两个小娃，一儿一女，小娃像他，聪明得很，刺毛得很。

老母亲高高兴兴地死了，说这辈子看到孙子，值了。

老娘死了,易刺毛还是不愿回家,易刺毛老婆按婆婆教的,一手一个娃到学校来寻他,说家里又没米了。

易刺毛就气呼呼地把三个人带到宿舍里,张罗三个人的饭食。大家都劝他,回家吧,看娃可怜。

他渐渐不住校了,每天都回家,家里活多,要种菜要养猪要做饭要带孩子……老婆真是顾不过来,家里没个男人怎么成?

再过了三五年,易刺毛也变了。慢慢地,话也不那么多了;恶作剧,到底最后也不搞了;收音机,也不听了。他的刺毛,叫生活这个剃头匠,慢慢给剃平了。

话又说回来,谁的刺毛,都会叫生活这个剃头匠,慢慢给剃平了。

无一例外。

易刺毛退休的时候,还是个民办教师,但穿着打扮说话的口气,已经和任何一个的白沙村老农民没有区别了。

他活到了八十岁,一儿一女都读了中专,在城里上班。后边十年,他得了老年痴呆,流着口水,跟在他的傻老婆后面到处走。连他的傻老婆都知道逗他,电视里只要一放一条大河波浪宽,风吹稻花香两岸,就调大声音,把个易刺毛高兴得手舞足蹈,嘴里啦啦啦唰唰唰地唱着,也不知在高兴什么。

死的时候,他拉着他老婆的手不放——大家都说,易刺毛和他老婆恩爱了一辈子。

漫不经心的母亲

谁能想到出生入死的潘金凤和唐草漫不经心的母亲是一个人呢?

一

唐草觉得自己倒霉极了。

她七十岁的父亲又再婚了,母亲才刚死了半年。

是,母亲走的时候,是说过要父亲再找一个伴,可是这也太快了吧。

自从唐校长找了新老伴,唐草和她弟唐虎就不大肯回家了。

后来新老伴说不想家里有别人的照片,于是,唐校长就把唐草妈妈的照片收起了。

唐草有次回家拿东西,发现墙上、桌子上的照片全都没了,就舍生忘死地和父亲吵了一架。话说得很重,走出家门,夜雾弥漫。她失魂落魄,一气埋头猛走了半小时,等走到有灯光处,发现依然还在二中的院子里,这不是鬼打墙吗?她抱着灯柱呜呜地哭,哭得心口像裂开了个大洞,扑哧哧漏风,周身锐痛,那一瞬间,她知道自己不但失去了母亲,也失去了父亲。

其实论跟父母的关系,唐草反而跟父亲更亲一些,父亲下了班会陪他们两姐弟玩,做作业,带他们上街买书,和他们聊天,问最近过得怎么样,母亲就没有这样的耐心,小时候就跟她不熟,只知道母亲老病着,歪在床上,三天两头地上医院。唐草小学前有大半时间都寄养在姑姑家,等唐草上学了,妈妈愈发忙起来,学校的事,上课的事,洒扫洗切,最常说的话是"别烦我,带着你弟弟外面玩去"。退休之后老早就发了话,我是不给你们带孩子的,你们有你们的人生,我们有我们的人生。

弟弟唐虎还好,他天生元气足,什么事都不在乎,十来岁开始谈恋爱,后来自己下海做生意,赚了钱不说,一口气生了俩娃,分别跟两个不同的女性,偏偏两任前丈母娘都把孩子抢过去带,不用唐家出一点力,节假日带回来哄得父母乐开花。不像唐草,总是一个人,总是不顺,谈个恋爱就千回百转,一个男人身上耗了三五年,两三个男人谈下来,把整个青春耗得个七零八落。唐草又不爱说,什么事都在心里头闷着,人家都翻篇好几年了,她还在想那天他为什么要用那种语气和她说再见。这些女儿家的心事,别人家都是母亲细加盘问,她这个娘倒好,你不说她不问,有等于没有,真是差了点意思。

如果可以选妈妈,小时候唐草最愿意选楼下刘爱芳的妈妈,因为爱芳的妈妈总是抱着爱芳亲了又亲,抱了又抱,给她穿漂亮的新裙子,梳整齐可爱的双鬏。实在不行,也可以选对面楼洞里李浩哲的妈妈,浩哲妈妈总是穿着得体的美丽的洋装,笑嘻嘻地看着李浩哲上学,书包里永远是最新款的彩笔,而且永远是四十八色全套的……可唐草妈妈呢,她什么也给不了唐草,亲和抱这些事在记忆里就没有过;裙子都是不知从哪里淘来的旧东西;头发干脆给剪得短短,说早上没时间给扎;一个书包背了九年,从小学到中学;水彩笔只买过一套六色的,钢笔是全班同学都有了她才有了一支,还经常漏水,漏得满手都是蓝色,成了班里的一个笑话。

在唐草的生活里,这位母亲就像一个飘来飘去的影子。你说她在吧,她似乎也真在,但需要她的时候吧,她又真不在,你跟她说的任何事,几乎都没有回音,后来唐草就不跟她说了,她要的钢笔、她要的新衣服、她缺的手工课的铁丝在提出的那一瞬间就知道是无望的,这些事情进入不了妈妈的脑子,就算进入了,兑现也在半年以后了,春天劳作课上的铁丝你半年之后给我一段,有用吗?简直比不给还让人生气。

姑姑老在背后笑妈妈的不能干,常常说得亏爸爸能忍得住。家务全是应付了事,桌子上一层尘。做菜更是难吃得要死，要不然是煳了，要不然就是放多了盐，仿佛没饿着他们姐弟她就算是完成了自己的任务。她是不大管他们姐弟俩的，所以唐草天天带着弟弟在二中的家属区里疯跑。傍晚时此起彼落的都是妈妈叫孩子回家吃饭的声音，她家永远没有，回家晚了，就吃冷掉的饭菜，然后洗碗，作为晚归的惩罚。

别人的妈妈是跟在孩子后面的尾巴，甩都甩不掉；是恐龙，老在后面喷火，虽然有时候也挺招人烦，可是那至少是热的啊。唐草的妈妈却像一头羸弱的大象，她远远地活在北纬23.5°以南，偶尔抽空看一下她北纬28.12°的孩子一眼，确保他们还在，就垂下眼睛忙她自己的。

有时她连家长会都不想去开，每次都推给唐草的爸爸：你有没有时间？我实在是忙。唐草在班上虽然不是数一数二的成绩，但绝对是有奖状领的人，何至于连去都不想去呢？这是唐草最伤心的地方。后来她看心理学的书上面说有些女人妻性比较强，母性比较差，而且这样的女性潜意识里对女儿有敌意……她也就释然了。

她长得像父亲，几乎是一个模子，但那样一张脸长在父亲脸上，就有一种自在、幽默，长在她的脸上就只剩滑稽；眼睛倒是像母亲，但配在宽鼻子和大方脸上，格外不搭调。不像唐虎，完美地继承了父母的优点：父亲的气质，母亲的美貌。长得丰神俊朗，格调洒脱，到四十岁还是阳光男孩那款，害得姑姑总要叹口气。唐虎，你这脸要是给你姐姐就好了。也只有姑姑敢说这话,妈妈是绝对不能说她的。不知道为什么,唐草跟妈妈一辈子就是不对付,她一见她就冷飕飕的,她一见她就气呼呼的,无论如何就是别扭,人一辈子就只有缘分不能强求。

唐草梦想中那种热热乎乎的母亲这辈子是不可能有了,妈妈对待所有事都有一种不太在意的淡然,有一次有人跑到母亲那里告状说看到父亲跟一个女老师走得很近,要母亲管管父亲。母亲听了也是淡淡地说"这是管不住的"。有时唐草气得发疯,怎么千碰万碰,就让她碰上这么一个漫不经心的母亲呢。

可就是这样一个漫不经心的几乎从来不管儿女的妈妈,一辈子命却好。两个孩子从小学到高中没让她费过神,顺顺利利地考上了大学。后来,一个开公司赚大钱,一个在出版社做着总让人高看一眼的文学编辑。甚至妈妈也不怎么管父亲,父亲几十年换洗的夏天裤子只有三条,有一条裤脚还是脱线的,也不见母亲给他补,还是父亲自己拿针线补的。唐草妈妈有一次说漏嘴,叹了口气说:"草,你运气没妈好……"气得唐草有半年没回家,见过不会说话的,没见过这么不会说话的妈妈,连女儿的运气她都要比上一比。

她就是淡漠,对谁都淡,因为父亲是校长,总有同事闹离婚跑到校长家来哭诉各种冤情、奸情,她这位校长夫人只是听着,最后总归是那几句:"心放宽些,不就是那些事嘛,都会过去的,抬抬手就放过了,你不要在意,人心太窄，人就活不下去。"就算是唐草、唐虎长大后，恋爱了，结婚了，离婚了，又再婚了，这个做妈妈的也从来都是听到消息就喔一声，也不着急，还是那几句"也可以，这也没什么，抬抬手就放过了，你不要为难自己"。

唐草结婚才八个月就离婚，那次哭得肝肠寸断，妈妈只是在一边看着她，"有什么好哭的，天下男人多的是，这个没了找下一个"。

"但是我就是只要他。"

"怎么就只能要他，都会过去的，一个人心太窄，人就活不下去。"

唐草睁着眼反问她，妈，心要放多大，才能活得下去呢？

妈妈愣了愣，脸上出现一种茫然的表情，她欲言又止，不知怎么回答唐草，就转身回了屋。

这世上有这样的妈吗？在女儿最苦的时候，她居然撒手而去，咦，你就不能抱抱我？你就不能跟着我一起痛骂那个负心郎吗？真是恨啊。

可是恨归恨，这样的妈，也还是妈，被人拿掉了照片，唐草还是会为了她拼命。

二

和父亲吵完了这一架，唐草还真觉得有点伤筋动骨，每天坐在办公室也有点游魂似的感觉。

出版社这地方,人人都有一摊事,没有谁来关心别人的情绪。那天又游魂到六点,唐草抬眼一看,才发现办公室全空了,她出门走到保安亭,保安和她打招呼,唐姐,现在才下班啊,国庆节去哪儿玩啊?

唐草才想起明天是国庆,难怪办公室走得水静河飞,愣了三秒,她才回道,喔,回老家。

回老家,是同事们国庆的例牌活动,老社长喜欢招小地方来的应届大学生,觉得好用,所以一到国庆节同事们几乎全扑腾回了老家。可唐草回什么老家呢,她是本地人,父亲上溯三代都是长沙人,哪有什么老家要回。可是这个当儿,她竟然也想不出什么话来搪塞保安,别人国庆节都有节目,只有她唐草,无夫无子,孤身一人,有家归不得,姑姑和娘都死了,爹也没有,弟弟过二人世界去了,只能回老家(湖南话"回老家"还有"死"的意思)。

同保安挥了挥手,唐草溜溜达达走在回宿舍的路上,突然冷不丁地想起,她是有老家的,她的老家就是潘家湾啊,妈妈的家不就是她的老家嘛,妈妈小时候带她回过几次,一次是外婆去世,一次是她大舅去世,唐草只记得外婆的家在一个高坡上,黑瓦白墙,坡下种满金丝楠竹,推门就看到清清的涟水河,门口有一棵巨大的柚子树,柚子树下悬吊着油光锃亮的秋千。秋千她玩过,荡出去的时候人像飘到了河上,又刺激又好玩,她笑得咯咯的,完全忘记了自己是回家参加葬礼的。

唐草对于潘家湾的印象就是热闹,记得送外婆上山的那天是人山人海,出殡的时候人群里突然响起一把高亢的唢呐,请的十里八乡出了名的疤面师傅,一下子人群就静了下来。唢呐声音高处冲破云霄,低处又似于水面轻跃,起伏之间,突然在方圆十里之内制造出一个宁静的世界,唢呐声统领了一切的情绪,平复一切悲伤,把人带向无限远处,于是葬礼突然就显得庄重和安静下来,人群里有了一种和光同尘的安详与哀静。

"每个人都是要走的。"回来的路上,唐草的妈妈捏着唐草的手说,"关键是活着的每一天都好好的。"唐草哪里听得懂,也不敢问,说这话时妈妈的脸上也看不出有什么表情,不像她的亲戚这一路趴在地上哭天抢地,唐草听见有人在后面指指点点说,她们怎么也不哭。她背后一凛,知道是指她和她妈妈,她们俩在那群人里是完全没有哭也没有号的人。她不哭情有可原,唐草根本就不太认识她的外婆,而妈妈为什么不哭呢?唐草不知道,只知道妈妈一直就是这样淡漠的人。

与其在出版社的宿舍区里干尸一样挺七天,真不如去潘家湾看看,对,就这么办!她回到宿舍,就开始研究回老家的路线,上网一搜,一番研究才发现潘家湾真是一个离长沙好远的地方,先要坐好几个小时的火车,然后还要坐一两个小时大巴,再要坐一种摇摇晃晃的小中巴才能到达。

太费时了。要是平时，唐草就算了，但这一回，正好杀时间啊，去一天，回一天，已经过去两天了，中间再看心情，在附近找个景点再逛个一两天，国庆节就差不多过完了，反正一个人，散散心也好。

晚上收拾了收拾，第二天一早出门，十一早晨的长沙静悄悄的，完全不堵。果然闲人出门，反而什么车都不会误。她赶上了最近的一班车，下午两点就已经下了火车。唐草又晃到县城客运站，一栋九十年代风格的三层楼，贴满了沾着尘泥的白色瓷砖，上面红色的标语，看得出时日久远，全都褪了。周围一群人在讲着她听得懂很熟悉但不太会讲的某种方言，这方言存在于唐草的父亲与母亲之间，他们在一起总讲这种话，但是他们从来不对唐草和唐虎讲。

在客运站找了一辆去白沙镇的大巴，晃晃悠悠，下午四五点就到了镇上。这个镇是湘中地区普遍都可以见到的那种古镇，方圆不过十几里地，只有一条热闹的街，房子有的新，有的旧，有的还是吊脚楼，有的已经用瓷砖砌了花，招牌都是白底红字，爱时髦的，还会烫金，显得热闹豪华。唐草一早就订好了镇上一家民宿，为什么不去亲戚家？因为母亲有三兄妹，她是最小的，大舅小舅都去得早，老家只剩下一堆唐草根本认不出脸的表哥表姐、侄子侄女，无谓叨扰——能不沾惹尽量不沾惹，在清简人事这一方面，她倒一直还蛮像她妈的。

行李放好，随便在民宿旁的小米粉摊吃了一碗米粉当晚餐,唐草一路问一路信步来到镇尾的观音阁——她见过父亲和母亲有一张站在观音阁上的照片,两个年轻人并肩而立,看向河道,上面是六个字:"共创美好生活"。爸爸说他们没有拍过结婚照,这张就算是了。唐草立意要来旧地重游,满头大汗爬上山,又登上木头阁顶,眼前果然景色大好:站在窗边,看得到大河在远处悠然荡了一个弯,金色的夕阳西下,深蓝色的河水如镀了层金色的波光,那一湾河水的最高处平林漠漠就是母亲的老家潘家湾。

唐草趴在窗边,一看半晌,看着天空慢慢从高处的暗紫变成浅紫,再幻化成出一层层淡红深红,再慢慢沉没至地平线,直至最后暮色四合,整个天空变成一片湛蓝。

天黑之际,天空中奇异地出现了一颗星星,一闪一闪地。啊,妈妈,妈妈。唐草不知道怎么地,竟然叫出声来,妈妈,妈妈。

啊,妈妈,我到你住的地方来了,这是你看过风景,我也看到了。

妈妈,你在那边可还好吗。

妈妈,你到底也是怕我一个人害怕吗?我不怕。

…………

妈妈死后她没怎么哭,倒是此时,就着夜色,唐草哭了个痛快。

三

一夜无话，一大早起来，坐上小巴，凭着手机地图和仅剩的一点印象，再走走问问，唐草终于来到了潘家湾村口。

潘家湾比起白沙镇来当然更是农村，村口有一条弯弯的老街直通码头，老街两边是高矮不一的民居，一半是白水泥的两层楼房，一半是半塌的黄泥砖房，新的特别新，旧的特别旧，有一种奇异的冲突感。有年头的黄泥砖墙中间倔强地生长着各种攀藤植物，有些院子里蒿草长到有一人多高，筋骨壮实，密实无间，风吹过，哗啦啦地响，有种原野感，显得整个村子格外静寂。唐草一路走来，如入荒城，完全看不到什么人，只有几只鸡在地上走来走去，一只雄壮的大公鸡昂首挺胸地在空空的路上踱步，仿佛它才是村长。

唐草一路看鸡，一路觉得好笑，小时候，妈妈带她回乡下，她也是跟着鸡走，这习惯倒是一直没改。二十几年过去了，潘家湾比她记忆里要寂静了许多，这寂静一半是因为没有人，一半是因为草木实在太过繁盛，古码头倒是还在，只是没了渡船和人，一大丛一大丛的绿树出现在河对面的荒山上，河里的水草如万条丝绦，随着水波起伏游转，静如宋画。"唐代、宋代的人看到的河也是这样吧。"唐草想，还是乡村好，可以无缝穿越到唐宋。

正感叹间，一只大黄狗从斜刺里冲了出来，汪汪汪，冲她龇牙咧嘴，唐草吓得后退了好几步。突然她记得小时候妈妈和她讲过，狗冲出来了，千万不要跑，反而要定住，和它僵持一会儿，狗就走了。她定定地看着大黄狗，正准备计划如何和它周旋之际，屋子里走出来一个七八岁的女孩子，她一头乱乱的短发，圆脸大眼塌鼻子，还有若干雀斑。女孩厉声喝道：小黄小黄，不要叫！

唐草感激地冲那蓝衣女孩笑笑，那女孩警觉地看着她，面无表情，大叫，小黄，跟我来！一人一狗，就一溜烟往村口跑去了。唐草心想这女孩一副不好惹的样子，怎么看着倒是眼熟？细想了一下，是自己，她小时候有张照片就很像她，你看，人就是自恋，什么丑人一觉得跟自己有点像就立即不讨厌了。

她笑了笑自己，沿着坡就往上走。唐草记得外婆家的房子就在这坡上的竹林之后，心情陡然有几分激动，她拿出手机，准备好好拍几张照片留作纪念。待走到坪上，眼前的情境，把她吓得目瞪口呆，呀，回忆塌了。

黑瓦凌乱一地，白墙面只剩下短短的一截，露出里面斑驳的黄泥砖。心心念念的那棵巨大的柚子树也几近枯死，遮天蔽日的枝叶只剩一根树桩和伸向天空的苍老的枯枝。秋千当然更不见踪影，只看得到横枝上那深深的绑绳印。呀，这怎么回事？唐草心乱如麻，早知就不回来了，如果不回来，老屋就在她的回忆里静静地完好地存在着：黑瓦白墙，一坡婆婆的金丝楠竹，坡下清清的涟水河，门口有一棵巨大的柚子树,柚子树下悬吊着油光锃亮的秋千,荡出去的时候人像飘到了河上,心就飞在风里,这是她童年记忆里最最重要的场景。就这么毁了,而且是被她自己亲自跑了几百里毁的,毁得这么坚决和彻底。

这下全没了。

唐草颓然,扶着枯死的柚子树,想起妈妈死之前几天,说想吃柚子,害得她和唐虎满世界地转,但买回来的柚子全不合妈妈的心意,当时以为是病人闹别扭,唐草现在知道她可能就是想吃家里的这棵柚子树上的柚子,可是那时的他们姐弟哪里想得起来,想起来又怎么样呢?这棵柚子树也早就死了,树犹如此,人何以堪。

唐草在嶙峋枯手般的柚子树下发了半天呆,阳光直射下来,似乎有了重量,有了要把时间凝住的势头,唐草突然好想变成一只虫子,就僵在这时间的琥珀里,不用想、不用哭,也不用痛苦了……又或者有一颗大柚子从天而降,人就穿越到从前。回到从前哪一段呢?她是去见小时候带她回老家的妈妈,还是见她从来没有见过的小时候的妈妈?唐草居然被这个问题给问住了……一时之间,头竟然有点晕了,有那么一瞬间,唐草以为穿越即将发生了,两眼发黑,人直往下掉,她猛地扶住眼前的横枝,眼睛定了定焦,身上已然出了一身虚汗,她只好顺势坐在地上的一堆砖头上,掏出随身带的水杯,昂头一喝,居然没水了,昨晚忘记加了。口渴得不行,日头好猛,这里没个遮荫处,唐草心想怕是中了暑,这才叫穿越不成，反暴尸荒野，关键是人家还不知道这具女尸到底是谁。这就是一个人出来旅行的坏处，你不能出事，一出事，就成了悬案。

唐草勉力站了起来，决定回到坡下那户人家讨点水喝，"那小女孩肯定会帮我的"，唐草想，她的逻辑是小女孩跟自己小时候有点像。这逻辑如果要被唐虎知道肯定要笑她的，他总说姐姐你脑子不灵光。是啊，唐草是没唐虎那么灵光，如果不是，为什么她中年还这么穷，还要一个人住在出版社分的破宿舍里；如果不是，为什么她总是遇人不淑；如果不是，为什么母亲一看到唐虎就眼睛放光，仿佛她只有唐虎这一个儿子。谁说父母不势利，两姐弟，他们还是喜欢那个成功的，有钱的，好看的。

就连取名字，也偏心，一个是草，一个是虎。唐草叹了口气，有些事，真的不能细想，一细想，你就过不去了。

四

唐草慢慢挪下坡，爬上来的时候不觉得陡，爬下去的时候竟然好几次脚下打滑，好不容易回到那个蓝衣姑娘的屋前，又是静悄悄的，那只凶巴巴的黄狗也不见踪影。这下好了，你不想要狗的时候，它跑出来吓你，现在你想要它出来吓你，它不见了。

这间青瓦房，倒更像唐草回忆中的外婆的家，黑瓦白墙，门口也有一棵柚子树，只是不如外婆家那棵大。坪里扫得干干净净。唐草心急，就一路朝门走一路用方言喊了一嗓子，有人吗？讨口水喝。

快到门口时，才发现一个弯腰驼背的老妇人从房子里的阴凉处走了出来，头发花白，皮肤黝黑，只有一双凹进去的眼精光四射，身上的短袖蓝花衣衫飘荡在身上，不合身也不合年纪，但因为她的精瘦，一切似乎也合理了。她半是讨好半是警觉地看着摇摇晃晃的唐草。唐草也顾不得许多，赶紧说道，阿姨，我快中暑了，想讨口水喝。

妇人慌忙把她往里让，从一个白瓷大茶壶里倒了一碗凉水递给唐草。唐草咕咚咕咚喝下去，再加上屋内沁凉，只觉得浑身舒泰。老妇人寻了一张老竹凳给她，说妹子，你坐一坐，坐一坐，我给你泡茶喝。

唐草趁她忙活时，闭上眼睛缓了一会儿，睁眼一看原来进的是厨房，进门就是一口大灶，四壁熏得乌黑。屋里一张方桌、四张凳，一只缸，茶泡在方桌上。老太太在碗柜处翻摸东西，大概是在给她找"饮食"。外婆也是一样，她一去，就慌里慌张地帮她找"饮食"。所谓"饮食"，是潘家湾的土话，就是零食，唐草后来想应该是来自古语，只不过后来变成了零食的代称，她赶紧说，阿姨不用找了，我好多了。

老太太从碗柜拿出两只玻璃瓶子，看形状，一只泡的是藠头，一只泡的是黄姜，她用筷子各样挑出一点放在碟子里，筷子有年头了，是黑的，还泛着一层白。她指着其中一碟黄姜对唐草说，中暑这个吃一点姜，自己家做的。

唐草不敢拿这筷子，只得轻手轻脚用手拈了一块，才嚼几口，又咸又辣，就觉得脑门一阵发热，呀，劲道真足！阿姨，你家姜真好……咦，刚才那个小姑娘呢？

喔，你说张美心，我孙女啊，跟她同学玩去了。

唐草笑道，怎么村里现在这么少人，我小时候来这里挺多人啊。

妇人笑道，你小时候来这里住过啊，我怎么看不出你是哪家的亲戚……现在村里头哪还有人，都出去打工了，只剩下我们几个老家伙了，带着几个小孩。

但是村里起了好多新房子……

"喔，祖屋塌了，有些人会重新起一栋，好多人就干脆不要了，直接去城里买房子了，张美心的爸爸妈妈也在县城买了一套，一百多平方米。有什么用，他们出去打工，张美心还是得回来跟我住。"

"喔，您老人家姓张？"

"我不姓张，我老倌姓张，这里的人都叫我张奶奶，我娘家姓潘。"

唐草大喜道："呀，我妈也姓潘，你们可是亲戚？您可认识那坡上的潘家？他家怎么塌了？"

"他家啊，后人有的在长沙，有的在县城，屋子一空几十年，没人住，就塌了。还说要我帮忙看屋，这看什么看啊，塌都塌了。"老妇人意味深长地看了唐草一眼，"你是潘家的后人啊？"

唐草尴尬地笑了笑："张奶奶，潘家以前有个女儿叫金凤，你老人家认得不？"

老妇人说当然认识呀，金凤姐比我大三岁，年轻时长得可标致。

唐草一高兴就说："我就是潘金凤的女儿啊。"

老妇人一惊，眼睛一眯上下打量一番，哟，一点不像她啊。几女儿啊？

唐草尴尬，又笑，说大女儿啊。

老妇人就说，金凤大女儿死了，二女儿送人啦，你应该是三女儿吧……你姓什么？

"我姓唐啊。"

"喔，她到底还是嫁给了那个比她小八岁的小唐。"

唐草蒙了，在她的世界里，她就是唯一的女儿，她有一个长得无比帅又调皮捣蛋，结了三次婚的弟弟，她从小在长沙一所重点中学的宿舍区长大，她的爸爸唐校长是远近闻名的好男人，她的妈妈潘老师是一个心不在焉的妈妈，一家四口，无风无浪过了四十年，哪里来的大女儿和二女儿？

"你妈妈跟你爸之前生过两个女儿，她嫁过一个科学家，还砍过人，这些事你都不知道？"老妇人做惊诧状。

唐草摇摇头。

老妇人笑了笑，笑容里夹杂着若干微妙的嘲讽："也是，你们搬到了长沙，没有人会跟你说你妈妈的事……你妈呢？"

"我妈去年去世了。"

老妇人的脸上变幻出哀恸的表情，是某种同龄人去世后的兔死狐悲。"唉，都死了，我老伴也死了，我认识的人都死了，我们的事都没有人记得了，你知道吗？你妈妈当年，可是我们潘家湾最出名的女孩啊。"

于是，接下来的一整个下午，唐草就听了一个叫潘金凤的女人的故事。

五

"说起来我们也算是亲戚，你真要叫我一声阿姨。我父亲和你外公是不出五服的堂兄弟，你妈小时候长得漂亮哩，那时候学校里的人谁不说她是潘家湾飞出的一只金凤凰。"

唐草爽快接话道："好，那我就叫您姨。"

"小时候我最羡慕你妈，她什么都有，爸妈待她好，她又会读书，还有好多男生喜欢她，包括我哥。她是我们学校里第一个考上师范的女同学，那年头，能考上师范的都是了不得的孩子，不用交学费，还有钱发，等于抱上了金饭碗，不是农民了。我就是以你妈为榜样，考上师范，后来嫁给同班同学，我的公公还曾经是你妈妈的领导，所以你家的事，还真是我最清楚。"

"哇,那可太好了,除了我爸爸,我也从来没有跟人聊过我妈呢,我一直不知道她是什么样的人,她跟我不怎么亲。"唐草说。

"你妈是什么样的人?你妈是美人,一堆人里面只看到她,又白,又美,又飘。她属马,眼睛有点近视,有时看人会微微眯一下眼睛,我哥他们说她一看人的时候就像有一束光打出来,打在心上,好像烫上了一道黑印子,擦也擦不掉。你说她灵不灵?"

唐草无法想象母亲曾是这样一个风华正茂的少女,她也不愿意想,于是直接打断老人的描述:"您说她嫁过一个科学家是什么意思?"

"她读师范的时候,潘家湾来了一个地质队,里面有个老刘是地质队的副队长,借住在潘家,人来人往,不知怎么地两个人就好上了,刘副队长就打了电报回研究所要求延长假期,赶着那个春节的当口和金凤订了婚……夏天的时候刘队长又请了一次假赶回来和金凤结了婚,走了三个月以后,金凤的肚子就有点显形了。师范学校还没有过这样的先例,没毕业就有了孩子的,几个班的学生下去公社搞劳动,全是女孩子,只有她还带着一个保姆,大队还要另外辟一间屋给她和她的孩子和保姆住。'搞什么名堂……',大队书记说。"

"咦,那个时候肯让学生结婚吗?"唐草问。

"那个时候的人都单纯,人家又是科学家……而且研究所的事好办,一说发函过来,白沙镇的民政所就慌了。"

"一般女的不是都跟着男方调动吗?"

"哎,你妈不愿意去啊,他们是地质队啊,一天到晚四处走,跟着他去也是在所里等着,孩子还没人带,还不如在这里,教着书,父母就在身边,四面八方的人都熟;况且北方人只吃面食,金凤姐是一个要吃米饭的南方人,她思来想去就不去了。"

唐草笑了,她妈倒真是一个这样的人,她是一定要自己舒服才行的。

"那老刘来回跑?"

"那时候,哪里能来回跑!一年只能探亲十五天,其他的三百五十天就是一个人。但是老刘是个好人,他一个月三十六块的工资,寄了二十块回来,那时,二十块钱了不得了,一张油票八分钱,一斤米九分钱,二十块钱可以买二百斤米,金凤姐一个人用着两份工资,把我们羡慕得呀。我记得有一次她买了一件粉绿格子色的的确良料子,穿着好漂亮啊,走在坡上,把坡上都衬得亮堂堂,我开她玩笑,金凤姐,你比黄花姑娘还漂亮,哪个晓得你小孩都能满地跑了哩。"

正说到这时,蓝衣小姑娘一阵风似的带着一条狗就回来了,叫了一声奶奶,直愣愣地往里屋冲,张奶奶叫住她,说美心赶紧叫姨。乡下的规矩唐草不熟也是懂得的,赶紧从包里拿了两百块钱出来,放在她手里说,小妹妹,这是阿姨给

漫不经心的母亲　61

你买糖吃的。

小姑娘木口木面地，不肯接，往里屋冲去。唐草追赶不及，只好把钱交到张奶奶手里。

"这孩子就是这样没礼貌……也不怪她，她妈妈生下三个月就扔下她打工去了，都是我带大的。"张奶奶接过钱去，小心翼翼把钱折好，收进口袋，感叹道："你和你妈一样，大方！那时她有什么衣服呀，好吃的，都会给我一份，她过的是神仙日子哩，农村哪个女孩能够像她一样生活，不用做一点家务，星期一去学校上课，星期五回潘家湾，你大姐就放这边你外婆帮着带，虽然家是农村的，你妈可一点委屈没受过。你记得不？你家门口有一棵大柚子树，柚子树下系着一挂秋千……"张奶奶一边说一边进里屋，又一阵踅摸开锁拿东西，不多时，又拿出几个碟子，里面是芝麻球、小花片一类的脆食，唐草知道，这一回给她的是贵宾的待遇了。

"记得记得，我还玩过。您别拿东西了，我吃不了，你倒是多跟我说说故事，我爱听。"

"那秋千啊，你玩过，我玩过，你妈玩过，你大姐最爱玩，她一荡出去，就咯咯地笑，每次把我们逗得好好笑。你大姐是个好漂亮的孩子啊，眼睛大大，粉白雪嫩，又爱笑。"

唐草突然想着母亲推着她玩秋千的样子，若有所思，大概是看着眼前的丑女儿，想起那个漂亮的女儿，心里不好受吧。"那我大姐现在哪儿呢？"

"不在了。"张家姆妈叹了口气，"老刘和你妈离婚之后把你大姐带去甘肃，听说发急病去世了。"

"天哪，我妈为什么不留住女儿，她一手带大的？"

"唉，离婚时老刘一定要带走，你妈有错嘛！"

"我妈有什么错？"

"你妈，唉，你妈那错还不是小错。"

"我妈不就是又喜欢上我爸了吧，这算啥错？这事我知道，我妈比我爸大八岁，但是我爸就是喜欢上她了，我妈也喜欢上我爸了，他们是同一个学校的老师。"唐草得意地说。

是啊，这件事爸爸和她说过的，爸爸是下放到白沙镇的长沙人，听说爷爷是一个什么大学问家，那时，每个学校天天晚上要学习，要开夜会，妈妈不愿意听那些陈谷子烂芝麻的话，每次都缩到最后面，和几个年轻老师坐在一起烤火，天气冷，大家都穿得多，互相靠着，有时听得睡着了，就靠在旁边的同事身上睡了过去。有一次妈妈醒过来，发现自己靠在爸爸的肩膀上，她一时没有运清神愣愣地看了那张脸半天，看到最后，两个人都看痴了，旁边人的喊都不应。后来有人推了爸爸一把，哎，唐钟生，你的鞋子着火了。爸爸一看果然，布鞋的白边踏到了炭火上，黑了一片，这事遂成了白沙镇中学那年冬天的一个笑话，叫唐钟生烤火烤黑了鞋。

"你爸跟你妈那件事闹得很大哩，你爸是下放的，一直没有娶亲,谁愿意嫁坏分子呢!连农村姑娘都不愿意嫁,所以,后来听说你妈和小唐好上的消息大家都不敢相信,怎么可能放着好好的处长堂客不当,去和一个坏分子搞破鞋呢?不但大家不相信,我公公,当时在镇中学当书记,我们都叫他张书记,张书记也不相信,后来谣言越传越盛。有一晚我公公被人叫着去捉奸,他是在私塾上过学的人,隔老远就喊,哎,小唐,你开门……结果踢开门的时候里面没有太难看,你妈和小唐坐在床边一起看书,你妈的衣服好好地在身上,只是鞋子没系,小唐手里的书拿倒了。我公公也没为难他们,替他们保存面子,对跟来的十几个义愤填膺的同事说,你看,金凤同钟生在看书谈工作,没事嘛,同事之间就是要搞业务……"

唐草听了扑哧一笑,倒真没想到妈妈和爸爸当年的恋情这么轰轰烈烈,至于妈妈会爱上爸爸,那简直太正常不过了,因为爸爸虽然长得不是好看那一类型,但是他别有一种男人的风度,永远笑嘻嘻,讲话又幽默,到老了鞋子也总是刷得锃亮,对女孩也总是温存小意,要不然陈阿姨怎么会那么快就肯嫁过来呢。

六

正谈笑间,张美心从里屋里跳出来,奶奶,我要吃饮食。

张奶奶就从桌子摆着的两三只碟子里拿了一只芝麻球给她，七八岁的小女孩如婴儿一般赖在奶奶怀里，百般折腾吃完这个芝麻球，又迅速地拿了一个闪电般地跳开了，张奶奶又气又笑，这孩子，客人还没吃哩。

"张奶奶，我不吃芝麻球，你都给她吃嘛。"唐草一边说一边起身拿起那碟芝麻球就往里屋送去。里屋大而空，一张床，挂着帐子；一张旧书桌，一只漆色斑驳、至少有四十年历史的棕色壁柜，玻璃后是彩色油漆绘的牡丹和菊花；墙上糊的报纸是1988年的，连贴的港台明星的年历画也是1988年，这个家，不知道什么原因，似乎就停滞在1988年；床边还有一扇门，关得紧紧的。唐草知道张美心就躲在门后面，于是大声说道，美心，我把芝麻球放在桌子上了，你赶紧来拿。

退回来，发现张奶奶在刷锅淘米准备做夜饭。

"姨，你千万不要劳动，我在旅店订了伙食，回去不吃也要交钱的。"

一番谦让劝说之后，蒸好饭，张奶奶总算是肯坐下来。"姨，你跟我说说我妈二女儿的事嘛，我妈怎么还有个二女儿呢？"

"你妈这个二女儿是跟一个耕读老师怀的。"退休教师张奶奶一字一句地说，精光四射的眼睛又回来了，足见当年潘金凤老师的所作所为对于普通人的刺激有多么强烈，那是他们一生难得一见的奇特场面。

"什么叫耕读老师？什么时候又冒出个耕读老师？"唐草也目瞪口呆，本来妈妈之前还嫁过一任老公就奇了，怎么又多出一个耕读老师？

"因为教育局知道了你爸妈的事啊。你妈很快就被调到一个很偏远的小学去教书，你爸也被调到另外一个公社的小学，两个人分开有一百多里路。说不是处理，但是大家都知道这是处理，那时不像现在，一百多里等于就是不可能见面，不能见面也就不可能犯错误了。但谁能想到，要犯错误的人到哪里都犯错误，半年之后，你妈居然又怀孕了，一审之下，原来是同校一个耕读老师的孩子。这叫什么事呢？耕读老师不是真正的老师啊，他没编制的啊，就是多上了几天学的农民啊。我公公是联校的书记，为这事急火攻心，跑上跑下，这怎么行，老刘是为国家做贡献的人，我们连他的家属也没管好，让人家怎么安心工作嘛，有愧啊。他拿这话对我婆婆说的时候，我婆婆很不齿：孩子又不是你的，你有啥愧的？"

张奶奶像模像样地学起来，逗得唐草哈哈大笑，这人情世态，谁能说得清。

"后来老刘回来了。当然，派出所也把耕读老师抓起来了，这是大罪，谁也保不了他。可是受审的时候，耕读老师义正词严地说，当然不是我主动，我怎么敢，我是一个农民，她是国家干部，她天天找我陪着她做这做那，牛放到田里能不吃草吗？我公公张书记就把这话跟老刘说了。当时你猜老刘讲了什么？"

"什么？"

"牛放到田里能不吃草吗？牛放到田里能不吃草吗？牛放到田里能不吃草吗？……老刘把这句话翻来覆去念了好几遍，沉默了好久，就点点头说，那就算了。老刘是好人哩，他也没骂金凤，他说谁叫自己一年只能探亲十五天，其他的三百五十天，就是金凤一个人呢。那就算了。算了，他说算了，别人就不好追究了，孩子六个月了，不能打，打了会死人的。老刘说生下来，生下来也是条命，那就送人，其实天大的丑事只要肯遮，也就过去了。你外婆给老刘都跪了下来，说金凤这一辈子做牛做马也要报答你。可是你妈动都没动一下。"

"我妈性格是挺硬的。"

"孩子生下来抱孩子的人就到了，老刘问金凤姐，要不要看一眼。你妈好狠心哩，焦干两个字，不看！老刘还是守到出了月子才走，走的时候说，我回去就打报告，你跟我去甘肃。你妈好厉害哩，说我吃不惯面。你外婆打了你妈一个耳光，说没见过你这样不知好赖的女人。你男人待你多好。结果你猜你妈怎么说？娘，我不喜欢他。你外婆说，你不喜欢他，当初你们是自由恋爱，大你那么多，我们都不同意，是你自己一定要嫁，人是你选的，现在人家都当处长了，别人想嫁还嫁不上。金凤姐说，他什么长我也不喜欢他，我那时年纪小，不知道结婚是什么。老刘只好一个人走了。"

"他走后的第二天,金凤就拿着刀子去砍那个耕读老师了。当然,最后没有砍到,没砍到,她就砍了自己手腕一刀,血哗哗地流了一地一身,又是月子,真的是要死人哩,将养了差不多一年,后来她身体一直不好。这么闹怎么可能身体好嘛!"

唐草想起母亲说话从来不带高声,气若游丝,以前觉得是冷,现在想来大概是真的身体弱。

"然后她病休后回校的时候,才进校门,就发现你爸已经在了,他对她说,调过来有半年了,是他主动要求的。那还有什么好说的呢?人家老刘是读书人,所里的领导也发话了,叫什么潘金凤啊,明明是潘金莲啊,潘金莲有什么好留恋的,赶紧离,我们所里不要这样的家属。后来,老刘就又回来一趟,把女儿接走了,走的时候,还放下一份离婚协议书。"

唐草暗想,原来我妈是这样和我爸结婚的啊!那张观音阁上的照片应该是那时候照的吧,难怪照片上的两个人都没笑。"她怀第三个的时候,老刘来了一封信说女儿生急病死了。你妈在柚子树下摸着秋千哭了一夜,哭得好惨呢,我都听见了。"

唐草一算时间,妈妈当时怀的就是自己啊,她惨笑道:"可惜我长得一点不像我姐,难怪我妈妈那么失望呢。"张家奶奶定睛认真看了看她,点点头,确实不像,你大姐像你妈。

啊，这样就一切讲得通了，妈妈的冷漠，妈妈瞅着她经常发愣，妈妈和爸爸躲在屋子里的刻意不让她听到的嘀咕声，一切都讲得通了。可是长得不像大姐，不能怪我啊，生得不如大姐聪明可爱，也不能怪我啊，妈妈啊妈妈，我没有怪过你啊，为啥你临走时跟我道歉啊？你说我小时候你没把我照顾好，要我不要记恨，你不说这话还好，你说了这话让我怎么活呀——妈妈呀妈妈，你就是这么一个自私的妈妈，你什么都尽想着你自己，你这样走了，让我这辈子怎么安生？

七

听完潘金凤的故事，天也黑了。

谁能想到出生入死的潘金凤和唐草的漫不经心的母亲是同一个人呢？

母亲在唐草的记忆里就是一头缓慢而瘦弱的大象，她站在她自己故事里，偶尔看他们姐弟一眼，就垂下眼睛忙她自己的，她的家务做得马马虎虎，菜做得马马虎虎，带孩子更是马马虎虎，她有发不完的呆，看不完的电视剧，和父亲躲在房里嘀嘀咕咕聊不完的话……远远地，淡淡地，对一切都漫不经心，对一切都提不起精神，好像没有什么大事能激发起她的热情。

金丝楠竹在蓝色的夜幕下静静地摇晃，一会儿东，一会儿西，齐刷刷地，像人群。蓝衣小姑娘张美心到底从屋里走了出来，端着空碟子，静静地看着唐草。这时唐草才发现，她的眼睛真亮，但亮里却有一丝她熟悉的东西。唐草突然想起有一年她回家早了一点，发现家里来一个客人，是一个脸色蜡黄的妇人，那妇人看到她的时候，眼睛亮亮的，后面还有一种说不明、道不清的东西。现在唐草明白了，那是没有娘的孩子心底里的不忿。她们不知道为什么如此，她们觉得世界欠她们一个娘。可是，娘又有什么办法呢？记得当时母亲慌张地把妇人拉进卧室，和她在房间里聊了很久，最后送了她出门，临走时还塞了一个很厚的包给她，应该是钱吧！唐草记得母亲进门时抹了抹泪，又慌忙对她解释说"是个老同事的女儿"。

妈妈为什么不告诉唐草，大概是知道她不会懂吧，她这个在言情小说里混了半世的女儿怎么能明白这些七里八里的乡村往事呢？这一世，她们是一对从来也没有说过透亮话的母女，打她一生下来，两个人就相互失望，唐草一开始就不是她想要的女儿，而她则更不是唐草想要的妈妈。可是怎么办呢？这不是她想的，也不是她想的，人生就是阴差阳错，是好是坏，全凭运气。

那些七里八里的事，妈妈都一个人担了，而且担了下来，时间像河水，日夜不停，人就像河里的水草，只要你没有死，你就要随波起舞。到后来在长沙，谁不说潘老师福气好，一儿一女一枝花，一生无风无浪，是最幸福的女人。

"不要躲在屋里看那么多言情小说,多去见见人。"离婚之后,唐草记得母亲常常跟她说这句话,她就气哼哼地回复,不要你管!现在想来,同样是四十岁的人,她的人生是一片空白,妈妈却在四十岁之前,把此生要折腾的事折腾完了。剩下的三十多年,妈妈把日子过得静悄悄,像那些浸在河里最深处的悠长水草,活得一丝声响也没有。

八

"不要管别人怎么看,有好的人,你就一起过,没有好的人,就好好过自己的。"这是妈妈留给唐草的遗言,是啊,人活着,心就不能太窄,太窄就活不下去,从潘家湾回来,唐草就和她的爸爸老唐和好了,她知道只有和好了,她才是金凤的女儿。

厂矿·小城

它建在一座茶山之上,高大的围墙像一座城堡,城堡里的人过着与世隔绝的生活……

发 明 家

家良行色匆匆，人家喊住他，家良你干什么呢？家良说我在搞创造发明。那你什么时候能搞出来啊？家良说：再过一段时间，再过一段时间。

李家良从小就手巧，好做东西，做的那个小弹弓、小推车、小哨子，精巧得不得了。他又舍得下功夫，用砂纸磨得是油光水滑，拿在手里那叫一个称手。后来他甚至给家里做小凳子、小桌子，给班主任家的小孩子做装蝈蝈的小笼子，比大人做得还细致如意，都说这孩子心虽不灵但好在手巧，虽然数学语文加起来才一百来分，但也没人说他，看得见的是他肯下死力气读书，每天晚上读书读到一两点，但读不进有什么办法呢？人各有所长，他越是成绩不好，父母老师越是心疼他。

家良人真好。

所以有什么事,大家都愿意找家良,觉得家良实在,好说话,不张狂,肯帮人。家良高中毕业就招工到了纺织厂,一口气在厂里当了二十几年机修工——因为什么机器都能修,厂里面的人就纷纷把自家的东西送到他那里去。以前是修表,后来修缝纫机,再后来是电视机、电冰箱……他也不收人钱,连配件都是自己贴,实在修不好了,就很抱歉地笑,说"真对不起,真对不起"那样子,好像倒是他搞坏了人家的东西。

大家都说家良太厚道,这样厚道老实肯干、长得又周正的男人,谁不喜欢,所以他讨了他们班上最好看的女同学做老婆。他老婆比他高,比他能说会道,比他好看,多少年都是工会的妇女主任,婚后两人又生了一个漂亮的女儿,走出去体体面面的一家人,让人羡慕。

家里一应事情都是老婆做主,家良只管上班、修东西,听老婆调遣。别家的男人是怕老婆、躲老婆,家良是爱老婆,疼老婆,所以家良老婆一出场的气象就是迎风怒放、明媚灿烂的大号芙蓉花,而且是足水足肥足光、最受宠最靓的那一朵。

当然,家良老婆人也好,她热心、能干,包揽了一切家务。有几年,甚至还包揽了赵厂长家的一切家务,这也不是不得了的事。赵厂长原本就是家良和他老婆的高中同学,那时他刚从外面调回纺织厂当副厂长,在外面娶的老婆还没有跟着调过来,一个人住着干部楼最大的套间,离家良家只隔五个门洞，每天上完班就到家良家来坐。这也怪不得赵厂长，刚调到纺织厂，又不认识别人，家良和他老婆就是他最熟的人，原本三个人在学校就玩得好，他不到家良家里来到哪里去呢？更何况，家良那么温驯好脾气，家良的老婆那么热情能干。

　　要说起赵厂长和家良两口子的渊源，那就深得很喽。他原本和家良是同桌，两个人是死党，赵厂长自然是领头的，他成绩好，永远是班上第一名，人又开朗，爱说笑话，加之还帅，比起那帮矮他一头的男同学，他站出来像一棵高高的小白杨。按理说家良也算长得周正的，但一和赵厂长比，那就是杂木和小白杨的区别，做过木工的人都知道哪怕长得最直的杂木，也只能当柴烧，打不得家具，做不得栋梁。没办法，这完全是品种的不同。

　　好在家良不在乎，"男人要那么漂亮干什么，"家良说，"女人才要漂亮。"所以他死命地追求他老婆。老婆那时是班上的文娱委员，能歌善舞，还能主持，和学生时代的赵厂长一起主持全校的联欢会，落落大方的架势把家良都看傻了，从此就爱上了这个女生。高考时班上只考上了一个人，那就是赵厂长，家良和家良老婆双双落了榜。这倒成全了家良，高中毕业以后，他硬是守在老婆家门口两三年，感动了老婆的父母，才把老婆追到手。让纺织厂震惊的是家良硬是照着杂志上的照片，自己打了一屋子的时髦家具，把到他家来参观新房的人看得目瞪口呆，纷纷恭喜家良老婆——

你老倌这么勤快，一辈子有你的福享。

所以家良的家庭从来是美满和谐的。赵厂长来了以后，在美满和谐之上又再多了一些热闹。

每天下了班，男人们就在家良家下棋打牌聊天，家良老婆就忙里忙外，做菜烧饭。家良心疼老婆，总是把打牌的位子让给别人，跑前跑后替大家张罗跑腿。主人家热情好客，客人们当然玩得更加舒心畅意。再加上赵厂长谁不想巴结一下，年轻有为，前途远大，将来到轻纺局当局长都是有可能的。

打了牌，下了棋，顺便留下来吃饭也是顺理成章的事。别人玩完回家都有现成饭吃，只有赵厂长是一个人孤零零，"他一个人能吃多少？就是饭桌上添双筷子的事"，家良老婆对家良说，然后拿眼睛斜瞥了一下说要走的赵厂长，"你一个人，莫非还要吃食堂，莫非还回去生火做饭？家常几个菜，你嫌弃你就走啰。"

赵厂长就有点不好意思，家良更加不肯让他走，拿出酒，说，同学陪我喝两杯，平时我堂客不让我喝，有你在，她不会拦了。

赵厂长就留下吃饭了，一次两次三次，也觉得不好意思，厂里发的东西还有顺手给孩子的红包简直没断过。家良老婆干脆就让他搭了长餐，天天来她家吃饭，每天五点准时打电话到厂办：你今天有应酬不？会回家吃饭不？那口气倒像是赵厂长的家属，不过，同学可不是小半个亲人？

包了饭还不够,到后来家良老婆甚至连赵厂长家的卫生也包了,赵厂长出差干脆把宿舍的钥匙给了她。于是厂里的人就常常看见家良老婆隔三差五在赵厂长的屋里大搞卫生,扫地抹桌,洗衣浆衫。大门大开着,眼尖的人看到她用大脸盆使劲地洗衣服,着实用力用心,脸上的汗珠滚了一脸。

就有风言风语传到家良耳朵里:"家良,你的短裤谁洗?"

"当然我自己洗啊。"

"怎么你老婆不洗你的短裤,倒是赵厂长的短裤都帮他洗了,你老婆真是贤惠啊!"

家良就愣了,也不言语,回去就问老婆,家良老婆说他不识好歹就扑过来和他打架。打过几架以后,赵厂长还是照常来李家吃饭,神色自然,家良老婆也照样做好饭好菜,神色自然,连家良也照样招呼赵厂长,更是神色自然,倒弄得那些好传话的人好没意思。

后来赵厂长的老婆终于调来了,带着儿子。家里有做饭的人,赵厂长当然就不再来李家良家吃饭了。两家人开始还来往着,后来就有点疏远,主要是赵厂长的老婆是大学教授的女儿,不爱和厂里人来往,她的爱好就是布置家里。晚上一没事就在家里挪家具,有时要赵厂长跟她一块儿搬,有时自己一个人搬,宿舍区的女人没有一个像她这样爱折腾。赵厂长最爱说的笑话就是他每次一出差再回家就会迷路,因为家具又重新摆过了。

再过了几年，赵厂长就离了婚，人人都等着看家良和他老婆的洋相。谁知赵厂长转背就娶了一个黄花闺女，没结过婚的，在市里做生意，据说还蛮有钱。大家这才知道冤枉了家良老婆，家良老婆没说什么，倒是家良狠狠地在背后说过赵厂长这个人很坏，至于什么地方坏，他也不说，只狠狠地把手里的焊枪往松香里戳。

赵厂长和李家良这么多年的同学情，倒是在此时断了个干净，赵厂长当然可以打击报复家良。但老天有眼，他还没来得及打击报复，厂子就垮了，赵厂长带着他的年轻老婆远走上海了。

你看，连赵厂长都下岗了，李家良当然就更没事做了。没事做，一分钱也没有，比农民还不如，农民还有地呢！下岗工人什么都没有，只有等死啊！

纺织厂的人都急坏了，能找到事做的人不多，毕竟地方小，下岗的人又多，好多女工跑到镇上或者市里的舞厅去跳舞。那些舞厅多半不正规，激光灯有一半是黑的，剩下的那几个光眼也是胡乱晃，三五分钟就要黑一阵灯，黑灯瞎火里没人看得清里面在干什么，净是窸窸窣窣的声音。但在这里陪人跳一支舞有五块钱，一个晚上跳个十几支，一个月的菜钱就有了。有些女工还要赶场，老公就在外面用单车来接，夫妻俩也不说话，老婆跳上车，面无表情地抓住男人的背，男的就埋头拼命骑。

当然，能去跳舞的人还得长得漂亮、身材好，很多女人没这本钱，她们实在没办法，干脆就趁黑去农贸市场拾地上的菜叶子回来，用开水一烫，再剁碎，也蛮好吃。她们不去偷，更不偷附近农民的，怎么能偷他们的？农民多可怜，多穷。但拾和偷就不一样，拾是劳动，光明正大；偷是犯法，这一点觉悟工人阶级是有的。

纺织厂几万人里，只有一个人想不开，老婆跑了，自己抱着孩子跳了楼。

怎么能这么想不开呢？想不开你也不能带着孩子呀，造孽。纺织厂的人都说，这日子总归要过，好日子你得过，坏日子你也得过，呢子大衣披过，鱼和香蕉分过，那烂菜叶你也得拾，此一时，彼一时，总归能找到办法。

家良和家良老婆更是不怕，家良有手艺呢！

厂里一停工，他就在家里开了一家小小的电器修理铺，不费事，工具手艺现成的，不过以前不挂牌子，现在挂一个。

可是，一两年下来就撑不下去了，电器修理铺的生意不好，一是厂里人全体下了岗，本来大家都没收入，就很少人买电器，二是平时叫家良修，家良都不收钱的，现在下岗了，反而要收钱了，厂里人都觉得家良变坏了，原来那么好的人，怎么一下岗就变坏了呢？

他们不习惯收钱的家良，他们宁肯让电视机坏着，也不肯送来让家良修。家良这个人哩，见钱眼开哩，以往大家有工资的时候，他不肯收钱，现在我们下岗了，他倒要收我们的钱了,家良变坏了哩。

家良老婆就怂恿他去市里开个修电器的铺子,家良不肯,说怕亏钱。家良老婆又要他出广东打工,家良眼望着窗外,大义凛然地说:"我永远不会给资本家打工!"

那你干什么呢?

我要搞创造发明,我在报纸上看了,一个创造发明可以卖几十万呢。

于是家良就开始在家里搞创造发明,家里的阳台是他的创造发明工作室,里面什么工具都齐。没有钱买器材,家良就出去捡,有次还给他捡回了一台发动机,他说他要发明一台不需要动力但是永远可以动的机器。他天天创造发明,天天创造发明,乒乒乓乓,一搞就是一整天,一搞就是一整年,一搞就是很多年。

很多年里,他的女儿长大了,结婚了,还生了孩子,但家良的创造发明还没搞出来。没搞出来之前,所有开销都靠家良老婆的两只手。

家良老婆人勤快,她靠编毛线拖鞋为生,她手也巧,一个晚上能编一双,一双十五块,又好看又结实。早市上卖一些,再托人转卖到超市,编了这些年,家良老婆的中指硬是被钩针压出了个大坑。家良老婆真是好样的,她从不抱怨,因为家良他是在干正事哩。家良是个好人,他天天在家搞创造发明,搞创造发明要时间,一个创造发明可以卖几十万哩。

家良很少出门，天天埋头搞创造发明，偶尔出门买样东西，也是行色匆匆，人家喊住他，家良你干什么呢？家良说我在搞创造发明。那你什么时候能搞出来啊？家良说：再过一段时间，再过一段时间。

所以到现在，家良还在他家的阳台上搞创造发明，离他下岗已经十六年了。

小戴奶奶

小戴奶奶那样的女人，一辈子总算做了一回主。

小戴奶奶见谁都笑嘻嘻的。

细细的一个人，细细的一张脸，细细的一茎脖子，永远向前微倾着。路上一见着人，一大个笑容就早早儿戴在脸上了，叫你都不好意思不打招呼。

但细想起来，除了见谁都笑嘻嘻的这个优点之外，除了是退休老师老戴老师的堂客，就再也没有什么能记得起她的优点了。有时候，你甚至觉得她比空气还轻，比空气还透明，她存在着，但又好像不存在，如果你当她不存在，关键她还特别喜欢你的当她不存在。这是细想之后小戴奶奶的又一个优点，这个优点，你不仔细琢磨，还真觉察不出来，但你若觉察出来了，顺应了她的心愿，小戴奶奶对你就笑得更殷勤了。

这个优点太重要了,重要到让她可以活下来。

看不出来吧,小戴奶奶曾经是个千金小姐。祖上传下来几千亩地,住的是看不到边涯的大院子,一个屋连着一个屋,一进连着一进,小戴奶奶自己都没有搞清楚家里到底有多少间房子。她从小身体不好,三四个丫鬟奶妈侍候着也忙不过来。她自己也什么都没顾上,净顾着养病了,躺大床上看得最多的是每年燕子从南方飞回来,掠过檐下时的轻巧,还有雕花的窗棂、细白的窗纱,还有屋子里淡淡的药味儿,好日子的滋味,小戴奶奶是体会过的。

人到十岁,准备读书了,可是刚好就碰上土改,连书也没读上。她还有个姐姐,姐姐倒是什么都能干,绣花、织布,人情南北,人也长得比小戴奶奶更好看,只可惜死得早——有一天早上她被发现衣冠不整地死在了小戴奶奶的窗下,那时候乱,没有人查,更何况地主家的女儿。

小戴奶奶实际不姓戴,她本来应该是小张奶奶,她是代替姐姐嫁到了张家,这是早就定好的亲。张家原先比小戴奶奶家还要阔,这下子,也穷了下来,因为识几个字,小张先生就被分配在村里的学校教书。偏生嫁过去的小戴奶奶什么都不会做,绣花织布这些事就别说了,就连做个饭也不成。刚到张家的时候,婆婆让她做一顿早饭,稀饭是早就泡好了,早上配粥的小白菜也从地里拔出来了,清凌凌的绿、白生生的梗,还带着一股好闻的土腥气,小戴奶奶一见就笑了,对婆婆说这白菜炒了肯定好吃。

过了半个时辰婆婆再去看，她还没生火呢！原来她还在洗小白菜，一片一片，从上到下，洗得干干净净的。脚下一溜儿四个盆子，第一个盆洗泥，第二个盆洗叶，第三个盆洗梗，第四个盆再清，洗完这四回，再一片片又叠好，摆在第五个盆里整整齐齐，倒是好看，半个时辰过了她刚洗了一小半——小戴奶奶的婆婆从此就不叫她干活了。

不干活也没什么，因为小戴奶奶及时怀上了，天天就坐在学校的宿舍前给做饭的婆婆打打下手，洗个蒜择个葱什么的。婆婆要是偶尔发个火，小戴奶奶也不生气，照样回给她一个大大的笑容，婆婆也就不好意思再生气了。

小戴奶奶连着生了三个儿子，第三个儿子才满月，婆婆就死了。婆婆死的时候她哭得很伤心，倒是婆婆的儿子、小戴奶奶当时的老倌小张先生一声也没哭，他把她骂了一顿，说就是因为小戴奶奶不能干，生了这么多孩子才把他娘给累死了。其实小戴奶奶的老倌是最没资格骂小戴奶奶的，小戴奶奶虽说不能干，但她还会给婆婆洗个蒜择个葱什么的，更何况她还一直在怀孕生孩子，而小戴奶奶的老倌呢，除了教点书，他在家里就是个甩手掌柜。

村里的人都说，这是造孽，从小就当惯少爷的人和从小当惯小姐的人怎么能在一起生活呢？这真是冤孽。

说起来，小戴奶奶的第一个老倌真的脾气太坏了，他能挣这份工资完全是因为家里给他上过私塾，他认得字。那时大队里没有几个人认得字，于是小张先生就成了村里小学的语文教师，总算是脱离了"不劳而获"这四个字。

　　婆婆死了之后，小戴奶奶和她的第一个老倌吵得很厉害。实际上也不是吵，是她老倌骂她，她老倌一天到晚骂骂咧咧，只有骂小戴奶奶时是指名道姓的。可是再骂，小戴奶奶也还是不太会干活。况且孩子又多，最后，实在没有法子，小戴奶奶带着孩子到他老倌的学校操场上转圈儿，一圈又一圈。孩子饿得直哭，饭，还是得老倌做。后来人家说小戴奶奶为什么不会干活，因为她的手指头是圆圆的，所以怎么学也学不会。

　　小戴奶奶的三儿子四岁的时候，老倌就变成了"右派"，被派到老远老远的地方。一听到这个消息，小戴奶奶的第一个老倌就坚持跟小戴奶奶离婚了，说不离不行，因为也没有回来的可能了，主要是还拖累了孩子。

　　小戴奶奶也没主意，也就听了他的话，离了婚。开始老倌还能寄几块钱回来，后来听说跟当地一个女人结了婚，连钱也没得寄回来了。小戴奶奶没有工作，只好赖在学校宿舍里，不赖不行，根本没地方住。有一次学校后勤处的老王老师去看一眼她，发现小戴奶奶在屋里睡觉，三个孩子也都在睡，屋里静悄悄的，静得好像掩了层土。王老师摇醒小戴奶奶问是不是生病了，小戴奶奶睁开眼，不好意思地笑了笑，说，三天没吃饭了。

　　一个女人带三个小孩怎么过啊？索性不如把大的送给别人，少个人少张口。老王老师帮她联系了一户殷实的庄户人家，小戴奶奶想了半天，也就答应了，王老师你看怎么办就怎么办，送就送吧，于是就送走了一个。

四张口送走了一个，还有三张口要吃饭，还是活不了，老王老师就想还是得有个男人养活他们，就做介绍，把另一个学校教数学的小戴老师介绍给她。小戴奶奶带着两个孩子，娶了她就要养三口人，小戴奶奶觉得自己没什么资格谈条件。而小戴老师呢，也好不到哪里去：他的爸爸是个国民党，出身有问题，三十五岁了也没能娶上亲，人最老实不过，长相身板也好。王老师先问过戴老师行不行？戴老师说行，后来王老师又问小戴奶奶行不行？小戴奶奶想了半天，说老王老师，你觉得行吗？

老王老师说，行。

你说行就行。

于是小戴奶奶就嫁给了小戴老师，从一个学校搬到另一个学校，搬了三床被子到小戴老师的宿舍里，又成了一家。大家都觉得这样好，这样，小戴奶奶和两个儿子总算都能活了下来，小戴老师也有了老婆、有了家。

小戴老师替小戴奶奶养活了她带来的两个儿子，过了几年小戴奶奶也给戴老师生了个儿子，日子就过得更好了。

晚上吃什么？小戴奶奶通常在中午的时候就问。小戴老师就说，去苋菜地里拔点苋菜。那时，农村学校里的老师都流行种菜，工资少，但地多，每个人都在学校附近的荒地上种点东西，又不累，地肥，播下种子，再浇点水，几天就冒出星星绿意,半个月后就有收成。当然,这些活都是小戴老师干,小戴奶奶什么都干不了,但是她可以拔菜。

小戴奶奶一整个下午的工作就是拔苋菜,地上一溜儿摆五个盆子,一下午就弄这点事,菜洗干净了,等戴老师回来做饭炒菜。晚饭的时候,小戴老师把桌子支起来,小戴奶奶就带着三个小孩坐好,等着戴老师洗干净手回到桌上。五个人一个菜,两夫妇带着三个孩子吃得热火朝天,老王老师见到觉得很高兴,觉得自己干了件大好事。

要不说小戴奶奶命还真好,碰上了小戴老师,他家里家外一把手,特别会过日子,他们家买一瓶油都比别人家要多吃半个月。后来,小戴老师,喔,不,老戴老师退了休之后,还享受公务员待遇,有两千块钱退休金,按理说两个人的日子过得很算是滋润,但老戴老师还是很省很省,他说想为孙子省出留学的钱来。有一次,为了省六块钱的车费,老戴老师非要带着小戴奶奶从市里走回来,说又不赶时间,散步也是散。一回到家,小戴奶奶的嘴唇就煞白,直吃了两碗饭才算缓过劲来,但小戴奶奶也不埋怨老公,只是笑着说:"早知道路上就吃碗面再走了。"

三个儿子都出省读了大学,和前一个老倌生的两个儿子都留在外地,一年回来一两次,偶尔寄钱来。当初送给别人养的那个大儿子也还认她,也不怨她,过年之前总要来一转,送给小戴奶奶自己种的大米、花生。

老两口当然是和小儿子生活在一起,小儿子分到纺织厂子弟学校教书，因为小儿子身体不好，老戴老师不放心，就带着小戴奶奶去照顾他。这个儿子长得特别像老戴老师，方头大脸，帅极了，又爱弹个吉他什么的，所以，很快就和学校里新分来的漂亮的师范女生结了婚。

婚礼办得很隆重，三个哥哥都来了，小戴奶奶高兴得走路都带风了，屋前屋后地乱走，也不知忙些什么。老戴老师实在看不下去，就说，你坐坐，你坐坐，不要去添乱了。

儿媳妇进了门，小戴奶奶还是不像个婆婆样，什么事都不能干，顶多帮小媳妇看看小孙子，还常常看不住，一跑了就朝屋子里叫："老戴老戴，跑了跑了。"老戴老师身体好，就追去了，孩子皮，满学校跑，闹得沸反盈天，小戴奶奶就静静地站在屋里看着。

久了，小戴奶奶的媳妇就当着小戴奶奶和邻居们开玩笑："我婆婆啊，人是真好，就是真的是连打个屁都要问我公公。"

小戴奶奶也听不出这话有什么别的意思，只是一径地笑着，她什么都不在意，倒弄得儿媳妇没意思了，小孩帮你带了，饭做了，虽然都是公公在做，但那也是小戴奶奶的老倌不是，所以小戴奶奶是不介意的，这样的日子，她是满意的。

虽然连打个屁都要问公公，但那也要有个能问的公公才行，小戴奶奶没想到身体那么好的老戴老师也会生病。

有一年五一，学校组织体检，小戴奶奶陪着老戴老师去了。老戴老师的身体可好，跑起步来还是年轻人一样，双杠上还可以杠铃俯立划船，小戴奶奶一点也没担心。但走的时候，一个医生叫住她，小戴奶奶照例笑眯眯地站住，医生说你是家属吧？家属做好思想准备，是肺癌晚期，只有半年了——只有半年了，老戴身体这么好，小戴奶奶的笑容就凝固在脸上，怔怔地呆住了。

见过小戴奶奶最后一面的人说，小戴奶奶那天一阵风似的往回赶，问她，她说她有急事。老戴老师体检完了和老同事们高高兴兴地吃了个饭，一回家，发现小戴奶奶上了吊，脸上包了条大毛巾，样子不算太吓人。

有人说没想到见谁都笑嘻嘻的小戴奶奶居然下得了狠手。

有人说，小戴奶奶是太胆小，没经过事，没做过主，她实在害怕。

有人说，小戴奶奶太能为自己着想了，一辈子都是。

有人说，小戴奶奶是怕看病没钱，三个孩子手头都不宽裕，老两口一辈子的积蓄不够十万。

还是老戴老师理解老伴，他说，小戴奶奶早就说了一定要走在他前面。

老戴老师半年后果然走了，走的时候，脾气很坏，那是因为小戴奶奶没在的缘故。

送走了老戴老师，小儿子、小儿媳妇倒是松了口气，打麻将的时候感叹原来觉得小戴奶奶一点用都没有，但是没有了小戴奶奶的老戴老师原来一点也不好相处，这半年简直是受活罪。

再过了几年，就没有人记得小戴奶奶和老戴老师了，就只有小儿媳妇会念叨念叨公公婆婆。特别是打麻将的时候，没什么事好说，就说她婆婆，说没看过我婆婆那样的女人，真是打个屁都要问我公公，一辈子没做一回主。

麻将搭子都是邻居，知根知底，说，还是做了一回主，那就是嫁给了老戴老师。

那不算，那是老王老师做的主。

邻居沉默了一气，又说，那最后还是做了一回主吧，死在老倌前头。

小儿媳妇想了想也是，说，嗯，那倒是的，看来我婆婆一辈子还是做了一回主。

栀子姐姐

栀子姐姐看见她了么？美雅不知道，她可能也看见了，也可能没看见，她没有叫她，她也没有叫她，她们就这么擦肩而过。

一

每一年栀子花开的时候，就是栀子姐姐到美雅家来的季节。

头一天晚上，美雅妈妈把房子打扫干净，把一段又一段的布摆在沙发上，有花的、有素色的、有灰的、有黑的。通常花的是美雅的，素的是妈妈的，爸爸和弟弟的通常是黑的，最多就加个灰色和蓝色。美雅不喜欢黑的也不喜欢花的，可是美雅妈妈老以为美雅喜欢花的，一直要到十五岁她才将选择料子的权力下放给美雅。

那一年美雅就选了一段素色轻灰乔其纱，妈妈说这颜色不吉利，可是美雅偏要。美雅用那段乔其纱做了一条长裙，然后扯了一米淡灰起粉红的料子做了一件长的掐腰西装长装，很是在学校里出了一阵风头——那是美雅自己设计的，当然，是栀子姐姐做的。有很长一段时间，她们俩就像一对精诚团结的拍档，美雅画图，搞创意，而栀子姐姐实施，缝制，天衣无缝，珠联璧合。

当然这些都是后话。

是的，栀子姐姐是一个裁缝，做的是古老的上门功夫，在没有成衣的年代，她来的日子当然是女人们最欢腾的时刻。来之前那晚，美雅家里总会特别热闹，美雅爸爸和妈妈要把家里那一台黑色的从江南机械厂托关系买回来的蝴蝶牌缝纫机摆到客厅的正中央，然后美雅爸爸钻到缝纫机底下把缝纫机的皮带检查一番，再用油鼓给各个神秘的部位加上油。美雅妈妈就用四张椅子把一张板子架好，再铺上床单，是有点摇摇晃晃的，可是没有办法，谁让一切是临时的呢，还有熨斗、剪子、尺和糨糊。

在准备这些的时候，家里荡漾着某种过年似的兴奋，因为，栀子姐姐就要来了，栀子姐姐来了之后，就有新衣服穿了。

二

第二天早上，栀子姐姐很早就来敲门，她来的时候，手里一准儿会拿着一把栀子花。之所以每次要带一把栀子花是因为她家坪里就有,摘之不尽。"我带一把到别人家,做功夫的时候房间里就会有香气,人做起事来就舒服。"

是,没有人不喜欢闻栀子花的香气。

没开的时候,它是一个螺旋的紧凑的小花苞,开了之后,也不见蕊,也不知道那香气从哪里来,反正就是特别香。开久了,花瓣就渐渐变黄,也不掉,就是黄下去蔫下去,有一种懒得过下去的厌世感。

美雅最最喜欢摸栀子花那厚实的花瓣,那么厚,那么细腻,真想在那上面写字,那必须得是最好的字,才能配得上这么好的纸。和莲蓬子里面的粉红一样,栀子花的白是美雅认为世界上最美的颜色和最雅的存在,如果这世间真的有美和雅这件事的话。

只可惜栀子姐姐不大喜欢她的名字,每一个人都不太喜欢自己的名字,女孩子大概都有这毛病,美雅自己也不大喜欢自己的名字,爸爸起的这什么鬼名字呀,美雅这名字跟她根本就不搭嘛。她一个胖胖的小姑娘,爱吃爱笑爱哭爱闹,美什么雅什么,爸爸这个人纯粹是一个糊涂蛋啊,姓甄的怎么能叫美雅?用湖南话念出来就是真美啊,这不是纯粹给同学笑话她的机会嘛,胖姑娘真美呀,这还真要命!

而栀子姐姐不大喜欢她的名字纯粹是因为栀子花在农村人的眼里好贱,哪里都能长,遍地都是,摘了又长,长了又摘,给什么水土都能长,一开花就一蓬蓬,一点都不金贵。

她想改名，可是有什么办法呢，这是她娘起的名字，她娘在她几岁的时候就死了，栀子姐姐说你看你多好，你娘这么能干，美雅气愤地说："我妈可凶啦！"栀子姐姐就叹口气说："有娘总比没娘好。"

那时美雅听不懂她说的话，她说的好多话美雅都听不懂，美雅只知道栀子姐姐是她最喜欢的姐姐。她又聪明又能干，只要美雅画出样子，栀子姐姐就能做出来，而且她每次来总送美雅一捧栀子花，总是高兴地催着美雅去找瓶子来插。

从来没有一个大人这样郑重地对待过美雅，在他们眼里美雅就是一个傻不愣登的小胖妞，没有几个人会注意到她的存在，更别说送她礼物了。但栀子姐姐每次来都送她礼物，而且还是美雅最喜欢闻的栀子花，那美雅怎么能不高兴呢？

于是美雅就到处找瓶子把花给插上，翻箱倒柜闹得到处一片巨响，美雅妈妈就跑出来要打美雅。其实后来美雅发现栀子姐姐不是专门送给她一个人，她每到一家人家里做上门功夫都要带一束栀子花，那样屋子里一天都有那种好闻的香气，也可能那样会让她舒服一些。那是她自家的栀子花啊，她天天在那种栀子花香气里睡觉啊，有了这种香气她会觉得安全一些。

为什么会这样想呢？因为美雅知道栀子姐姐和她一样，是一个特别胆小的姑娘，她们不喜欢去别人家，一看到别人就紧张。但栀子姐姐比她还严重，她一和人说话就脸红，手还发抖，这样的人可不适合当上门裁缝。所以，她要带一些栀子香防身。当然这是美雅的猜想，栀子姐姐好比是她异父异母的姐姐，她的心事她十有八九都猜得出。

栀子姐姐要真的是她姐姐就好了，她那么和气又好看，脸细细的，手腕细细的，腰也细细的，总是穿很白很白的白裙子，白得跟栀子花一样，上面还有一粒一粒的小白扣子，扣子扣到最上一个。还有一双很大很大的眼睛，很大很大的双眼皮，黑珠子黑洞洞的，像黑色的葡萄。为什么是葡萄呢？其实美雅很少吃葡萄，只吃过一两次，她只知道那种黑色的果实很甜美。美雅觉得栀子姐姐的眼睛很甜。

三

"栀子姐姐可惜了，是个兔唇。"每次栀子姐姐来之前，美雅妈妈就要感叹一番。美雅不知道什么是兔唇，只知道她嘴巴上有两条细细的白色的疤，美雅妈妈说那是兔唇做过手术，但美雅仔细看了那两条留下的疤："一点都不明显，"美雅告诉栀子姐姐，"真的一点都不明显。"栀子姐姐就苦笑着搂着美雅说："连小朋友都看得出来其实还是好明显的。"

也许因为这个，她做事尤其扎实，别的上门裁缝一天只能做两三件，她能做五六件，每一天她都能在美雅和弟弟一片翻江倒海的喧闹声安坐如松。美雅总是第一个被她量尺寸的人，然后是美雅弟弟，然后是美雅妈妈，然后是美雅爸爸。量完他们的尺寸，她就把那些数字写在一张纸上，一会又把布拿出来，和美雅妈妈商量哪块布做哪一件，哪一块布给爸爸做完裤子还可以用剩的给弟弟拼一条裤子出来。她的缝纫机踩得又快又稳，美雅趴在一边看，她就赶美雅走，吓唬她，针会飞到眼睛里的。美雅怕了，但过了一阵又来看，栀子姐姐就指使美雅拿这拿那，一会又让美雅用热水泡点糨糊来做衬里子，一会又让美雅去看看熨斗热了没有，"不要摸啊，就靠近一下感觉有没有热气"。每次美雅都把手给烫着，一声尖叫，把栀子姐姐吓个半死，其实美雅是装的。

栀子姐姐是一个这样好的"上门裁缝"。

上门裁缝可能是一种最古老的行业吧，裁缝到东家家里来做活，包吃，每天结工钱。那几天做下多少衣裳都归主人家，按天算钱，美雅妈妈说她们在老家的时候每年过年前都要请一个上门裁缝做几天功夫。但这里是城里，城里的上门裁缝可不好请，又要手上活好又要人和气、和东家处得好。有的上门裁缝为了多赚点钱，通常会拖工，一天能做三到五件已经了不得了，一做就做一个星期。但栀子姐姐从来不，她最多做三天，一般做两天，从早到晚，一刻也不停，又快又好。有时做完了，禁不住美雅央求，她会做一些小布头给她拼一件裤子或者一条半截裙，实在不行，也能给她拼出一条扎蝴蝶的飘带来。所以栀子姐姐最多人请，厂里宿舍她几乎要做个遍，从插完秧的那一天起，一直做到秋天。

四

一般秋天收完谷，栀子姐姐就不出门了，她冬天都在家里做功夫。

等美雅读高中的时候，栀子姐姐连上门裁缝都不做了。她说到人家家里做事，总不自在，怕做得少，让东家看低，就拼命做，拼命做，回来累得好几天喘不过气来。其实栀子姐姐家根本就不需要她做事，她爸爸是村上的书记，哥哥在外面做生意，村里最早起两层楼房的就是他们家的，白色的梁，淡黄色的碎石墙，洋气得很，神气得很，立在厂旁边的大马路上，隔一里路就看得到。

美雅小时候最常去的地方就是栀子姐姐的闺房，那也是她的工作室，三楼顶层上的一间白白的小房间，干净，透气，有过堂风，里面摆着几台机器，还有她白色的挂着纱幔的睡床，床边的小桌上有好多好看的书和杂志。美雅一放暑假没地方去，就跑到栀子姐姐家去看书看杂志。有时看书看累了，从三楼的坪上望下去，看到两棵巨大的墨绿栀子树，中间是点点白色。栀子花开得正艳，浓香扑鼻，下完雨之后，那香气简直可以把人抬起来。

从初夏开到立秋，栀子花要开整整一个夏天。在那轰轰烈烈的香气里，美雅和栀子姐姐一起做功夫，她踩机子，美雅帮锁扣眼，缝飘带，连内胆。美雅做得非常认真，比读书还认真，因为美雅期待栀子姐姐能表扬她。但栀子姐姐只表扬过美雅一次,她说,美雅你的针脚细极了,连我都做不出来。

美雅一听就得意极了,那时美雅的理想是成为一名时装设计师。但是美雅不敢同栀子姐姐说,美雅只说"我要做你的徒弟,将来要做裁缝,我想要什么衣服我就自己做出来,不用求人"。

栀子姐姐一边踩着线一边笑着说:"你是厂长的女儿,你做什么裁缝?"

美雅说,不要小看裁缝,裁缝在国外就是设计师。

美雅给栀子姐姐看她在雨湖书店买的画册,上面有米兰巴黎的设计师,一个一个可真神气,不就是做一样的事,帮人做衣服么?栀子姐姐说,那可不一样,别说外国了,就说你们厂里,一样是女孩子,你们不想读书可以去读技校,总有份工作等着,不用风吹日晒。我们哪怕再想读书,考不起大学还是得回来种田。所以呀,人和人是不一样的,生在哪里也是不一样的,生在巴黎就可以做设计师,生在湘潭就只能做裁缝。

美雅想了想,也是,找栀子姐姐做衣服的多半是厂里的人,厂里的人又清闲又有钱,厂里的堂客们上完班就可以在宿舍楼里打麻将。可是农村的堂客们从早做到晚,喂猪煮饭,要忙到上灯才停下来,怪不得村里的姑娘个个想嫁到厂里去。

"栀子姐姐你也想嫁到厂里去么?"

栀子姐姐不作声，埋头踩着缝纫机。

那时栀子姐姐的闺房里总有不少人，除了来做衣服的厂里的堂客们，有时也会有一些男孩来坐着。美雅一看就知道哪些是厂里的，哪些是农村里的人，这些男孩有些爱说话，逗得栀子姐姐抿着嘴笑，也有不爱说话的。但不爱说话的人，都很有耐心，栀子姐姐做到多晚的功夫，他们就等到多晚，有时实在等得太久，栀子姐姐就朝美雅使眼色，美雅就开始发脾气，说想睡觉了，把那些男孩都赶走了。

五

等美雅读高中的第二年，栀子姐姐终于嫁了，如她所愿，嫁到厂里。

她的男人是哪一个，其实美雅不清楚。只知道是那些守在她闺房的男孩中的一个，不怎么爱说话，是工人，国字脸，还颇有几分俊俏。

农村姑娘嫁给了城里人，嫁到了厂里，是天大的好事，栀子姐姐做书记的爸爸办了几十桌酒，美雅家也送了礼，也去吃了酒。那天，栀子姐姐穿得一身通红：红旗袍，红鞋子，红头花，脸上红彤彤的，靠在国字脸的身旁，喝了一杯又一杯。看见美雅的时候，搂着美雅，美雅感受她的身体里好像有一团火，热得有点烫人，那应该是酒和高兴共同制造的高温。根据这温度，美雅知道那天的栀子姐姐是很高兴很高兴的。

但美雅还是有点伤感,因为她知道一个女人结婚后,就意味着很多改变,比如说栀子姐姐就要搬家。她的三楼闺房对于美雅是一个多美好的存在啊,锃亮的机器,漂亮的布料,飘动的纱幔,轻柔的风,可爱的书,还有栀子花的香气无处不在。但栀子姐姐一结婚这间屋子就变成了她嫂子一个放杂物的地方,太可惜了。她嫂子不懂得欣赏,不知道这间房子是这栋楼最美的所在,可惜了。

栀子姐姐也这样感叹,可是感叹有什么用,一个女人结婚了就要搬出娘家,这是规矩。栀子姐姐搬得也并不远,她娘家和她的新家直线距离不过一千米,但是好像是两个世界。

栀子姐姐的新家在厂里最老那一栋楼的二楼,楼是苏联人盖的,楼梯间又大又宽敞,楼的前面是两棵巨大的樟树,树叶如密雨,浩大繁盛,似乎形成了一个结界。还有一两枝伸进走廊,把整片走廊的空气都染绿了,夏天栀子姐姐老公的房子比娘家那三楼的小房凉爽得多,也大得多,可是美雅还是不喜欢。因为原来栀子姐姐的房子是她自己的,现在的房子是她老公的。

这种感觉让美雅觉得有点不自在,她不能再像在栀子姐姐家那样躺在姐姐的床上翻杂志,不能再在姐姐家光着脚到处走,不能穿短裤,不能占着电风扇,在前面一顿吹。不能再占据栀子姐姐所有的注意力,因为只要栀子姐姐的老公回来,栀子姐姐就不能再做功夫了,要去做饭,要去抹地,她要去倒水。于是她会找各种理由催美雅回家，以前她可是从来不催美雅走的，美雅还可以在她家睡。"傻瓜，我现在嫁人了，我是人家的堂客了"，栀子姐姐总是这样对她说。

栀子姐姐做上门裁缝的时候是最好的上门裁缝，做人堂客的时候是最好的堂客。她总把家里收拾得整整齐齐，她还从娘家移来一盆盆小栀子，摆在走廊的栏杆上。不多久，也长得又绿又壮，开起花来，又有那种好闻的香气弥漫在四周。栀子姐姐就是这样，总能把生活安排得头头是道。

婚后的变化还不止这些，栀子姐姐的生意似乎没有以前好了。以前她的房间里老是挤满了人，有做衣服的堂客们，有扯闲篇的男孩子们。现在一天才一两个人来，她的新家有一个宽敞的客厅，她的机器摆成一排，因为没有人来，倒显得空荡荡的。而且结了婚，栀子姐姐的性格也好像比做姑娘的时候要厉害了一些，以前人家老杀她价，她也不好意思还价，现在知道说不行，不肯接。

所以生意就没有以前好了，常常做半日就歇半日，但是，有什么呢？反正栀子姐姐有男人了。"我男人可以养我。"栀子姐姐骄傲地说。

美雅也依然是每年一放寒暑假，就到栀子姐姐家去做衣服，帮她锁扣眼、缝飘带、连内胆。栀子姐姐还是给美雅看杂志，看书，吃糖，两个人有一搭没一搭地说话。鸟儿在樟树里叽喳，一望出去，墨绿色的叶子后是高而远的蓝天白云，美雅心想，要是每天都这样该有多好。

那天中午美雅按前一天约好的时间,下午两点钟准时到了她家门口。可是敲了半天门,却不开,里面乒乒乓乓明明有人啊,美雅心想不是约好的嘛,又重重地敲。好半天栀子姐姐终于在里面颤抖着应了门,说等等,又过很久很久,她才过来开门,开了门之后她脸上潮红一片,好像特别高兴又好像特别害羞。

美雅感觉栀子姐姐身体里好像有一团火,热得有些烫人,跟结婚那天一样。栀子姐姐搂住美雅的肩很高兴地说对不起我和我老公在里面午睡,睡死了,没听见。美雅觉得栀子姐姐这一次一点也不真诚,她根本就不像午睡的样子,都午睡了为什么还能答应?明明是醒了还把她关在外面这么久,明明是约好了两点,她还这样迟才来开门,就有点生气。栀子姐姐看美雅生气,就微笑着哄美雅说那我借你一套你肯定没看过的书,是金庸的,叫《倚天屠龙记》,你没看过吧?是我老公家亲戚从香港带回来的。

这本书全是繁体字,很多都不认识,可是也让美雅硬生生地给啃完了。因为这套书,美雅就完全地原谅了栀子姐姐,因为那是美雅这一辈子第一次看港版书,那纸又白又厚,比栀子花的花瓣还白还厚,翻起来可真舒服啊。

再后来,美雅考上了大学。去读大学的前一周,美雅妈妈带她去栀子姐姐家做了一套新衣服,美雅自己挑的料子自己画的图样,白衬衣的肩位上一排繁复古典的花,这样显高,也显气质。这是美雅在时装设计书上看来的,她记得这个风格有个洋气的名字叫VERSACE，需要有极高的手艺才能把料子上的花拼到肩位上。栀子姐姐好像把她所有的手艺都倾注在这件衣服里，做得又合身又洋气，她拿给美雅的时候，眼睛闪着光，说真羡慕你，可以读到大学，完成了我的梦。

美雅没有告诉她，其实她这个大学，是她妈妈走后门帮她搞来的，是个三流大学。

大学生活忙碌，美雅很少回家。后来她被分配到一所中学上班，又天天早出晚归，而且每次她下班时都会路过服装大市场，十几块二十几块就立刻可以买一件新衣裳。慢慢地，美雅就越来越少去找栀子姐姐了。

六

上班的第二年，美雅就听妈妈说栀子姐姐离婚了。

离婚是因为她不能生孩子，男方是几代单传，一定要生仔的，所以就硬离了。美雅无法想象那个沉默的国字脸会这样对栀子姐姐，他们是多恩爱的一对啊。

美雅问美雅妈妈那栀子姐姐现在住哪里，她的裁缝店还是在那间宿舍还是在原来娘家。美雅妈妈说她也不住厂里也不回娘家了，她爸爸也去世了，当家的嫂子好凶，宁愿让三楼那间屋子丢荒也不愿意她搬回来，所以她现在在外面打工。美雅说她那么好的手艺为什么要去外面打工，美雅妈妈说现在服装店的衣服二三十块一件,好穿得很,谁还会花十几块钱去她那里做衣服?没人做啦,没生意啦。

过年的时候,听说栀子姐姐回来了,美雅带着两块布去她娘家看她。她越发的瘦了,眼睛更大,更黑了,但黑得有点像探不到底的无底深渊,但里面最深处似乎又闪着某种白色的光亮,温度极低却极亮,让人不安又让人害怕。美雅跟她离得那么近,却又好像离得老远,美雅被这突然而至的新的低温的栀子姐姐吓到了,不知道该说什么。

沉默了好一阵,美雅只好说栀子姐姐,你总算回来了,我有好几件衣服想要找你做咧。栀子姐姐一听这话,突然就变了脸,很生气的样子。"还做什么裁缝?!"她冷笑了一下,"累死累活也挣不了几块钱,现在我连缝纫机和锁边机都卖掉了,这一辈子都不打算做裁缝了……"

栀子姐姐真的变了,她原来是柔得像一汪清水,热得像一团火,现在却冻得像块冰,浑身上下散发着冰冷的气息,好像从冰窖里走出来的风暴女神,一说话一伸手就可以把周围的一切都变成冰。

那是美雅第一次知道原来一个人要变起来,是那么快,是那么彻底。

美雅只好讪讪地问在株洲哪里上班,我下次去株洲找你玩。栀子姐姐迟疑了一会说,做文员。至于在什么地方她不肯告诉美雅,说我们公司不让外面的人进来。美雅到底跟栀子姐姐待了那么多个寒暑假,她闻得到她身上的味道,她看得懂她脸上的文章，栀子姐姐的脸上就写着离我远点，她那样子，根本就是不想她去看她。

美雅就坐不住了，赶紧走了。

回家美雅跟妈妈说栀子姐姐那么好的手艺，说要就不要了，居然去做了文员。

美雅妈妈淡淡地说，哪里是做文员，听人家说她现在株洲一个夜总会里做小姐……

在美雅生活的那个家属区里，通奸偷汉子也是有的，但到底是遮一下掩一下，但这样明晃地做小姐是了不得的事呢。美雅想，栀子姐姐那么害羞的姑娘怎么能做小姐呢？而她又怎么这么不小心，被别人知道了呢？

美雅妈妈说，大概外面不好打工吧，这个来钱快呀。

不会呀，不会呀，栀子姐姐不爱钱啊。以前别人还她什么价她都依的，她是不爱钱的，她还没有我爱钱呢，她怎么会为了钱去做小姐呢？

再后来，美雅又在远远的车站碰到过她一次，栀子姐姐涂猩红唇膏，烫了头发和女伴锐声说说笑笑；穿着极紧身的透明黑丝裙，好像生怕别人不知道她的美，还喷涂了好重好重的紫罗兰香水。这香水呛得像拳头，打得人鼻青脸肿。

天哪，栀子姐姐变了。和人一说话就脸红，手还发抖，又和气又好看，脸细细的，手腕细细的，腰也细细的，总是穿很白很白的白衬衣，白得跟栀子花一样，上面还有一粒一粒的小白扣子，扣子扣到最上一个，还有一双很大很大的眼睛,像黑色的葡萄一样甜的栀子姐姐变了,变成穿着紧身透明黑丝裙,涂了好重紫罗兰香水的时髦女郎了?甚至还有点凶狠,她都成这样了,美雅应该怎么叫她呢?应该不应该喊她呢?喊她之后说什么呢?

美雅吓坏了,她只知道怎么对以前那一个栀子姐姐,不知道怎么对现在这一个栀子姐姐——美雅心里乱极了,她只好低下了头,她装作没看见她。

栀子姐姐看见她了吗?美雅不知道,她可能也看见了,也可能没看见。她没有叫她,她也没有叫她,于是她们就这么擦肩而过。

那是美雅最后一次看到她。

七

后来,美雅也离开湘潭了。

她也嫁人了。嫁人了就要离开娘家,嫁人了就要把老公伺候好。美雅发现了,她和栀子姐姐其实是一样的人,她的老倌一回家,她就想着要去做饭,要去抹地,要去倒水,也会把来玩的小姑娘撵走。唯一不一样的是,她生得出孩子。

生了孩子之后,美雅的老倌忙,很少回家,美雅把父母接到了广州,三个人齐心协力带孩子。

有一次美雅回家,发现妈妈坐在沙发上发愣。怎么啦,丢了魂一样?美雅妈妈说你还记得栀子姐姐吗?她去年死了。

美雅大骇，她比我大不了几岁，怎么会死？

美雅妈妈说，癌症，那地方我们认识的好多人都死了，都是四五十岁，不止她一个。

美雅陡然想起栀子姐姐娘家那栋漂亮的奶黄的房子，就建在离化工厂只有一墙之隔的地方。那些年，厂里效益好，每天烟雾缭绕，后来她嫁的国字脸住的那套苏式楼后边那块空地，听说后来被一个外商租下办了一个化工厂，那片地方永远飘着一股更为刺鼻的怪味道，美雅爸爸一直让她们不要去那个地方。

美雅想起她曾经还在路上碰到栀子姐姐的哥哥，她问栀子姐姐在家吗？她哥哥神色异常地说不在，说不知道她去哪里了，有好几年没有音信了。美雅觉得她哥哥是知道的，只是不想告诉她。

那天晚上美雅做梦梦见栀子姐姐顶着露水来家做上门裁缝的样子。她穿着白色的衬衣，上面有洁白的小扣子，细细的腰身；扎一个马尾，手里拿着一束栀子花，努着嘴轻轻冲她笑："快点去找个瓶子。"一醒来，美雅看到淡白的天色，突然就涌上泪来，天哪，栀子姐姐就这样没有了，这个世界里没有她了，美雅也永远地失去她了。

八

再过了几年，美雅也离了婚。

带着儿子,离开那套房子的时候,美雅最后一次在穿衣镜里打量着自己。她看到镜子里那个憔悴的女人,居然也有一双栀子姐姐那样黑咕隆冬的眼睛,在那黑咕隆冬的尽头还有一些白色的火焰,燃着低温终夜不歇——有着这样眼神的女人会活活把自己给烧死的呀。她一下子惊醒了,她对自己说,你不能死。

美雅开起了网店,网店就叫美雅,做的是服装。是啊,美雅是个不忘初心的人,她小时候的理想是成为一名时装设计师,想要什么衣服就自己做出来,不用求人,现在算是得偿所愿了。因为生意不错,美雅索性还开起了一家小小的服装厂,专门做自己设计的服装。十来年下来,她的网店居然变成了全网前五百。虽然不是大富大贵,但是在市中心买了房子,有了一辆路虎,她还在家旁边弄了个铺面做实体店,装修成白色,门口有片绿叶子,名字就叫栀子姐姐。女孩们都喜欢来,倒不是别的,因为只要是栀子花开的季节,这家店里的大玻璃花瓶里,就插满了巨大的新鲜的栀子花,满屋芳香。

有一天中午,美雅去店里查账。中午人少,她就在躺椅上歇一会,旁边的栀子花香气怡人,美雅在半梦半醒之间突然就回到了从前。她看到在那个漫长的无聊的夏日的中午,一个十六岁的姑娘从家属区走出来,走过一段荒凉的柏油路,穿过一道厂门,来到那栋苏式楼下。在宽大的水磨石楼梯上慢慢行走,可以望见大樟树的树叶一直伸到走廊,把走廊的空气也染绿了，把暑热也隔绝在外。

这个不懂事的十六岁少女，走到204门口，敲了很久的门也不见开门，就退到走廊上，一抬头看到猛烈的阳光被樟树叶细密地接住，栀子花开得正盛，空气里飘动着一种似有若无的清香。走廊空空荡荡的，有一只黑猫从她身边倏忽飞过。女孩无聊地用脚踢着走廊的水泥栏杆，烦躁地想，怎么栀子姐姐还不给我开门？

然后脸上潮红一片的栀子姐姐把门打开，特别高兴又好像特别害羞。她搂着女孩的肩膀说，我和我老公在里屋睡死了，没听见，好啦，你不要生气了，我借一本特别好看的书给你看……

美雅等了一个中午才一口气把这句话说出来："栀子姐姐，你赶紧离开这里呀……"还没看清栀子姐姐的表情，美雅就从那幻境里掉落下来。她一睁眼，身边的一朵开得恰好的白色栀子花突然就跌落下来，啊，栀子姐姐……

飞 女

阿俐愈打愈有火气,叭地丢了一"鸟"骂道:"男人没一个是好东西!"

一

从干部楼从右数过去第五间,就是阿俐家。

阿俐家是妈妈当家,阿俐的爸爸好像不存在。在大家的印象里,总是阿俐的妈妈拄着拐杖走来走去。她的腿不好,但一点也不妨碍她爱美,她永远穿着水绿色的丝绸长裙,这种裙子在粗鄙的厂区宿舍里,显得有点过于隆重了,但它又和阿俐妈妈的气质配合得天衣无缝。如果要用什么词来形容,那无疑就是:风韵犹存。阿俐妈妈有一张白皙的脸,长卷发,大眼睛,两个大大的酒窝。唯一的缺点是她的脸略有点歪,一边的酒窝是圆的,另一边的酒窝是一条缝,这让她在不笑的时候，显得很有几分威严。

阿俐妈妈是有点传奇的人，至于什么传奇，已经无人知道了。听说她可以成为一名幼儿园教师并且安然退休是很有点手段的。她的家不太像家，有点像棋牌室，日夜开着灯，开着一两台麻将，家里总是很热闹。总之，如果你没地方去了，这里就是最佳归处，水绿色的阿俐妈妈永远会笑容满面地迎接你的到来。她是这个小型王国最热情的女王，她会让三个儿女中的一位为你泡上一杯茶，在这里打麻将，除了吃红，每个客人一杯茶是两元。也就是说你打不打坐下来喝了这杯茶都得两元，也因此，厂里的女人都嫉妒她，觉得她要价贵。但阿俐妈妈才不屑跟这些闲人打交道，她只用心招待来她家的客人——通常都是男人，只有他们才有这个闲钱，才有这个闲情。

对于三个儿女，阿俐妈妈像个最负责任的老母鸡张开双翼护住他们。儿子不用说了，宠得一辈子没有出去工作过。但凡有人胆敢对泡茶的阿俐或者是阿俐妹妹动手动脚，她锐利的眼睛就即刻扫射过去，或真或假手上的那根棍子就打了过来。所以，阿俐虽然从小在嘈杂的地方长大，但她是没有受过人欺负的。

阿俐一生下来就是大美人，十几岁的时候走到街上就已经像随身带着追光灯，所有人的眼睛必定都在她身上。偏生她又爱标新立异，冬天一件烟紫色马海毛毛衣下面配白色皮短裤和白色长靴；夏天要不然就是一袭火红露背长裙，要不然就是扎腰粉红衬衣配粉红网球裙,把厂里的那条黑柏油马路走出了T台的风采。

阿俐是三个儿女里最漂亮的,她完美地继承了母亲的白皙、酒窝和长卷发,并且克服了它们在母亲身上的缺陷。她的腿不拐,酒窝也不歪,人也格外跳达,宿舍区的人都叫她飞女,十六岁就有男人因为她一句话动刀子,还捅死了一个人。可那人到医院也不后悔,临终时指名要见阿俐。阿俐去见了,回来就骂道:"真晦气,一辈子都要做噩梦了。"

二

阿俐也是嫁过一次的,是隔壁电化厂的土生富豪。

说他土生,是因为他原本是电化厂的工人;说他富豪,是因为他赚了钱,二十世纪九十年代初就扒火车到广州去进货,专做内衣生意。数年间,他从卖裤衩的小商贩到内衣店老板,再开内衣工厂,进进出出是几十万甚至是几百万元的生意,阿俐终于在二十八岁时答应了土生富豪的求婚。但即使土生富豪矮了阿俐足足一个头,阿俐妈妈也不觉得寒碜:"你就是一米九,你能在腾龙大酒店办一百来桌酒吗?你能在市中心买三百平方米的复式吗?你能一个上亲打发五百块的红包吗?……"就这样,阿俐风风光光地成了李太太。

阿俐当李太的时间不过三年,但那是对她影响最大的三年。九十年代末的小姐们已略懂风情,对商场上的成功男士尤其青眼有加,席间也少不了会开些玩笑。男人们打着哈哈在这里做成了生意,在这种场合下,土生富豪当然尽量照顾美丽太太的情绪。怎奈阿俐是眼睛里容不下半点沙子的人物,场面上出现小姐们已经让她的脸沉了下来,还凑上前来敬酒那不是要翻天了。那次那个叫小辣椒的小姐倚过来时蹭到阿俐的新鞋子,一下子就踩到了阿俐的痛处,她甩了小辣椒一个耳光,又掀翻了桌子,昂首走出了酒店。

经过这次教训,土生富豪再也不敢带阿俐去应酬。多少个夜晚阿俐像开错了时辰的玫瑰,寂寞地守在卧室里看碟。但是碟都看烂了,老公还没回,就算回来,也是一身酒气……自然就有了怨气,自然就有了怀疑,自然就有了争吵。阿俐眼睛一包眼泪,堵在浴室门口恨恨地对着里面喊:"当初千挑万选才跟了你,没想到你现在这样对我。"

阿俐第一次出现在歌厅的时候,穿的是最简单不过的V领黑色长裙,只不过是陪相熟的王太过生日。可那也是艳惊四座,这艳惊四座的感觉倒是让她又想起了从前,这感觉真让人快活,于是她又重新回到众星捧月的状态。这下好了,她不找土生富豪闹了,也不吵了,只要他把卡给她,刷多少不要说话。土生富豪就识相地不说话,"女人花点钱应该的"。

关于她的流言也接踵而至。不过没关系,土生富豪是有阅历的人,水至清则无鱼嘛。最后撕破脸是在孩子出生以后。女孩一出生眼睛有点问题,阿俐抱着天生有缺陷的孩子大骂,"就是你喝酒喝的……"她拿着菜刀要杀他,到底也没杀成。这孩子她不喜欢,奶奶索性就把孩子接过去自己养,于是阿俐就有了自由身。

忙啊忙,她忙着产后修身,忙着上美容院,忙着和朋友吃饭唱K,忙着跳舞旅游。她天天都不着家,比土生富豪还忙……后来,后来,就出事了,土生富豪把她和她男朋友捉奸在床。

出事的时候,阿俐还穿着他给她买的T-BACK。

土生富豪说:阿俐,我们怎么办?

心高气傲的阿俐吐出两个字:"离婚!"

三

孩子归土生富豪,奶奶带大的还是跟着奶奶吧,反正你也只生了她,临走时土生富豪给了她五十万块钱说让她做生意。九十年代中,这是很大一笔钱了,房子也归她。阿俐一看房子大,索性把在技校读书的妹妹叫了过来,在楼下租个房子开了家美容店,专做高端女客,让妹妹掌本,一大家子热热闹闹,倒比土生富豪在的时候快活得多。

那一年,阿俐才三十一,身材样子都是顶尖的好,一走出去,照样靓得人睁不开眼。一米七的个儿,腰细细的,长发飘飘,仍然有一大帮子男人在她身边转来转去。离过婚的阿俐随心所欲,她买最贵的衣服,用最好的化妆品,去最有意思的饭庄,吃最好吃的饭,喝最好喝的老火靓汤,和最懂味的男人谈着小恋爱。

阿俐太喜欢谈恋爱了,她觉得谈恋爱像跳探戈,自己就是那火热的巴西女郎。一个眼神一个动作,就有男人扑上来,然后若即若离,然后是眉挑眼动,然后是倾心共舞,再然后呢?当然是换个对手,一二三四,二二三四,再来一次——说老实话,阿俐就喜欢和男人斗智斗勇的感觉,管你有钱没钱,反正我自己有钱,"我谈恋爱只讲感觉"。

每天都那么开心,那么丰富,睡到自然醒。然后就想着今天怎么玩,去株易路口吃活鱼,到王子山里面吃农家菜,到岳麓山的茶庄喝茶,甚至一时兴起,一堆人下广州买衣服吃粤菜玩个两三天。每个男人都有每个男人不同的路数,有人喜欢呼朋唤友,有人喜欢独行,有人中意热闹,有人喜欢单对单。但是,无论是谁,到了阿俐的世界里,就得听阿俐的,称心如意,美物如云,谁都想博她一笑,当然要有独门的功夫才能近了身。当季的新包,看上了赵总李总都抢着买,饭桌上,男人的争风吃醋才叫一个好玩——多数就是比谁钱多,你给阿俐在大富豪过生日,那我就送一桌杏花楼的酒席到她家;你送碎钻项链,那我必须三克拉的钻戒……但要说让人身心舒畅,还得说有文化的人。他们那个聪明劲,有时还给你寄信写诗,让你觉得自己是世界上最珍贵的珠宝。当然更有那殷勤的男人,每一件都做得让你贴心,这样的人,就算没钱,阿俐也愿意和他来往一段时间,主要是,阿俐根本就不缺钱啊。有时,阿俐嫌太热闹,特意选一天待在家里休息，那电话铃也是响个不停，她也不去接，知道是叫她去吃饭喝酒的，真的烦。还不如靠在窗户边，抽上几支烟，清静清静，眯着眼睛想，真快活，原来没有老公的女人才叫真快活。

按阿俐妈妈的想法趁着年轻再找一个，但阿俐曾经沧海难为水，心灰意懒，周围比土生富豪强的男人有多少？就算结婚又如何？要找对她好的男人，她就不需要离婚了，已经经历过了，对她不好的男人，找来做什么？真的来当门板么。

阿俐算是想明白了，一个漂亮的女人不能只找一个男人。只有一个男人的女人，做的是单一市场，你被专营了，被垄断了，这生意自然就做不起来。但多做几个男人，你才是卖方市场，才能有市场经济，才能有危机意识，才能有竞争机制，这还是南湖大学经济系的刘教授教她的。他说阿俐啊，市场经济的本质就是各取所需，一个男人满足不了你的需求，多找几个不就满足了？有钱的男人那里搞钱，温存的男人那里找感情，帅男人那里找激情，能干的男人让他办事，你想要哪一样，就在哪个男人那里去找嘛，何必绑死在一个男人那里呢？

阿俐点头称是，刘教授你不愧是学经济的。

四

　　就这样开心地玩了四五年，阿俐就有了一点倦意。

　　玩，这件事，做多了也没意思，特别是无目的地玩，总归是那些套路，阿俐都看吐了。土生富豪虽则再婚了，但跟她的关系倒不是很差，有时就劝劝她，说要她把生意做起来，不然，玩到最后都是空。

　　阿俐觉得也对，美容店的生意不错，但赚得不算多。妹妹是勤勉，但是到底不是男人，格局太小。她着意在追求者中找了一个青年才俊，年纪轻轻就做了大厂的厂长，让他帮忙指点搞经营。谁知道这个小赵是个狠人，原来是借桥过路，让阿俐栽了个大跟头。他用阿俐的房子从银行里抵押出了一大笔钱，说是要大展拳脚，几年下来，钱固然是亏得没影了，最后居然带着阿俐妹妹逃了。亲妹妹啊，没结过婚的黄花闺女，心比天高的亲妹妹啊，就让一个男人给拐走了，这真叫人从何说起。

　　美容店关了，房子叫银行收了，经济一下子就吃紧了。银行里确实还有点钱，但是都拿去买房子，有点不划算，租个房子，开销也大，家里不是现在有房子住吗？阿俐妈妈说，不如回厂里住了，反正你有车，到市里玩还不是十来分钟的事。而且你就不是做生意的料，钱放在银行还可以吃利息，没事帮妈妈看下店，也算减轻一点负担。

　　阿俐一想也是，哪里住不是住，家里别的没有，就是人多温馨。如今妹妹也走了，一个人租个大房子住在市里也不是个事儿，尤其是若没带男人回来，一个人待在大房子里，就觉得冷和怕，疑神疑鬼得厉害，晚上也睡不着。但若是生了想带男人回家的心，男人的嘴脸也立刻就变了。这世道也真是怪，从前她越是想方设法想要男人不要跟着她回家，连家门也不想让他们知道，这些男人越是夹缠着要上来她家。现在呢，她一旦生了想让他们回来的心，一个个就跟活见了鬼一样，有老婆的男人固然是做了就得走，没老婆的男人好像跟你回家还占了他的便宜。有一个小帅哥居然话里话外的意思，还要她给钱，说什么老牛吃嫩草。你是嫩草，老娘可不是老牛，老娘还是一朵花一样的人物，气得阿俐拎着瑜伽棍把他赶了出去。

　　搬家的那天，阿俐表面上不说，心里也是难受了。纺织厂只有嫁到城里来的人，没有说嫁到城里来还搬回去住的人。虽然说阿俐腰包还是硬的，但面子上怎么也有点折了。人的时运连着心情，时运不佳，心情就越发不好，脾气也越来越差，一不高兴就指着人鼻子骂，倒把从前攒下的人脉给得罪了一大半。社交圈都说阿俐怎么变了，原来那个活泼可爱、一点心机也无的阿俐怎么一下就这么凶悍了，阿俐听了就冷笑，什么变了，无非是嫌我老了。

　　女儿十二岁的时候，也搬回来住了，因为前夫死了。

　　以前，阿俐多多少少觉得自己总有个依靠，前夫多多少少每年都要支援一点。但这一回是彻底没戏了，前夫的灵堂前，阿俐是哭得情真意切。

女儿回来以后，阿俐的脾气就更不好了。一方面是前夫有老婆，没留下多少钱，倒把女儿甩给了她。她把女儿接了回来，多一个人多了不少开销。尤其是，女儿十来岁了，却没有阿俐的半点风采，三棒子打不出一个屁来，眼睛还斜视，这让阿俐深以为恨：一个女人没有一张漂亮的脸蛋，将来能干什么呢？这还不是最讨厌的，最讨厌的是女儿就是和她不亲，三天两头要去找爷爷奶奶，她就在家里大发雷霆："奶奶有娘亲吗？"

阿俐也知道到哪个山上唱哪个歌，眼下这情形，务必是要省。但一省又立刻替自己委屈，觉得对自己不起，马上又买了两斤珍珠粉来敷面。这种穷人富过的性子连阿俐的妈妈也看不过眼，说剩下的钱也不多，还要留些给女儿上学，家里还有一个一辈子没出去工作过的弟弟，你将来也是要看顾的。阿俐到四十岁头上才第一次认识到，原来，钱，对女人，尤其她这样有好几个人要供的女人，真的是最重要的。

阿俐现在有危机感了，她没以前那么傻了。她现在知道问男朋友借钱做生意、借钱还债、给女儿上学。当然，最后，无一例外，男朋友们发现其实生意和债都是虚构的。

男人们也不是这么好糊弄的，有时竟跟她打马虎眼，对付着、拖着，要一万给五千要首饰给颗半宝……这让阿俐很不爽，那天在家和邻居们打麻将，愈打愈有火气，叭地丢了一"鸟"骂道："男人没一个是好东西！"邻居们面面相觑,牌局最后不欢而散。

五

男人没有一个好东西,只能靠自己。这是阿俐在自己的人生里得出的血泪教训。她常常和女儿说,但是末尾又忍不住要多加一句,尤其是不漂亮的女人。这句话就伤了阿俐女儿的心,从考上大学的第一天起,她就没有回来过,毕业了也一个人在上海,音信断绝。

男人没有一个好东西,是真的。女人也没有一个好东西,养了她她可以转背就成仇人。阿俐活了大半辈子,得出了这两条宝贵的生活经验。反正谁也指望不上,只能靠自己,阿俐跟妈妈说,你要早点跟我讲钱是最重要的就好了,我就狠狠在男人身上多赚点钱了。

阿俐妈妈说,讲过的,讲过的,只是你那时听不进。人都是要切到肉才知道疼,没钱了之后才知道钱的珍贵,以前我也不信,到后来生了你们三个之后过得艰难,才知道是真的。

阿俐一直想问她妈妈她的脚是怎么瘸的,但话到嘴边,还是不敢问。妈妈的世界又是另外一个幽深世界,她面前的事已经够多够烦心的,那些事,不知道也好。

日子就一天一天衰落下去,纺织厂是早就破了产,工人下了岗。十多年间,宿舍区是越来越破,好多人都迁了出去，房子都空着，一层楼十户人家倒有一半没有住人。阿俐妈妈的麻将馆的生意当然也是越来越差，人们渐渐发现，那个冬天穿一件粉紫色马海毛衣，下面配白色长靴子，夏天火红露背长裙粉红超短裙，把厂里的那条黑柏油马路走出T台的风采的阿俐居然跟厂里边的堂客越来越像了。耀眼夺目的一代飞女变成了普通人，在早市上呼噜噜地吃米粉，冬天几天不洗头，胡乱盘在头顶，像个鸟窝。

唯一保持了斗志的是阿俐妈妈，她在最败落中仍然保持着她的精神头，她像一个过气的女王一样仍然巡视着她的王国，一个破烂衰落宿舍区里的破烂王国。麻将馆的墙皮起了泡，不停地往下掉，家具被地上的湿气侵蚀着，下半边全变成了黑色，灯也歪了，玻璃罩上一层油腻的雾。但是晚上亮灯时，灯光朦朦胧胧的，一切似乎照旧，一个人没有，她也在柜台上坐着，脸上一点也不露败象，似乎什么也没有发生，似乎马上就有十来个客要进来。

2013年，她不顾一家人的反对，眼明手快用极低的价格买了好几套别人不要的旧宿舍。几年之后，纺织厂的留守员工迎来了他们人生最后一次时来运转，宿舍区被整体拆迁，阿俐妈妈眼明手快买的旧宿舍全部值了钱，小套间三十万元，大套间四十万元，她成为纺织厂下岗职工中的大富翁。那些早早把房子抛了换了几锭散碎银子的人气得捶胸顿足，阿俐妈妈则胜似闲庭信步。

人生的路啊，多走几步，你就知道等待的重要性了，阿俐妈妈说。

没想到,阿俐这辈子,男人没靠上,女儿没靠上,倒是妈妈靠上了。

听说阿俐在建设路口开了一个棋牌店,做了老板娘。妹妹也回来了,带着和老赵生的两个娃,阿俐一律都养了下来,送去读寄宿学校。

精明能干的阿俐妈妈和阿俐弟弟在同一年中了风,一个八十五,一个五十五,好在没瘫。两母子没别的爱好,就爱摸个麻将,阿俐和妹妹就作陪,一家四口,倒是其乐融融。

六

日子一天一天地过,人也一天一天老,一年到头都没有什么好说的。有一天妹妹转了一篇文章给阿俐,字很小,阿俐现在有点老花,戴上眼镜才看清,标题叫做"飞女"。文章很长,看完,阿俐把眼镜摘下来,发了一阵呆。

写得怎么样?妹妹问。

"把老子写得鬼画桃符,养个女儿最后养成仇家了",阿俐冷笑道,她把手机往麻将桌上一扔"长相不像我,会写文章倒是像我,我小学三年级文章就被贴在学校报栏上了,你还记不记得?"

"记得,记得。""记得个鬼,你连对门几张索子坨子都不记得,来,去打牌!"

由老太

由老太平静的麻将生涯,只有一枚勋章。

一个厂,宿舍区有一万多人是什么概念?

就是一万多个微型世界啊,一万多个微型世界就算紧紧密密地排在一起,至少也得几十个足球场吧。更何况,人和人之间不能凑得太近,隔着麻将桌的距离就比较合适,不近不远。

要让一个地方安定下来,必须得依靠麻将,而麻将的存在,就需在三缺一的时候有人勇敢地顶上。由老太就是这样的人,人家的电话打到家里来,只要她在家,只要电话里说一句"三缺一哩,你来啰",她就会放下手头的一切,乐不颠儿地跑过去打。

当然这是在她五十岁以后才发生的,五十岁以前,她将自己的一切都献给了家庭。

由老太是宿舍区的一个家庭妇女，一辈子没有上过班，她爱说爱笑，好跟人打交道。电化厂集合车间的由师傅是她老倌，由一一、由二二、由三三、由四四、由五五是她的孩子。她们这种女性在铁合金厂挺多。厂里面把她们叫作家属，也算半个厂里人吧，孩子可以上厂里的幼儿园、小学、中学。她们自己就在家洗衣服做饭，和双职工比，除了经济紧张一点，其他什么都一样。和宿舍区所有的女人一样，她们的老公都不太指望得上，孩子都由她们一手带大，然后就是一路操心，替他们找工作，看着他们恋爱、结婚、离婚，然后她就老了。

由老太的孩子们都没有大出息。但也不是那么没出息，也都有工作，能挣口饭吃，有时挣不到，就回家吃她的，她也没意见。二儿子长得最帅，从小她最宠他，但他就没少给她惹祸，没少让她费神，在二十世纪九十年代把好不容易求爷爷拜奶奶得来的电化厂的工作给辞了，去深圳折腾了几年。弄不下去，说想家了，由老太就让大儿子由一一补贴了弟弟几万块，帮他在宿舍区开了一个超市。宿舍区原本就有两三个超市，这下子竞争更激烈了，又是打架又是扯皮，一年闹下来，反倒是亏了。于是由一一又支持弟弟开一个干洗店，为了省成本，对外说用机洗，其实多半用手洗。不想让人发现，于是由老太就深更半夜去帮二儿子洗衣服，累得够呛，也只勉强可以维生。但她也不怪他，儿子是她生的，随她，挣不上大钱，只能过过小日子。谁家不是这样，比上不足比下有余，由老太不愁，就连两个儿子接连着离婚，她愁过一阵以后也就笑呵呵的——老子老了，他们爱怎么搞怎么搞，随他们去了。

由老太是东北人，最会自己找开心。别看她一个矮胖矮胖的老太太，走起路来刮起一阵风，做事最是麻溜。春天去采荠菜制粑粑，秋天到老远的乡下收猪肉来做香肠。春节的时候，她们家的阳台上挂满了自己做的一串串香肠，一家人闹哄哄地在香肠下拍全家福。厂里别的人家但凡生了五个孩子的，都多多少少过得很窘迫，但因为由老太的能干，所以五个孩子都没受过苦、挨过冻，即便大荒年，她也因为和她们子弟学校食堂的师傅们关系好，孩子们没饿过狠的。实在不行了，她就到食堂去偷隔夜的馒头，别人家吃饭没有一点油水，她还藏着一个拳头大的猪油坛子，说是晚上孩子们实在饿就用猪油打点汤。由一一、由二二、由三三、由四四、由五五都生得皮光肉嫩，这是由老太最骄傲的事。

孩子们工作了，上班了，有的钱多、有的钱少，但有一点他们倒是共同的：他们一到假日都回来吃大户，生完孩子就把小东西往由老太这里一送，长到三岁再接回去。尤其是离婚的那两个，一离婚，媳妇全跑了，孩子就扔给由老太，倒好像由老太这里是离婚孤儿收容所，平时由老太有事没事家里都是一大堆人。

"前辈子欠他们的"，由老太发着牢骚，但一样尽心尽力地带，谁叫他们是她的孙子呢！等最小的孙子们都上小学的时候,由老太才喘了口气,觉得总算完成了任务,总算可以打麻将了。

以前因为忙,由老太不能尽情地打麻将,现在孩子们都长大了,由老太可就放开打了。她在宿舍区麻坛呼风唤雨,天天打,时时打,日日打,月月打。有时兴致一来还打通宵,可以以一敌三,那精神头,没人能比得上,谁家一缺三都会想起她,电话一打到家,不用哀求,不用威逼利诱,她一准就来。而且来了,赢的多输的少,还能挣个小菜,何乐而不为呢?用最小的女儿由五五的话,我妈不在打麻将就在去打麻将的路上。"我是麻将一块砖,哪里需要哪里搬。"由老太高兴地说,她要把这种砖头精神发挥到极致,"最好是摸张大牌高兴得死在麻将桌上,不麻烦你们照顾我。"由老太这样对五个孩子说,电化厂几乎每一家,只要开过麻将桌的,她都打遍了,直到她遇到那桩杀人事件。

"那天,到牛护士家打牌,打着打着,我看到牛护士的女儿回来了,推着一个行李箱,里面是一个一个的黑胶袋。我们在里面打了多久的麻将,她就在厨房里忙了多久。一会儿,屋子里飘来一股八角桂皮的香味,那香味香得好奇怪,香得好特别。你看我好蠢,我还对着厨房里面喊,说,桂芬,你煮什么这么香啊?端出来给阿姨们也试试味,桂芬就说,不行,阿姨,我在燎猪脚,还吃不得……我心里还想这个桂芬这么小气,明晓得我最喜欢吃猪脚……她煮了好久,我打完麻将她还没煮完,就走了。没想到过了几天,她就被警察捉去了——由五五给我看报纸,报纸上说桂芬把她那个老公给切了煮了。你说可不可怕?桂芬这孩子我看着长大的啊,多老实啊,她就下得了这个手。她对警察说她老公在外嫖还打她,于是把她老公用高压锅煮了,炖得稀烂,倒到厕所里,一共煮了十锅,你说可不可怕?最可怕的是,牛护士不知道,还用那高压锅煮饭……后来牛护士吓死了……你说桂芬这孩子,看着长大的,这么老实,怎么就下得了手呢?……"

由老太是一个普通的老太太,一辈子过着平常的生活。如果说一个人一生总要有一两件值得挂在胸前炫耀的事情的话,由老太几乎没有,好在六十岁以后生活终于赐给了她一件,这件事她说了又说,像一枚勋章一样挂在她的胸前,逢人就要亮一次。直到她的女儿由五五都听不下去了,说:"妈你能不能不这么烦?见到每个人你都要讲,你烦不烦?"

由老太说:"我不烦,你由得我讲什么,你们有什么事值得我讲?我不讲这个难道还讲你们一家人每个星期回来吃我的香肠?……"

但出过这件事以后,由老太很少出门打麻将了,她后来把麻将搭子都约在家里,打麻将的时候,她都不煮饭,总是叫人送餐。

七十五岁的时候,有次晚上摸了个天和,她一激动,哈哈大笑,结果就死在桌子上了。自始至终,她由老太都没有麻烦过别人,她的女儿由五五说,我妈真是一个燎撇(湖南话,爽快干脆)人。

星　妹

要不怎么说，别人的话，听听就算，不要当真。

如果没有李志宏，星妹可能这一辈子都会过得很好。

如果李志宏没有向她求过婚，星妹可能这一辈子都过得很好。

如果李志宏不是这样的帅，星妹可能这一辈子都过得很好。

如果李志宏不是这样的进步，星妹也可能这一辈子都过得很好。

问题是，李志宏这个人偏偏存在着。

纺织厂一万五千个人，星妹也一度是厂花。怎么会比别人差到哪里去了，还不是一样过日子，谈恋爱，结婚，生孩子，吵架，和好，又吵架，谁不是这么吵吵闹闹过完一辈子。能差得到哪里去？偏偏李志宏曾经出现过。

孙星妹平静的天空掠过一只苍鹰，这瞬间是命运的裂缝，更确切地说是一个阴影。

星妹给孩子洗尿布的时候，厂里人说：星妹，要是选了李志宏，你就不用在这儿洗尿布了吧？

星妹给老公送饭的时候，厂里人说，星妹，要是选了李志宏，你就不用黑夜里来送饭了吧？

星妹三班倒洗澡的时候，厂里人也说，星妹，要是选了李志宏，你就不用上这公共澡堂洗澡了吧！

开始星妹还笑，朗声笑道："我高攀他不起，大学生，半天没一句话，说不到一块儿去！"

有时急了，就说："出身不好，我才不要他。"

再后来，也会拉下脸来，骂道："去你妈的，老子叫孙星妹，又不叫孙悟空，没长火眼金睛。"

人家看她不高兴了，于是不说她，开始说孙星妹老公。一看到他在小店里打牌就笑："人家孙星妹选错人，选了你这个窝囊废，这么多年了，连车间主任都没当上。你看人家李志宏，现在是厂长了。"开始孙星妹老公还笑，后来就怒了，牌一丢，就去喝酒，喝了酒，就要打人，不是跟笑他的人打，就是回家打。

男人喝酒，回家打老婆的多了，可是孙星妹不一样啊，孙星妹可是被李志宏追过的人。孙星妹被打得鼻青脸肿到医务室上药的时候，连护士都会感叹一句："星妹啊，你要是找了李志宏，何至于被打成这样，你看看，你看看，那么嫩的皮肤被他打成红红紫紫，猪板肉一样，真的是造孽哩。"

可惜，可惜了。

要不怎么说，别人的话，听听就算，不要当真。可是孙星妹是个实心眼的妹子，别人一说她就听进去了，别人一说造孽她就过不下去了，她居然真的就离婚了。

哎，你说你糊不糊涂，这纺织厂里的男人哪一个不打老婆？你找了工人，他就会打老婆嘛，个个都打，家家都打，你是工人阶级啊，他打你，你就打回去嘛，还有孩子嘛，干吗要离婚呢？

你以为你找的是李志宏啊？李志宏倒是不打老婆，但谁让你当初瞎了眼，没有选他呢？你糊涂啊，你当年糊涂，你现在更糊涂，你怎么能离婚呢？你离婚了还有谁要你呢？人家李志宏也早就结婚了，人家娶的可是副市长的女儿，你说你为什么要离婚呢？你忍忍就过了嘛。

女儿归了前夫，离婚头三年，孙星妹倒是打扮得标标致致，一身清爽，放出话来，要找男人。和谁说，谁都叹口气："唉，星妹，你要是当年选了李志宏，现在就是书记夫人了……何至于成了一个离婚女人。"

到了后几年，孙星妹就不提这事了，人也慢慢变得邋里邋遢，有时晚上还在家属区里乱走，人家就说孙星妹啊，疯啦！

孙星妹疯了十来年了，大家都觉得可惜。每次她一走过去，后面的人就会摇摇头，星妹真可怜啊！要是早选了李志宏，她现在就是厅长夫人了，真可怜啊！

　　孙星妹后来进了精神病院，厂里人见不到她了。但是只要每次在电视里看到李志宏，厂里的人都会告诉别人：当年要是那个孙星妹选了李志宏，现在也是部长夫人了。

爱 莲 说

刘爱莲喜欢莲花,可是纺织厂的人都不买她这个账,他们说她是戏子,是破鞋,是狗螺子花。

一

刘爱莲喜欢莲花。

用的手巾、穿的衣服、睡的枕头上都是莲花,哪怕沙发上搭的纱巾也是莲花。她说她县城老屋旁边就是一池莲花,她说她出生在莲花旁边,她说莲花就是洋气,就是姿势(湖南话,有姿有势),就是干净,她一辈子就是这么要求自己的。

可是纺织厂的人都不买她这个账,他们说她是戏子,是破鞋,是狗螺子花——张脚就来。呸,刘爱莲只能对着地上吐口痰,什么叫戏子?我是堂堂正正的戏曲演员。

事实上，刘爱莲还真是科班出身的戏曲演员，入的是正经花鼓戏团的正经编制。夏练酷暑，冬练三九，虽然到离开剧团时她还只是县花鼓戏团一名基础演员——但革命工作不分贵贱，只要你态度认真，这是刘团长教她的。

他还经常教育她世界上的事最怕的就是"认真"两个字，所以刘爱莲的角色哪怕分别只是小姐的丫鬟、公子的书童，还有穆桂英挂帅时后面摇旗子的亲兵，那也是她要认真完成的革命工作。刘爱莲后来说那亲兵也不好演，手里哗啦啦不停地转着旗子，嘴里还要呼啦啦喊着号子，演一场下来，也累个半死。

下了场还不能闲着，得搬箱子干零活，还要眉高眼低伺候团里的角儿们。好在刘爱莲最大的优点是人比较勤快，剧团分给小演员的宿舍有十二间，数她那间窗户最小、采光最暗，但偏偏就她那间收拾得最干净。糊了雪白的纸，桌子上床上有东西的地方都铺着莲花桌布和床单，进来的人都说，哎哟！刘爱莲你这个死妹子，你这宿舍，搞得太整洁了。

刘爱莲说整洁人才舒服啊，整洁是刘爱莲对付这个世界的最佳武器，只要走在去整洁的路上或者终于到达整洁。具体来说就是回到整洁的屋子里，哪怕是累得半死，她都有了再战斗下去的勇气。是的，她要成为一个好演员，她要成为一个好团员，她要成为一个好女人，所以她不敢有半点懈怠。

刘爱莲总是轻手轻脚地跟在那些角儿们后面，哪怕听个响说个话儿递个杯子，那也有益处不是？唱得好的人身上有股子灵泛劲儿，她好喜欢。果然，最后真叫她给说着了。有一次市里面最出名的旦角胡凤英就看上她了，胡凤英下到她们剧团来担角，演《刘海砍樵》，一上台她就把刘爱莲镇住了，和台下的婆婆姥姥们一样看得如醉如痴。婆婆姥姥们只能看戏，而刘爱莲还能到后台和胡老师在一起工作，一想到这一点，她就止不住觉得幸福，觉得骄傲。等戏一停，刘爱莲就候在后台，默默跟着胡老师递个水送个毛巾什么的。一天两天三天下来，倒也混了个面熟。那天她小心翼翼地在一边给胡凤英递水钻头面，人站在窗边，一缕晨光打在她的脸上，半明半暗间胡凤英一抬头看到，眼睛就一亮，隔着镜子高声对刘团长说，哟，你们县剧团还有这么漂亮的妹子啊。

团里确实培养过这个这么漂亮的妹子一段时间，刘团长还亲自给她说戏、说腔，后来发现"变手花""改尾巴""换骨头""把板眼挤拢""琴腔"这些，刘爱莲根本连记都记不住，那就唱唱小调吧。

学了半年，刘团长终于派她上场了，《采茶调》她是第一个出场的，一亮相就是满堂彩。她身段好，腰细细，脚步也伶俐，一张正正经经、细细考考的瓜子脸，一只悬胆鼻，斜飞入鬓的丹凤眼，不用上头那黑眼珠就滴溜溜乱转，"正月采茶是新年，姐妹双双进茶哟园。十指尖尖把茶采，采起细茶转家哟园，把是把茶采也呃，转是转家园，采茶辛苦吃也吃茶甜……"声音响，腔调也好，第一段唱好了，第二段唱对了，到了第三段就出了问题，忘了一句词。忘了一句词就忘了吧，在台上忘句把子也不是什么大事，连胡凤英这么大的角儿都忘词呢！忘了就忘了，你就把下面的词唱好就行。可是刘爱莲忘了词就慌了手脚，眼睛也直了，手也不动了，脚下像生了根，后面的同事推都推不动她。等唱到第四段时她已经完全迷糊掉了，脑子糊了连带着身子也糊了，蜡烛一样融在台上一动不动。台下的观众眼尖，喝倒彩，把她羞得当场就蹲了下来，抱着头放声大哭。刘团长在后面气得把帘子重重一甩，刚想骂娘，半晌又没骂出来，反倒是叹了一口气，刘爱莲啊刘爱莲，你真是浪费了那一口亮堂堂的好嗓子。

刘爱莲有好身段，有好嗓子，但可惜，她没有一个好脑子。

她什么都好，就是一上台就记不住词。这也不能怪她，她两岁上就死了娘，读书才读到二年级，认不得字，怎么能记得住词呢？要是背得书，她何至于九岁就进戏曲学习班学艺呢？在班里她受了多少苦啊，光是下腰就挨了师傅几年打。师傅打了她也不生气，在家里她爹也打她，爹打她是喝了酒乱打，但师傅打她是为她好，到老了，她还是一条拉活的水蛇腰，不知迷死过多少男人。男人们聚在一起时，就会说刘爱莲那条腰啊，啧啧啧啧。一般就算很好的东西男人们都只啧三下，但刘爱莲的腰，他们要啧四下，可见不是一般的好。

二

可是她好又怎么样，姚师哥还是不要她。

姚师哥是大师兄，刘爱莲进团里第一天，就碰到了姚师哥。姚师哥正是《补锅》里刘小聪的扮相，雪白的汗衫，浆得笔挺的蓝布衫，那身板、那眉眼，比那个演李小聪的彭复光不知好到哪里去了。后来刘爱莲每次看到电视里面放李谷一的《补锅》，就要指着彭复光说："当年，我姚师哥比他唱得好，长得也比他好看多啦！"

也奇怪啊，每次一说到"姚"这个字，刘爱莲就会浑身一激灵。姚啊姚啊姚啊姚啊，"姚"这个字刘爱莲认得，这是她到团里以后新认得的第一个字，还是偷偷学的。有次刘爱莲领工资的时候特意挤在张会计身边，看他点花名册。张会计也不太认字，又有点老花，所以每次都喜欢用手点字。等轮到姚师哥的时候，刘爱莲的脸就红了，她也不敢看姚师哥，只紧紧地盯着张会计的手，看他的手划过那神气的三个字，嘴里喊着："姚季青，八块。"

才不过一秒钟，张会计的指甲划过那个名字才不过一秒钟，可是刘爱莲已经硬生生把最开始的那个字死死地给记了下来，印在脑子里，一有空就复习。只要团里面贴演员表，刘爱莲就趴在下面找，她要在那一片密密麻麻像蚂蚁一样乱爬的字里面找出那个字来。她知道那个字长得很妖娆，身上长了好多手好多脚，可是就算长着这么多脚这么多手，看得多了，刘爱莲也认识了。她不敢把这个字写下来，她只能在心里划，不就是一撇一捺一横折一点一提一长撇一弯钩再一撇一点吗？是有点难写啊，是有点难记啊。不过，还是给刘爱莲记住了，她一天要把"姚"字写上一百遍，喔，不，是一千遍一万遍。

不就是一撇一捺一横折一点一提一长撇一弯钩再一撇一点么。

她写啊写啊写，在心里头写，写好了就念，在舌尖上念，一点声音也不出。于是那很多手很多脚的"姚"字就在她的嗓间一起一落一起一落，在她的舌尖一上一下一上一下，就快要跳出嘴巴的时候，刘爱莲就要用力闭上嘴，用尽全身力气硬生生地把它咬住，嚼碎，再吞到肚子里。

刘爱莲好奇怪，姚师哥好就罢了，为什么连"姚"字都这么好呢？它好调皮啊，它怎么老是在一跳一跳的，只要一有空，只要一醒来，只要一愣神，它就从她的心底的某一个角落蹿上来，跳到刘爱莲嘴里，在她的嘴里滚来滚去，翻江倒海，滚成了一颗通明透亮的宝珠，摇来摇去，发着光，漾着彩，在刘爱莲的嘴里摇来摇去。一撇一捺一横折一点一提一长撇一弯钩再一撇一点抱成一团直到最后挤成一团，化成一丸黑色的喉糖，凉飕飕、麻烫烫，整得她半边身子几乎被麻倒在地上。

姚姚姚姚姚姚姚姚姚姚姚姚，啊，姚师哥，姚哥哥。

摇啊摇啊摇哪摇啊摇啊摇啊，姚师哥说，皱着眉，喘着气，在下面求爱莲。"爱莲，摇啊，用力一点。"姚师哥说，皱着眉，喘着气。平时姚师哥可凶了，板着脸，看都不看她，可这回却皱着眉，喘着气，在求她了，爱莲觉得自己很神气，就一笑，就用力一点。过了一会，姚师哥又求她："再用力一点。"爱莲又一笑，就再用力一点。

"爱莲，你摇起来真好看。"爱莲一直记得姚师哥这句话，"记得以后不要剪头发，头发长长的，才好看。"姚师哥要她每次把头发放下来，她就放下来，说她腰细，她就一直把腰扎得紧紧的，他说她摇起来真好看，她就一直一直摇。从前她只在姚师哥一个人身上摇，后来姚师哥跟胡凤英走了，上省城了，她挺想他的，就在别人身上摇。

有一次，她和张编剧在后台小道具间里摇的时候，刘团长开门进来了，捉了现行。张编剧本来就是下放的，在省城有老婆，这一下子就被批得要死。批到后面，差点跳了潭，最后居然被捉了送去劳改。这处罚可真够严重的，刘爱莲吓得要死，以为她也要送去劳改，可是最后谁也没有找她，她只挨了几次批评。刘团长说了刘爱莲不懂事，没脑筋，主要责任不在她。

刘团长也姓刘，一笔写不出两个"刘"字。十三岁刘爱莲爹死了埋的时候还是刘团长主持的，他是看着她长大的，所以剧团最后也没太难为她，只要求开批斗会的时候，爱莲作为受害者控诉张编剧的罪行。可是最后刘爱莲到底也没有控诉成,这让张编剧很感激。很多年以后,他回了省里又出了名,还回团里面看过,有人说他虽然没有提刘爱莲这个名字,但到底还是在小道具间门口多站了两分钟,可见心里面还是有刘爱莲的。但其实呢,刘爱莲自己知道,她不是不愿意控诉张编剧,只是她不记得词,每次她一张口就变成哭了,太紧张了,她一紧张又忘词,事先人家教给她的话一句都不记得了。

团里面到底还是没开除她,才十七呢!小荷才露尖尖角呢,刘团长说,别可惜了,别造孽了。

爱莲很感激刘团长,后来她就主动和刘团长搞过两回。

三

团里虽然没有开除她,可是团里人的嘴可不饶她。

大白天的,爱莲一走过去,一群人就会一哄而散,好像她是一堆狗粪一样,人人都要提着脚屏着气,唯恐避之不及。可是到了晚上,她只要一个人走到没人的地方,保不准就会有石头从后面打过来,打得那么准,那么狠,正打到她的屁股上;也保不准后面会跑出一样什么东西,拦腰抱住她,她还没熨清神,胸口屁股就被重重地抓了几下。有时她就算了,有时就骂几句。算了,算了,刘团长说刘爱莲,你犯过错误,你要理解群众的心情。

刘爱莲想想也对,打就打吧,这是群众的心情。直到又过了一年的八月十五，那天过节，有家的都回家了，没家的也出去逛夜市了，团里面静悄悄的。刘爱莲一个人在练功房练完了功，洗了澡，特地换上一身新买的绵绸衫子。绵绸衫子是白色的，胸口有一大朵莲花，是刘爱莲左托人右托人从长沙带回来的，过节了才肯穿第一次。

　　从闷热的堂子里一出来，迎面有点小风，绵绸衫子鼓起来，刘爱莲看见胸口那朵莲花鼓起来，又落下去，叭叭打在身上，就没来由地高兴起来。这是一个美好的夜晚，天上有月亮，小路上空气里密密浸着桂花香。刘爱莲觉得高兴极了，身上的汗也洗净了，脏衣服也涮得清清的，头发上还抹了发油，盆子里还有团里面发的一个酥皮月饼，是花生馅的，她最爱吃——这是刘爱莲人生里一个特别安静美好的晚上。她很少有这样的夜晚，她的夜晚要么太过激烈，要么就太过仓皇，要么太累，要么太无聊，很少有这样清静、没有欲望的晚上在前方等着她。于是十八岁的洗得干干净净抹得香喷喷的刘爱莲一边哼着歌一边往宿舍走。就在拐到宿舍区的最后那个弯道口，突然后面一阵风起，扑来一样大东西，重重地把她抱住，一只手伸到衫子里面在胸上面狠命揉了几把，掐了几把，下的是死力气。她刚要喊，那东西就把她高高地举起来下死力气往地上一丢，跑了，不见了，根本不知道是谁。

　　刺啦，刘爱莲听见布料断裂的声音。

　　哐当，刘爱莲听见脸盆掉在尘土里的声音。

轰隆,刘爱莲听见骨头摔散的声音。

刘爱莲从地上爬起来,腋下的衣服已经裂成两片,她连灰都不拍,叉着腰对着那撒腿而去的黑影大骂。骂啊骂,骂啊骂,把她知道的最恶毒的话骂完了,可是一点回响也没有,她发现她面前的世界不但是黑的而且是空的,里面一个人也没有。不,不是一个也没有,而是所有的人都在,但是谁也不出声。在八月十五明亮的月光下,刘爱莲觉得她对面的那块黑暗里潜伏着一双双发着绿光的眼睛,好像狼。

是狼咧,不是人。

人的眼睛怎么会发绿光呢?她一想到这一点,就愣住了。真静啊,真静,静得听得到自己的喘气,静得听得到对面那些狼咻咻的气息。宿舍楼里一盏灯也没亮,楼梯口十五瓦光的灯泡还是那样有气无力地照着她,刘爱莲突然觉得她面前的整个宇宙都是空的,刚才所有骂出去的娘都荡了回来,砸在她脸上,重重的,好疼。

这疼打醒了刘爱莲,她突然想起了她的东西。她心爱的脸盆,心爱的衣服,心爱的酥皮月饼。她心爱的衣服肯定是烂了,不要紧,回去缝。她心爱的酥皮月饼呢?她一看,已经变成灰尘里的几块小肉疙瘩了。她洗干净的湿衣服上也已经沾满了灰了。最后她终于在一堆红砖头后面拾到了她的脸盆,她的心爱的画着荷花、上面写着"文艺工作百花齐放",大红色的神气的搪瓷脸盆摔掉了漆,露出黑洞洞的几只眼睛。她看着这几只黑洞洞的眼睛,慢慢就蹲在地上,她只觉得心里好疼,身上好疼。她捂着脸,大声哭起来:"没脸活了,娘啊娘,你怎么死得这么早咧!你把我放在这世上受苦啊,娘啊娘娘啊娘娘啊娘娘啊娘娘啊娘娘啊娘娘啊娘娘啊娘……"其实刘爱莲根本就不知道她娘长得怎么样,她也没见过娘,但是她太伤心了。太伤心了,一喊娘,就好像好过了一点。

看她哭得太凄凉,刘团长也于心不忍。但是他也不能去拉她,他一去拉,他老婆就会跟他闹。于是刘团长就去找电工老高。

电工老高是团里的一个老光棍,三十好几了,没老婆。平时刘爱莲和他的关系不错,团里好多人结伴不理刘爱莲,连吃饭都没有人愿意和她同一个桌子,只有老高愿意。反正老高跟谁都那样,跟谁都笑嘻嘻。从前刘爱莲不太搭理老高,她每天忙着在人群里找姚师哥,哪有空和老高说话?可是后来姚师哥走了,张编剧也走了,她就只好和老高说话了。老高长得可丑,狭长一张脸,鼻子嘴巴都像是刀削出来的,满是皱纹。但看久了,也就不觉得丑了,反倒觉得有种特别的韵味。"你长得像一只狗!"刘爱莲说,看老高不高兴了,就笑起来,"我小时候养的一只狗,叫小虎,我可喜欢它啦!不是骂你的!"刘爱莲这么一说,老高也就不生气了。老高很少生气,哪怕说他长得像一只狗,他也没生气。

他也很少说话,刘爱莲爱说,他就由得她说。刘爱莲一路和老高说话,九不搭八:"哎,老高,你怎么只比我高一点点啊?"

她当时穿一件洗得干干净净的淡绿的确良衬衣,布鞋底的白边还涂了一层白粉笔。老高看她一眼,就说:是喔,是只高一点点啊。

刘爱莲说:真没用。

老高说:没用,是没用。

吃饭的时候,刘爱莲说:"老高,把这些肥肉给你吃,我不爱吃。"那盆子就伸过来了。

上戏的时候,刘爱莲说,老高,过来帮我勒一下腰。那手就捉紧了布头。

老高呐老高啊……她像唱歌一样地喊,直着嗓子,又高又尖,闪着光,放着电。那是她刘爱莲投向剧团里那些狼的红缨枪银匕首,虽然不见血,但那至少也是她刘爱莲亲自发射威风凛凛的反击标志:她刘爱莲还没倒呢,她刘爱莲还要风风光光利利索索地活呢。

老高,刘爱莲怎么老叫你呢?有人打趣老高。

老高还没说话,就早有人帮他答了,不是刘爱莲老叫他,是全团人都老叫他,你说,哪个不叫他?

老高就憨憨地笑,是啊。光是刘爱莲叫他帮忙他就帮,团里所有的人都喜欢叫他,叫他帮着做这做那,叫他帮着修收音机,叫他帮着换电灯泡,叫他帮着背蜂窝煤。既然大家都叫他帮着修收音机,叫他帮着换电灯泡,叫他帮着背蜂窝煤,那么刘爱莲当然也就可以叫他嘛,老高人好嘛,所以他就活该帮全部人的忙，跑全部人的腿，做全部人的事，那么，刘团长的脚也更应该跑了。

看着八月十五一个人在楼下号哭的刘爱莲，还是刘团长动了恻隐之心，他悄悄下楼找到老高说："老高啊，你去扶一下刘爱莲，哭得这样……同志之间要有阶级感情嘛！"

老高赶紧点头，他说："我本来就想去的……"

老高箭一样冲了出来，想把刘爱莲扶起来。但刘爱莲已经哭开了花，哭成一摊稀烂的泥巴，根本起不了身，只在地上滚，只在地上叫："不想活了啊不想活了，没有一个疼我啊，没一个人疼我啊，没有一个人疼我，娘啊娘娘啊娘娘啊娘娘啊……"老高在地上忙活了半天，也拾不起这一摊稀泥，只好俯下身去，双手捉紧她半哄半抱地说："有人疼啊有人疼啊，有人疼你啊，刘爱莲啊刘爱莲，爱莲爱莲……"老高夹住她的腰半拉半拖把她往宿舍里拉。刘爱莲的宿舍在二楼，偏她还不肯停，在他手里上蹿下跳，老高只好中途转向，把她往他的宿舍扯。他的宿舍在一楼，先拉到他宿舍再说。实在拉不住了，他就低下声音恨恨地劝："刘爱莲咧，你的衣服烂了哩，你半截胸口都露出来了，你就别出洋相了啊爱莲……"

刘爱莲果然就消停点了，老高一鼓作气就把她端回了房里，刘爱莲啊，你先洗洗脸啊听听劝啊，不要这样……房里的声音嗡了半宿，而灯也一直亮了个通宵。

这一晚以后，团里的人就开始正式笑话老高了："老高，你说了要疼刘爱莲的啊，又跟人家睡过一晚，你要负责到底啊！"

老高说没有睡啊，她睡了，我没睡啊。

人家一听老高的老实话又笑起来了，就越发来了劲："还没睡？全团人都看着你们俩睡在一房里过了八月十五。"老高只好苦笑："不要乱讲哩，不能乱讲哩。"

老高不要大家乱讲，大家偏要乱讲。有时当着刘爱莲也讲，刘爱莲一听是又气又急，当场就拍了桌子："老高，讲我跟别个还好，说我和老高！癫了吧。"

她有好长一段时间不和老高说话，但气着气着，又没办法气了。不和老高说话和谁说话呢，不和老高同桌和谁同桌呢，不吃老高带的坛子菜吃谁的坛子菜呢，不让老高提水谁给她提呢？……还是要和老高说话、和老高同桌、吃老高的坛子菜、喝老高帮提的水，说了同了吃了喝了就没办法了，人家再笑她和老高，她也就不出声了。

就这样过了一年，也不知老高使了什么法子，刘爱莲就答应和老高结婚了。

再过了半年，老高就托了关系，和刘爱莲一起调去了市里郊区的纺织厂，他还当电工，刘爱莲转行当工人。

消息传来，剧团的人都面面相觑，脸色都有点怪怪的，老高就笑着给大家散烟："再见了，再见了这么多年给大家添麻烦了。"人们还没来得及回话，只听见后面的宿舍里，传来惊天动地的巨响。原来是刘爱莲在丢东西，她从二楼往下丢东西,把她的碗啊盆啊洗脚桶啊全部从二楼往下丢,说是不要了,老子都不要了。

老高抽着烟,笑眯眯地看着她丢。

是,丢得有理,从此以后,她刘爱莲就是堂堂正正的工人阶级,再也不用在这肮脏龌龊的剧团里受窝囊气了。

刘爱莲离开剧团的时候,连宿舍里的一个水杯都没有拿走。

是一个人空身走的。

四

刘爱莲到纺织厂碰到的第一个人是牛爱荷。

光听名字好像她们是两姐妹,实际上一个姓牛一个姓刘,差了一个后鼻音呢。不过湖南人说话没有后鼻音,牛爱荷和刘爱莲实际上是八竿子打不着的两个女人。牛爱荷比她高了一个头,高且瘦,样子和刘爱莲正好相反,刘爱莲哪里都是圆圆的,而牛爱荷哪里都是条条的。牛爱荷走路又快,眼睛又毒,一见刘爱莲就快走几步,如一片冲波斩浪的大桨哗地就冲到了刘爱莲跟前,用一种再高兴不过的声调说:"哟呀,好漂亮的妹子哩!老高你可要看紧点!"

刘爱莲的手被她紧紧握住,却没吱声。一是她没搞清这高个子女人的来由,二是她觉得这女的活像她们剧团里的主角们,一到哪里都要成为中心。她一贯非常敬畏那些女人们，所以下意识地也怕上了牛爱荷。刘爱莲退了一步，仰头看着她，她发现这片桨还起了小浪花——爱荷的嘴大，嘴大就喷口水。

牛爱荷是工会的，搞工会工作的人就是热情。那时她虽然还没当上妇女主任，但她已经用一个妇女主任的标准来严格要求自己。尽管很多人说牛爱荷如果不是和那时的赵厂长有一腿，是万不可能从一个车间挡车工变为妇女主任的，但牛爱荷的工作确实没的说，认真负责。她一来就帮着后勤处的人跑上跑下，又拉着刘爱莲的手，亲热还带点嗔怪地问："上了环不？身体有什么不同不？"

"流过产吗？如果流过要到医务室去登记！"

"要领避孕套到我那里去……"

刘爱莲脸憋得通红，这么多人在呢！这么多男人在呢！

要是有水袖就好了，可以遮一遮，遮一遮别人就看不到自己的脸了，但是什么都没有。刘爱莲只好拿她脖子上用来擦汗的毛巾擦了一下脸，这一擦脸就红成一片，几个帮她搬东西的人都在偷偷看她，还没避着老高，眼光此起彼伏，重重地直溜溜地打过来。

刘爱莲只觉得脸上又热又疼，可能昨天没涂雪花膏吧，她想。

晚上老高对她说厂子里面的人比剧团的人要蛮得多啊，你要小心一点。看着老高满脸赔小心的意思，刘爱莲只觉得好笑，蛮确实是蛮，乡下也是乡下，不过，空气好清新啊，厂边上的塘好深啊，塘边上的草好绿啊，眼睛里看到的东西都是新的。

真好啊，人就应该换地方，旧地方待得闷了，就应该去新地方，人到一个崭新的地方就可以变成一个崭新的人，开始崭新的生活。

刘爱莲决心要过上崭新的生活。

纺织厂人多，分给他们的房子是厂子边上的平房，但面积是她在剧团宿舍的好几倍，一室一厅，屋后还有一个好大的厨房。每天傍晚时分，刘爱莲喜欢搬张小板凳到厨房里择菜，再摆个小收音机在边上听。老高下班晚，所以他们家比别家都晚煮饭，她一边跟着收音机里的花鼓调哼一边择菜一边还听着左邻右舍做饭的声音，还有喊饭的声音，"宝伢子啊回来吃饭啊！""背时鬼，还不回来！"钉板声、舀水声、走路声、青菜下锅的油炸声，响成一片。刘爱莲一抬头，看到火上面炖排骨的锅子出气了，白白的气带着香，带着温度猛扑到她脸上，每扑一下都让她心花怒放，生活就应该是这样，带着香、喷着气扑到人脸好，好生活是这样的。

刘爱莲隔着白气，可以看到屋后一米开外的坡上有绿莹莹的草，间中几朵黄黄的蒲公英。她想这就算是有家了，这就是自己的家了，还是个这么好的家。

既然是这么好的家，刘爱莲当然要把家弄得好好的，不出意外，她家，当然，也是老高的家，依然是厂里最干净最漂亮的家。刘爱莲不喜欢像厂里的那些女人一样把什么东西都塞在家里，包括牛爱荷家，也是满满的，一进屋就觉得突然眼前一暗。按刘爱莲的理解，这都是东西太多的缘故，东西一多，就显得黑，显得暗，显得脏，显得乱，所以她喜欢东西少，一个家里东西一少，就显得亮堂，就显得干净，就显得宽敞。

刘爱莲家只有几样家具，一对沙发，一个衣柜，一个食品柜，一张床，一张吃饭的桌子，三条凳子。除了沙发，其他的家具都是和别人家一样是问厂里借的，上面还有白漆写的编号。但刘爱莲家的家具就是额外与众不同一些，亮一些。后来有人发现刘爱莲这个人擦东西爱下死气力，把"厂里的家具都擦薄了一层呐"。有的女人说，更过分的是，刘爱莲居然会跪在地上擦地板，她愣是把灰色的水泥地板擦得放出光来。再支使老高给薄薄地涂上一层银色的漆，越发显得家里跟雪洞似的。进门就看到一张白色的床，白色的床单好像拿钉子钉住四角，绷得紧紧的，一道纹也没有。中间是一朵怒放的莲花，厂里的女人都说不敢到她家去，不敢把脚放到那地板上，怕给踩脏了。

"到底是剧团里面来的。"她们夸她。

作为一个家庭主妇，刘爱莲是一个优秀的家庭主妇，作为一个职工，她也是一名优秀的职工。离开剧团的时候，刘团长在她的档案上鉴定了一个词——优秀职工，刘爱莲就决心要把"优秀职工"这四个字擦得放光发亮，变成金字招牌。

厂里面的赵厂长开始也爱找她谈心，但是刘爱莲是崭新的刘爱莲了，她让赵厂长那钩子似的眼光放空了。她咧开嘴，憨憨地笑，有些话她是装听不懂，有些话她是真听不懂，真真假假，反正就是一个听不懂。听不懂她就开玩笑，玩笑开得不合适，赵厂长有时脸色就有些僵，刘爱莲赶紧说赵厂长，我没读过书，你莫见怪。

刘爱莲是学过戏的，她知道再漂亮的女人只要一开始开起蠢玩笑，那就引不起男人任何兴趣了。虽然在其他方面刘爱莲不行，但在和男人打交道这一方面，她还是有一点心得的，这么多年学戏唱戏、交了这么些年的朋友，总有一点进步吧！

就算是这样，赵厂长也没难为她，因为她是剧团来的。赵厂长说这是我们厂的门面嘛，又是文艺工作者，就派她在电影院卖票。那时方圆四十里只有纺织厂这一家电影院。刘爱莲卖票的窗口队伍永远排得好长，以前，是传说她漂亮，大家都来看她，后来，是因为她手脚慢。卖了一年的票以后，刘爱莲就被调走了。后勤处长跟厂长汇报说，爱莲什么都好，就是算不清数。她在的这一年，我们电影院倒亏了好几十块钱，越批评她她就越紧张，卖一张票要算好久。买票的群众老发脾气，爱莲又心直口快，结果她那窗口票没卖多少，倒是天天打架……

赵厂长说那要不就换换。

刘爱莲也觉得应该换，优秀职工嘛，不就是任劳任怨，让干啥就干啥。赵厂长说卖不了电影票,就去食堂吧!

调到食堂也没让她去煮菜,还是让她收饭票。本来这是食堂里最体面最轻松的工作,只要把各个窗口收的票收起来,统计一下,再交给会计就可以了。哪里知道这还是要算数,一要算数的事,刘爱莲就头晕,一头晕就难免出错。别人收票登记只要半小时,刘爱莲偏要两个多小时才能交给会计,而且她数完还是错,一算错会计就嚷嚷得全食堂的人都知道,气得刘爱莲作不得声。

年末一算单位又亏了几十块钱,这几十块钱查不出是谁算错的,就要全食堂的人赔,不然以后谁都找错钱,那这食常还要不要办啊?食堂的人就把错全算在刘爱莲的头上,刘爱莲实在咽不下这口气,她学过戏的,她知道盗者要打板子的,要刺字的。她从来不干这样的事,于是她就自己主动提出来,要求下车间。

调到了一车间,管澡堂。

管澡堂就轻松了,一个气阀,一个水阀;一个冷阀,一个热阀,上班打开,下班关上,够简单了吧。可是这对爱莲来说也还有点难,她分不清这些阀那些阀。第一天同事告诉她,她第二天就忘了,又要问,第二天告诉她,第三天她照样又要问,同事说左气阀右水阀,上冷阀下热阀你记住了吗?爱莲说记住了,结果隔天又问,同事说左气右水上冷下热,你记住了吧?爱莲说记住了,结果隔天又问,同事不耐烦,索性在阀上面贴上大大的字,这下你总不会错了吧!刘爱莲虽然不认字，但看久了，形状还是记得的。从此以后，刘爱莲就再也没有弄错过，她服气地对同事说，还是有文化好。

刘爱莲最佩服有文化的人，她什么都行，可是她没文化。没有文化，就算不清数，记不了词。是的，她有个听话的老公，不像别人家的老公什么事都不做还要打人，老高什么事都听她的；她也会做家务，甚至还会干农活，她知道黄瓜想要不苦，不用切去两头，在摘黄瓜的时候倒着摘下来就可以；她长得漂亮，照出来的相，连相馆都会求她留一张给挂在橱窗里；她会收拾家，木头沙发上搭着她求牛爱荷给她钩的白纱搭巾，上面的图案是荷花鸳鸯，又秀气又好看……可是，她没有文化，没有文化，学什么都不行，都不好。就比如说学织毛衣，她就学了足足半年，学会之后又常不记得。有一次，她要开领子，左比右比怕不对称，急出一头汗，这时纺织厂子弟学校的任老师刚好走过，告诉她，"你比什么比，毛线软绵绵的，能比出来吗？数一下针子就行了，左边四十针、右边四十针，织出来就肯定两边一样。"刘爱莲茅塞顿开，笑起来，还是你们有文化的人厉害。

是啊，有文化就是好啊，要是有文化，她那时就能演上主角，师傅说就是甩甩水袖，给个眼神，演个小姐，有文化的人和没文化的人都两样。还有那些戏词，要是她有文化，有记性，能记得多好。那次，剧团下乡演出，演胡大姐的花旦拉肚子，上不了场，团里就临时派她上场，和姚师哥对戏。姚师哥一句"家住常德武陵境,丝瓜井畔刘家门",嗓子多亮,白色绸衣衬配金色靴子,眼神递过来,让她差点摔个跟头。可是她不争气,平时看这戏不说一百遍吧,也有九十九遍。可是,除了那段"刘海哥哟,我的夫啊!你把我比做什么人啰",其他的她就都不太记得了。戏唱砸不打紧,也误了自己的前程,从此也彻底断了当女主角的念头。

当然,那一次姚师哥也没嫌弃她,后来还拉着她的手安慰她。就是那一次,他们好上了。他们是在剧团借住的农民家的后厢房好上的,地上放着主人家的谷种,还有给老人准备的一口棺材,没人敢进来,他们就在里面待着。爱莲老记得那天的雨格外大,豆大一粒粒急急地打在黑色的屋檐上,连成一条白箭飞快地往地上滴,把地上的车前草洗得碧莹莹的。雨水可真心急啊,像姚师哥,他也好急的样子,急得好像没有下回。

刘爱莲怕丑了,她不敢看姚师哥那急急的样子,只好转头凝视着窗外的地。地上绿莹莹的有一层新草,一有了水仿佛能看到好些小苗苗争先恐后地往外钻,也像她的心,那满心的小欢喜从她心底里往外钻,钻得她浑身的皮发痒,她好想笑啊,又不敢笑。姚师哥是个功夫架子,他的手很有劲,腿也有劲,抓住她就跟揉面条一样,稍一用力就把她弄成直的,再一用心就把她弄成卷的。可是怎么弄都是高兴的,真好啊,原来和姚师哥在一起这样的好,比做梦梦见的还要好。

"姚哥哥,你可喜欢我?"

姚师哥正忙着,哼了一声:嗯。

"姚哥哥,你要疼我。"

姚师哥还忙着,哼了一声:嗯。

"姚哥哥,这世上只有我一个人了,你要永远疼我。"

姚师哥太忙了,不耐烦地说:好了好了,永远永远。

他们好了好多回,每回刘爱莲都要问姚师哥,姚师哥都说会喜欢她。

可是没想到姚师哥这个人这么靠不住啊。姚师哥就是戏里面讲的花脚喜鹊,他想落脚的时候就想到了刘爱莲,想飞的时候一振翅膀就飞走了,头也不回就飞走了,好狠心……可是也不怪姚师哥吧!还是自己太笨,谁能看得上一个永远跑龙套的妹子呢?他先是笑话她,笑她笨,笑她蠢,后来就干脆不理她了。再后来,他就跟大他十来岁的胡凤英勾搭上了,他就这样走了,一句话也没说就飞走了,就把她刘爱莲像一根细树枝一样孤零零地丢在半空中、丢在风里头雨里头晃来晃去,他头也不回地走了。

姚师哥啊姚师哥,你好狠心,刘爱莲一边织毛线一边就想,想到又心酸,再转念一想,好几年了,姚师哥现在不知道怎么样?姚师哥还想我吗?姚师哥……姚师哥……姚,姚,摇,摇,摇摇你摇你摇用力一点……刘爱莲发现她简直不能想这个字,不能念这个字,一想这个字,一念这个字,她就浑身发软,头昏眼花。听说姚师哥把家安在省城,偶尔也回剧团担个角,那不是走在县城街上也会碰见他?……摇,摇,摇摇你摇你摇用力一点……

天气真好,如果碰见姚师哥再配上那样的天气就更好了,蓝汪汪的天,一絮一絮的白云,知了也在叫,叫得人心烦意乱。

宿舍区的人都上班去了,四周静悄悄的,阳光从梧桐树的叶子中间漏过来,一小块一小块,金光闪闪,像姚师哥当年的那双靴子上面的金点点,闪得刘爱莲心慌意乱。

五

刘爱莲那天就走了。

她也没和老高说,就托邻舍带了一句口信告诉老高她回县城里老屋看看,便失踪了两天。

她一回来,人就跟喝醉了酒一样,晃晃荡荡的,三魂失了两魄。老高问起,她就说老屋漏水了,要上房拾瓦,把她累得够呛。

老高听见老屋漏水了,就说你干吗不叫我去拾。"叫你干什么,你又请不动假,怕死了你们班长,"刘爱莲数落道,"没见过你这种细葫芦一样的男人。"细葫芦就是刚结的葫芦,又软又小还不禁事,还别说,老高还真挺适合这个词,细葫芦还是个闷葫芦。

家里头只听见刘爱莲的一个声音:"半边街现在连

石板路都不多了,我小时候走的青石板倒被人拆得差不多了……"

老高说喔。

刘爱莲接着说:"铺上柏油,有的地方没铺,就都是泥水,把我的新鞋子都搞脏了……"老高又说喔。

刘爱莲再接着说:街尾的那个池塘水还有,以前一池子的荷花啊,一到夏天,满街都是香气,你知道吗?我还采过莲子呢!嫩莲子好吃极了,剥开那层皮可以看到好看的粉红色,老莲子可以卖钱,有厂里会收,剖开莲子取出蕊,里面的蕊给我爹爹泡茶喝,治他心痛病……

老高说喔。

刘爱莲没看他,对着窗子外面的草说:"现在呢,爹也死了那么多年了,荷花也死得差不多了,你知道吗?我娘就是在荷花塘边上生下我的,她刚走到塘边,就痛了,你说我和这花是不是好有缘分,要不我怎么叫爱莲呢?……"

老高也没出声。

刘爱莲说着说着就烦了:"懒得跟你说了,说了你也不懂。没文化,来,借我根烟抽。"

从那一天起,刘爱莲就抽上了烟,开始是从老高的盒子里拿,后来是自己买。老高也不觉得有什么不对,剧团里抽烟的女人多着呢!见怪不怪。

从那一天起,刘爱莲就开始不喜欢纺织厂了,她说纺织厂的人好无聊,纺织的生活好土气,所以基本上她每个月都回一次老屋，收拾一下东西，逛逛街，买点衣服，一待待好几天，可能是心情好。过了不久，结婚两三年不见动静的刘爱莲终于怀上了，害上了喜。

怀上了老高比她还高兴，伺候得无微不至，大冬天想吃藤菜老高也去搞了些来。最后，刘爱莲不负众望，给老高家生了一个大胖小子，小名叫爱坨，这是刘爱莲定的名字。

当地人把小孩都叫坨，但是爱坨这个名字女里女气的，开始老高还有点不高兴。但刘爱莲坚持要这么叫，那就叫爱坨吧，反正是小名，讨个漂亮点的老婆可不是要受点子气，便宜不能都叫你占了啊，老高是吧？老高这么一想就想通了，他把爱坨当宝贝。爱坨也真是个宝贝，长得可俊，方头大脸，那神气，不是老高能比的。老高多糯的一个人哪，小眼睛小鼻头，黑黑瘦瘦，脸上的皱纹几十年都没张开过，总是一副愁眉苦脸的相，说话又含含糊糊地，哪像小爱坨，那嗓门亮，那皮肤雪白粉嫩。老高牵着小爱坨到宿舍转的时候，人家都要围过来看，哎呀，不得了，老高你这个崽简直是天仙下凡，这么漂亮的，你吃了什么药，生出个这么漂亮的儿子了？……老高就在一边嘿嘿笑，盯着儿子，快乐得不得了。

男人四十岁上才得了这么个儿子，当然宝贝得不得了。

可是就是他宝贝得不得了也不代表不出事，这真是命。

爱坨三岁的时候，老高带着他去厂里面玩，一个不小心，爱坨就跑到一口电井边上，老高去拉没拉住，当时就掉

爱 莲 说　　159

了下去，没命了——这电井平时盖得好好的，也不知怎么那么邪门，那天不知谁拉开了没盖上，就害死人了。刘爱莲知道消息，奔过来，趴在井边上哭了许久。过了好多年，大家都说刘爱莲哭崽时那个惨，那个叫法，谁听了都不落忍。

厂里的人都说刘爱莲是自从没了这个爱坨才发的神经。

其实有什么要紧的，孩子没有了就没有了，死一两个又不出奇。要是旧社会，生八个死六个的都有，死了就生嘛，有什么了不起？又不是不能生。

可是刘爱莲就是这样神经，她死了个爱坨，她就发了神经，爱坨死了，漂亮的爱干净的刘爱莲也好像死了。她先是在地上打滚闹了三天，然后就开始到处打电话，她守在厂里电话机边上挨个儿找她的老同事，告诉他们她的崽死了。有时她还对着电话里面哭："我的崽死了，才三岁，好漂亮的崽咧！"有时她还对着电话吼："你来，你来，你来看我啊，你来看我啊，你这个没良心的，你连崽的一面你都不见，你这个没良心的……"再到后来，她就躺倒在床上，一个多月没出屋子。先是哭，后来就是追着老高骂，骂他不得好死，害死了她儿子。邻居就劝她，老高也是苦，自己的儿子难道不心痛吗？刘爱莲瞪起眼睛说，是他的儿子啊？他生得出这么好的崽啊？是老子的崽，是老子的崽，不是他的崽……

刘爱莲先后发了两次疯，两次疯都是因为她的崽。

这是第一次。

第一次大家都原谅她，全当刘爱莲因为死了崽得了失心疯了。这种疯，疯一阵就会好。在疯的过程中，老高可吃够了苦，挨打挨骂。厂里的人说要是普通的男人，早就把老婆打到地上到处乱爬了。可是老高真是个好人，凭刘爱莲怎么骂，还是好饭好菜地招呼老婆——老高真是好脾气，一厂的人都佩服他。

六

可是就算老高这么好，也拦不住刘爱莲变破鞋、变狗螺子花的脚步。

狗螺子花是当地的一种植物，中间是毛茸茸的蕊，蕊边上一边一根长长的草，被当地人用来骂女人，因为形象嘛！

刘爱莲开始喜欢上打牌，据说那些打牌的男的都上过她的床。

不过，谁也不相信，那还得了，那她不是忙不过来？她又不是丑，她还唱过戏，她还是会选的嘛，那她会选什么样的呢？就是那些有文化的，年轻的，漂亮的。那刘爱莲不是看澡堂子嘛，只要她愿意，她基本上就可以天天在那堆洗澡的男人里面挑个够看个够嘛。那些男人也是要不得，一上完班洗完澡就伏到刘爱莲桌子边上来，嬉皮笑脸地逗她："爱莲妹子，跟我们回去打牌喽！"刘爱莲脾气冲，打就打，就跟着他们偷偷溜回家来打牌。打牌你就打牌，刘爱莲偏偏把那些个男人都往她家引,因为她家没有人嘛,因为她家没小孩嘛!厂里哪个女人有她那么舒服,又没小孩,又有空,又不需要上班。于是,刘爱莲家里常常就是一屋子男人,一屋子男人也就一屋子烟,银灰的地上落满了烟灰,刘爱莲也懒得扫。有烟一起抽,只要她一说点烟,马上有四五根火柴凑了上去,刘爱莲一说烦,马上有人跟她泡茶。有时,这些人也动手动脚,刘爱莲就笑嘻嘻地骂,有时闹得凶了,摸了她的胸,她也只会娇嗔一下:"小鬼你想死吧!"

小鬼说:"死在爱莲姐你手里,我死得过。"

风言风语就来了,平房区的女人们恨死了刘爱莲,特别是那些爱和刘爱莲打牌的男人的老婆。她们造谣说刘爱莲招男人的时候,都不用说什么话的,就是往那男人身边一靠,那双滴溜溜、黑兀兀的丹凤眼就那么一扫,男人就自动追着她去了。

"到底是戏子",刘爱莲那小腰又细细的,走起路来,风摆柳一样,一扭一扭地叫女人看了就恼火,叫男人看了就吞口水,"到底是戏子"。

于是有人便传说刘爱莲是蛇变的,说她的腰可以转几个弯,脸又可以从脚底下伸出来,这不是蛇变的吗?这话听说是守水塔的老郑说的,老郑的话肯定是有说服力的,因为老郑和刘爱莲那是证据确凿的,甚至刘爱莲的第二个儿子高春林就长得和老郑很像。老郑的老婆在老家教书,他本人以前还是个连长,在部队里还去进修过,有文化,长得跟《小花》里的唐国强似的。他开始转业到厂里，当保卫科的科长，那是纺织厂有史以来最漂亮的保卫科科长，每天晚上带着人威风凛凛地到处捉偷纱的小偷。"腰里别着枪，走路咚咚响"，刘爱莲在澡堂子里见过他几次，打牌的时候就这么形容她心目中的保卫科科长。打牌的男人们就闹了起来，原来刘爱莲是爱上了老郑的这把枪：刘爱莲正色说："鬼，老子是爱上他走路咚咚响，男人走路就要咚咚响，那样才像个男人嘛！"

这话就传到了老郑的耳朵里，老郑连笑都没笑。也是啊，老郑是有枪，那是公家的枪，是用来对付敌人的，哪里轮得上她刘爱莲？老郑是走路咚咚响，但那也是公家的咚咚响，再说了，老郑的老婆是教书的啊，而且老郑说不定很快就要调走。他有个战友说可以帮忙把他调出纺织厂，调到城里，他当然不能笑，甚至他走过澡堂子就再也不正眼看刘爱莲了，刘爱莲为此感到很失落。

但是她失落了没多久，老郑就比她更失落了。

老郑有次捉小偷的时候被那小偷硬塞了三十块钱，他一时心软就把他放了。结果后来那小偷居然写了匿名信去厂部告发他，一时心软的性质就变成了贪污受贿，老郑一下子由"腰里别着枪，走路咚咚响"的科长变成守水塔的水塔工。水塔工没什么事，就是闷，要日日夜夜住在水塔上，守机器，防止有人搞破坏。这本是最孤寂最难耐的活儿，没想到老郑也干了下来。老郑不愧是在部队里待过的人，不愧是在部队里当过连长的厉害人物,他就干了下来,而且还干得很好,水塔的机器再也没有坏过,厂里的领导对老郑也很满意。

可千不该万不该,那水塔就在刘爱莲家旁边。早上,刘爱莲喜欢在屋后的山坡上梳梳头发,活动活动腿脚,这就是多年科班留下来的习惯。她的衣服又合身,弯个腰下个脚就格外认真,一天两天三天,她就被水塔上的孤独的老郑看着正着。"哎,刘爱莲,你的腰露出来了!"老郑在上面喊。

刘爱莲就骂:"你不晓得不要看啊,你看多了眼睛会瞎咧!"

老郑的眼睛最后还是没瞎,不但没瞎,反正更明亮了。刘爱莲在老郑明亮的眼睛照耀下,就软和,温柔了,无话了,她慢慢就开始经常去水塔上面玩了。牌友们问她你到水塔上去那么久到底是去干什么了?刘爱莲笑嘻嘻地说,水塔高嘛,有风,可以看风景,可以聊天,可以喝茶,还可以看书,老郑的书可多呢!

也是,老郑的单人床就安在几百米高的水塔顶上,那上面有个十米见方的小屋子,要上去得爬五六分钟铁梯子,爬上去,累得一身汗,上去、下来都难,都要花时间,不多玩一点时间怎么够呢。所以要是刘爱莲去水塔上面玩了,她一待就是大半天。一待就是大半天,那就不能打牌了。

不打牌了,她的牌友们就吃醋了。

据说刘爱莲有一个小心眼的牌友还跟着刘爱莲到过水

塔，从水塔出来后就满脸煞白，别人问他干什么，他瘪瘪嘴："辣你妈妈，刘爱莲这个骚货声音还蛮大！"

大什么？

你去听啊！一个水塔里都是刘爱莲的叫声……那声音真是听不得啊……听不得咧。

这个世上的事就是越听不得事就越要听，好几个人就进去听了，听了很久也不出来，出来了都脸煞白。

纺织厂的水塔太高，缺氧。

自己听了不过瘾，还要叫别人听，别人听了还不过瘾，最关键的是叫老高来听。有一次老高在上班，突然说有他的一个电话，电话里面有个明显捏着怪嗓子的男声在叫："老高老高，你去水塔看看吧，你老婆在水塔里搞路子咧！"

老高一放下电话，就看到周围的人全都炯炯地看着他，没办法，厂里的电话就是声音大。他就只得去了，后面还远远跟着一大帮看热闹的人。

老高进水塔的时候，犹豫了一下。

门是关着的。

边上的人悄悄说，老高，要快！要快！要快！老高的脸就黑得很难看了，头一回动了怒，照着水塔的门就是一脚。一脚没踹开，又一脚，搞了五六分钟才把那门踹开，这还捉得个鬼到！等老高和几个人费了一肚子劲，气喘吁吁爬到二百米高的水塔上时，老郑和刘爱莲早就穿得齐齐整整在那儿喝茶了。

老郑神色自若地递了一根烟给老高:"老高,你来了啊,抽烟。"

老高就接了。

七

烟也抽了,人也看了,架没打起来,一切都照旧。

老郑还是天天守水塔,刘爱莲还是天天去水塔上看风景,居然还怀上了,居然还悠悠闲闲地生出了个儿子,居然老高还要端屎端尿地伺候着,一厂的人都恨得不行,老高也太好脾气了!分明就是长了敌人志气,灭了自己的威风嘛。

既然老高降不住刘爱莲,那就让老郑的老婆来降。十年没有调成的老郑的老婆突然从老家被调到厂里面的子弟学校,厂里的领导说,这体现了我们关心转业干部的心情。老郑的老婆果然不简单,她一来就找刘爱莲大吵一顿,把刘爱莲的脸挖出了许多血道道,把追过来扯老婆回家的老郑的脸也挖出了许多血道道。老郑一边拉她一边吼,我又不认识她,你找她吵干什么?

老郑的老婆把五岁的女儿捉过来,拎起一把菜刀到女儿脖子上,厉声喊道:"老郑,你说你不认识刘爱莲!你男子汉一言九鼎,我就认你这句话,你是当着女儿说的!"

老郑在血道道的掩护下,说了一声"好"。

后来,老郑果然就不认识刘爱莲了。

老郑也不守水塔了,调到子弟学校当体育老师——老郑重新变成了好人老郑。甚至过了几年以后,老郑走在路上迎面碰到刘爱莲,也不认识她了,刘爱莲刚张嘴想叫他,他就别过脸去,朝地上吐了一口痰。刘爱莲就明白了,老郑从此就是好人了,而她自己不过是好人老郑生活里的一口痰了。

刘爱莲不能容忍自己成为一口痰,她怎么会是痰呢?她还得是男人要含在嘴里的一根好烟。她的牌局照旧,后来据说刘爱莲又跟过一个单身技术员,但又有人说,不是技术员,而是化验员。一厂的人都有点看不起老高,为什么?因为老高连自己的老婆也管不住。刘爱莲在原来剧团的事也传了出来,原来早有前科哩,女人们啧啧地叹,女人真是不能贱啊,你说啊,人家牛爱荷啊脚一张,就由工人变成干部,由干部变成妇女主任,一个厂长喜欢她,第二个厂长还是喜欢她,那是本事啊。和后勤处长关系也好,房子分得是最大的,你看爱荷那脑筋、那聪明,谁看了她不怕,谁看了她不是点头哈腰,人家就是有本事啊,可是你刘爱莲呢?除了贪污犯你就找技术员,是长得漂亮、有点文化,是喜欢看点书,但有点文化看点书有屁用啊,又没当官。亏你刘爱莲还和牛爱荷取了姐妹一样的名字,你就脚一叉,乐得直哼哼。除了乐得直哼哼你就没捞到任何东西,你捞到钱没有,捞到官没有?你捞到一丁点好处没有?你说你这是干吗?你一个女人就图那么?你多贱,你比狗螺子花还贱啊!狗螺子花还可以编成席子哩,你干了这事得了什么?一丁点好处没有？一个女人怎么能这么贱呢！

是啊，一个女人怎么能这么贱呢！

"怎么不打啊？"有一次连老高电工班的班长都看不过眼了，班长是东北人，在家里说一不二的，"老高你就是太好脾气了，但是女人这个东西，你不打是不行的，一定要打！"领导既然这么说了，老高不能不听啊，他转头回家想开始打，刚摔了一只碗，一只碟子就飞了过来差点碰到他的鼻子；拳头刚想碰刘爱莲，刘爱莲已经躺在地上了。

老高学着打老婆，他想任何东西都可以学嘛，电工班班长会打，他为什么就不能打呢？于是他也开始打。有一次他狠下心，踢一脚，结果那一脚把刘爱莲快踢成流产，从此他就再也不敢踢她了。

不能打，那就吵吧，刘爱莲和老高开始天天吵，吵得不可开交，丢碟子打碗，一地碎瓷。可是打架并不能阻止刘爱莲打牌，家里还是天天有男人上门，老高一上班，人就来了，技术局汽车队供销科的。总而言之，厂里面凡是没老婆的或者有老婆等于没老婆的男人都爱上刘爱莲家打牌，刘爱莲说那些都是她的朋友，"老子的崽都死了，不能打牌啊？"刘爱莲现在凶得不得了，有时老高上班略迟了，还会和那些男人打照面，还笑嘻嘻地打他招呼："老高上班啊！"

老高板着脸说"是啊"，转背就走了。

后来厂里面看闹得实在不像样，妇女主任牛爱荷和党委书记就找刘爱莲谈话。刘爱莲那时已经二十八九了,最近又生了一个儿子,还是肤如白脂,颊若桃李,她轻轻一笑,眼睛又一睃,睃到书记的脸上,书记不知怎么就脸红了。

刘爱莲说我没有偷人,都是他们偷我咧。

他们找你你也不应该啊!妇女主任牛爱荷痛心疾首地说,女人要知道羞耻。

刘爱莲一下子来了脾气,我不像有些人,专门偷领导,那才叫羞耻。

妇女主任这回脸也红了,书记赶紧止住她,刘爱莲,你这样搞下去会犯大错误。

刘爱莲也不怕事,叮叮当当来了一句:"老高不行,我当然要犯错误!"

八

老高行不行这个问题,厂里的人争论了好久,刘爱莲当着书记的面说她们家老高不行,但是当着隔壁邻居又说她们家老高行。所以老高行不行,是纺织厂群众这么多年来一个永不过时的话题。

有时一群女人闲聊,没啥话好说了,一沉默,就会有一个人突然提起一个话题:到底老高行不行啊?于是人群又开始热闹起来,沸腾起来。

过了些年,大家突然想到另一个话题:如果老高不行,为什么刘爱莲还生了四个啊?

再过了些年,大家的话题又变成了另一个,这四个儿子到底分别是谁的?是不是老高的啊?看着又有点像老高喔,但是到底是不是老高的呢?大的死了,二儿子高春林肯定不是的,肯定是和老郑生的,这不用说了,语气确凿嘛,三儿子好像是和那个技术员生的,因为长了一个和技术员一样的鼻子,四儿子就众说纷纭。有人说四儿子很像老高,你看那样子和老高一模一样,但也有人说那是和刘士贤生的,刘士贤是厂里图书馆的管理员。有人说肯定是老高的,马上有人用毋庸置疑的话说,你是没见过刘士贤,你看那双眼睛和刘士贤一模一样。还有人就更离谱了,说死了的大儿子爱坨也是刘爱莲和别人生的。不过,这个说法着实太阴险了,如果爱坨是和别人生的,又怎么会掉到井里去呢?难道是老高推的吗?

这话讲不得,这话讲不得,搞不好要害老高扯到官司上,于是话题就到此为止了。

纺织厂的人都心善,他们知道分寸,知道哪些该说,哪些不该说。

他们只愿意得空的时候分析一下老高的三个儿子是谁的。其实对于这个问题,最有权威回答的就是刘爱莲和老高,偏偏没有人敢去问刘爱莲这个问题,老高当然也永远不会回答这个问题。关起门来不论怎么吵,老高知道出了门他们一家五口,老婆还是他的老婆,儿子还是他的儿子,都姓高，这个谁也改变不了。

所以老高行不行和老高的儿子是不是老高的这两个问题是永远无解的，无解有无解的好，厂里人聊天的时候就有一个永远也不过时的话题：到底老高行不行啊？这是老高为纺织厂群众做出的贡献。当然，刘爱莲也为纺织厂群众做出了另外的贡献，刘爱莲偷了几个人？这也是一个永不过时的话题。刘爱莲偷人是硬碰硬，最可耻的是，还不止一个，还是免费地偷。

这一点让纺织厂的女人们义愤填膺，比偷了自己的男人还生气。你偷人你就偷，纺织厂偷人的女人蛮多，也不止一个，但是别人偷人都能得点好处、得点路子，给自己的男人捞点好处，给自己的孩子弄身新衣。只有刘爱莲呢，她是免费的偷，她是送上门的偷，这是大家最不可理解的，最不可原谅的。

可是最不可原谅又怎么样？人家刘爱莲又不需要你们的原谅，有文化的人管这叫犯错误。犯错误是犯错误，又不是犯罪，而且人家刘爱莲就有这本事，一边犯着错误一边生着儿子，也没见厂里把她的错误当真。也许，这世上的错误太多，刘爱莲的错误还排不上趟，而且这错误只要老高不问，谁能说这就是错误？

根本就没有这个错误嘛，人老高不急，你急什么？

屎不臭你掀起来臭。刘爱莲还是若无其事地继续抽着烟，打着牌，玩她的"三打哈"。

老高就兢兢业业带她生的儿子，那真是一把屎一把尿把三个儿子拉扯大，刘爱莲嫌孩子吵，老高就带着他们睡。刘爱莲一打牌，老高就把三个儿子带出门去，他们爷崽四个人在外面转啊转啊，走啊走啊，到山上看树吹风，有时老高还讲讲故事。那一大三小看上去真叫人心酸，大家都说刘爱莲好狠心哩，还是当妈的哩，老高可怜哩，明知不是自己的儿子还这样尽心尽力地带。

这么一想，刘爱莲家的打牌声音好像就更响了。

九

等最小的儿子五六岁的时候，厂里的新厂长总算是积了德，在家属区分给了老高和刘爱莲一套套间房子，两房一厅，还带厕所，十分气派。

刘爱莲拿到钥匙的那一天高兴得手舞足蹈，在房前唱了一段《采茶调》，这是她最高兴的时候才会唱的曲子。真高兴啊，真舒服啊，她刘爱莲也住上好房子了，一辈子都没见过这么漂亮的新房子。刘爱莲把全部的热情都投入到搬新房子的事业当中，像真正的采茶姑娘，她双手不停双脚不落地忙着，她忙着要在新房子里打一套新家具，忙着请师傅，忙着要给师傅送饭，忙着请油漆师傅，因为油漆而过敏，还大病了一场。总之，她几乎忙了整整大半年，才把新家安顿好。

新家里一切都是新的，一切都是亮晶晶的，到处都是油漆的清香，刘爱莲觉得幸福极了，在这里打牌可比在平房打牌要亮堂多了。

　　可是，搬了新房以后，刘爱莲发现她的风水好像变了，至少是打牌的风水变了。牌局很难约起来了，一是新家离厂区很远，原来打牌的牌友们都住在平房，叫起来很不方便；二是宿舍区的七姑八婆太多，一打牌就有人探头探脑地来看；三是刘爱莲的儿子渐渐大了，读书回来，特别是二儿子、三儿子，只要看到妈妈的牌局还在，必然狠狠地瞪着他们。那眼神就像一把一把凌厉的刀子，闪着银光，闪着寒气，谁有这本事在这样的目光下打牌啊？这样一来二去，上门打牌的人也少了。

　　再加上呢，刘爱莲自己发胖了。

　　自从油漆过敏病了一场以后，刘爱莲就胖了一二十斤。据说是吃激素药吃胖的，刘爱莲也企图减肥，但无论她怎么做操，怎么练下腰，那凭空长出来的肉还是消不下去。努力过一阵刘爱莲就算了，再说了，也到要胖的年纪了，四十岁的人了，怎么能不胖？刘爱莲发现这四十多岁的胖一旦发作起来，就势不可挡。肥肉贴满了刘爱莲一身，使她的瓜子脸变成四方脸，把那双丹凤眼挤得没了影。有时，家里来个客人，对着茶几上她十六岁拍的照片，就感叹：哟呀，刘姐姐，你怎么和你年轻时根本不一样了？

　　刘爱莲就骂句娘，是的啊，不一样，四十几岁了嘛。

一个四十多岁的女人了,再好看能好看到哪里去呢?

她年轻时候的那些好衣服都穿不上了,为了这个事,她抽烟也抽得更凶了。"不抽烟就更胖。"刘爱莲说。

因为打牌打得少,小孩又在上学,不用她管,刘爱莲也慢慢地变了,不凶了,就跟一般宿舍区的女人没什么区别了。刘爱莲其实没什么心眼,叫她上东她就上东,叫她上西她就上西,除了打牌打输了会发脾气以外,其他的时候还蛮好。而且抽烟这个事一抽久了,大家也觉得很自然,好像刘爱莲生来就是抽烟的,不抽反倒不像刘爱莲了。

有早年认得刘爱莲、喜欢过刘爱莲的男人回厂,在一堆人里面居然认不出刘爱莲了,她人不高,加上一胖,方方正正的,倒和牛奶盒子没什么区别。腰倒是细,但是那细,细得奇怪,好像硬生生在胖身子里拉出一条线,一路走,一路说话,声音又大,倒像一只会说话的牛奶盒子。这只会说话的牛奶盒子有时也和颜悦色地停下来逗逗孩子,这倒是怪了,她自己的孩子她不爱带,年轻时,她抱都懒得抱自己的儿子,可是反倒是儿子们长大了,她开始喜欢孩子了。抽烟抽得凶,嗓子也倒了。有一次,她去逗一个孩子,手一伸,说:"叫我、叫我!"

那孩子吓得躲在妈妈后面,喊道"叔叔"。

这一声"叔叔"把刘爱莲气走了,大家纷纷把这个当笑话讲。啊,刘爱莲现在是刘叔叔了,刘爱莲回去抽了几根烟又想通了,她穿着厂服,嗓门又粗,头发扎在工作帽里,确实是和男人没什么两样。

刘爱莲变胖了以后就更像个厂里的家属，但问题是，刘爱莲他们家的架好像越打越厉害了。

十

不要命地打。

老高家的吵架打架全是要命的打法。刀子棍子，寻到手里就开打，不管打在哪里，也不管致不致命。和别家不一样，别家是两夫妇打，子女躲得远远的，但是老高和刘爱莲打，是要和儿子一起，儿子分成两派，二儿子、三儿子和老高一派，老四亲妈妈，一吵架就是五口人一起开口吵，吵得天翻地覆。

刘爱莲觉得委屈啊，她常和邻居们哭诉老高这个人没良心，有事没事寻着她吵。邻居们就觉得刘爱莲不知好歹，老高多好的人啊，他还没良心，谁有良心啊？

刘爱莲就举了一个例子，有一天她说了一句要老高不要把电工钳乱丢到沙发上，老高一句话也不说，拿起电工钳就往她的头上砸过来，差一点就砸中刘爱莲的头。"差一点点哩，老子就死在他手里哩。"刘爱莲哭着说，当然她也不是省油的灯，马上拿起电工钳就扔了回去，把衣柜砸了个大洞。

大家都觉得老高这一回是有点过分，这一点小事就值得用电工钳砸人吗?真下得了狠手啊,这要是砸死人怎么得了?这是他孩子的妈啊。老高后来就说了,这把电工钳是厂里刚买的,还是精密仪器,不能扔的,可是刘爱莲拿起来就往地上一扔,害得他要赔钱,所以他一生气就把钳子扔过去了。"不是第一次了,每一次都是这样,有一次还跑到我们班上把厂里的仪表打了,你说她不是有点宝气吗?"

大家又无语了,刘爱莲的凶悍,在平房那边名声最大,但是现在好像没那么凶了,反而是老高的脾气越来越坏。总之,婆说婆有理,公说公有理,清官难断家务事,有理说不清,无理就更说不清。刘爱莲和老高成了死对头,一见面就吵,一吵就打,一打就上医院。

家里只有两间房,也分成了两个派别,二儿子、三儿子和老高睡外间,老四和妈睡里间。后来发展到二儿子和三儿子和老高一起吃饭,老四和妈一起吃饭,刘爱莲已经基本上不和老高说话了,因为老高也不和她说,除了打架的时候。因为炒菜的时间,经常扯皮打架,厨房里锅铲子乱飞,一点办法也没有,刘爱莲摇着头叹着气说"一点办法没有"。

有时候吵得凶了,刘爱莲还会去跳楼。她跑到家门口公用阳台的栏杆上,作势要往下跳,第一次还真把老高吓住了,"你发癫啊,你啊你想害死我啊,你啊……"赶紧把她抱住往下拖,架也就不吵了。第二次,第三次,老高也不拦她,看她怎么办。同一楼层有十户人,邻居看不过眼,也会来拦她。但后来这个法子失效了,到了后来,压根就没有人拦了，甚至夏天的时候，大家最热衷看的戏就是刘爱莲跳楼，已经没有人拦她了，简直就差有人跳出来说"跳啊，跳啊，你怎么不跳啊！"刘爱莲就这么尴尬地伏在水泥栏杆上哀哀地号哭，哭到夜深人静，谁也不知道她是怎么样把腿从栏杆上放下来的，怎么样进的屋。

刘爱莲是哪一天开始不跳楼的呢？

刘爱莲是过虎年的八月十五不跳的。每一年的八月十五，她都不太愿意过。再加上那一年刘爱莲过得特别不顺，不但病了好几场，而且二儿子又没考上高中，家里愁云惨雾的。那一年中秋节老高只带回了一盒月饼，月饼孩子们吃得差不多了，还剩下半块，说是给老高的，刘爱莲顺手就拈起来吃了。老高就大发雷霆，说宁愿丢了，也不给她吃，刘爱莲和他又吵了一场，一边哭一边叫："连中秋节你也让老子这么哭，老子就死给你们看。"

她一路碎步子跑到走廊，又在走廊上喊："中秋节呐半块月饼呐，老子在这屋里连老鼠都不如了，老子不活了。"

喊完了，她就把一只腿搭在栏杆上，骑在上面又使劲哭起来。哭着哭着，她感觉有点累了，风有点大，她睁开眼，发现天上的月亮特别大特别圆，黄澄澄的。她偷偷地回头想看看屋里人的反应，儿子们是早就不见了，身后站着老高。这一眼看了不打紧，刘爱莲突然发现老高已经不是老高了。这么多年，她没有正经打量过他，这一打量，她才发现老高好像和她年轻时候认识的老高完全不一样了。

那时的他虽然不好看,但也还圆润。现在他更黑更矮了,好像比当年小了一圈,脸上棱角分明,活像一把柴刀。更可怕的是,他的脸上似乎还在笑,他的手掌摊开,摆在腰边,啊,他居然想推她。老高,老高,老高原来想推他,老高站在她后面一米远的门里面,躲在屋子那一大堆的黑暗里,好像隐了身,只有那眼睛里在闪着光,像很多年前她在黑暗里看到的剧团人的眼睛,那些眼睛,真像狼。刘爱莲紧紧地扒住栏杆,吓坏了。

这个男人恨毒了她。

从此刘爱莲就再也不跳楼了,她也不打架了,打架她打不赢啊。二儿子、三儿子长大了,可是小四还小,于是她跳起脚来骂,骂得惊天动地,反正老高骂她不赢。

人家都说刘爱莲蠢,但是刘爱莲不是太蠢。比如说,她知道打架的时候把门开着,一来方便声音传出来;二来方便自己跑,丈夫和儿子们骂不赢,要打她,她就跑。

十一

刘爱莲第二次发疯在四十八岁。

原来刘爱莲总爱说老高要害她。打架的时候这样说说也就算了,平时上班的时候和别人这么说,洗菜的时候这么说,打麻将时和邻居闲聊时也这么说,这不是有点疯吗?

后来又说她儿子要害她,这不是更疯了吗?

刘爱莲最直接发疯的原因是她的四儿子打她。

二儿子、三儿子跟她不亲，这个她认了，也没办法，一说话就要吵，她说什么，儿子就反对什么。二儿子简直见不得她，见了眼睛就喷火，跟仇人一样，这个她也认了。但问题是她最喜欢的四儿子也不认她了，所以她就疯了。

至于为什么要打她，这就说来话长了。

当时厂里效益不好，她和老高又先后下岗。一个屋顶下面对着面，一天说不上一句话。等小儿子初中毕业了，老高家就彻底安静了——二儿子去了广东打工，三儿子在市里打工，四儿子读技校，家里没有了人，又没收入，老高索性就背个包出门，有时是帮人修电器，有时是帮厂里人干活，有时就什么也不干，在外面下棋也好，看人打牌也好，总之不落屋。刘爱莲觉得也挺好，老高不在家还更好，她还能安安心心做做家务，要是老高在家，刘爱莲总觉得背后有双眼睛盯着她，她干什么都不得劲，就害怕，就要叫邻居来家里坐。邻居一来就要打牌，老高就更烦了，斗来斗去，老高索性就不在家待了，不在家待了，干什么呢？

老高成了一个摆棋的。

老高每天早上六点半坐厂里早班车（因为那不要钱）到县城里的邮票公司门口，老高就在那里摆了一个棋摊子。邮票公司前面有一帮闲人，喜欢集邮的，喜欢搞古董的，闲在那里没事干，就下棋，反正下一盘棋才五毛钱，又不贵。老高负责摆残局，邮票公司的门口有一片树阴，虽然边上就是大马路，灰气重，大热天下雨天最难受，但是有树阴，又可以同票贩子们聊聊天，老高说那一天倒比在家里过得快些。

老高越发干瘦了，背也更伛了，他是个勤快人，一年三百六十五天，除了生病实在出不了门，其他日子都在邮票公司门口站着摆棋。一天多的时候能赚个十块，少的时候就一两块。有一年大年三十早上下着大雨，他还背着他的包往外面走。人家问老高，大年三十邮票公司门口没有人了，摆不了棋，你还不回家过年啊？

老高说，不过不过，年没有什么好过的。

男人们就说，老高想钱想疯了。还是女人们细心，都说老高是个好人，是个负责任的人。你看，一家五口要吃要喝，刘爱莲又是个不懂事的女人，再加上这么多年打架也没攒下什么东西，眼看着儿子们要讨媳妇了。三个儿子啊，不是一笔小数目啊，不做点小生意怎么行？十块八块是钱，一块两块也是钱，老高是在为儿子拼命啊。

摆棋摆久了，老高也挣了点钱。可就是老高这么苦挣活挣，也只够在厂里宿舍区买了一个小套间，说这一套是给三儿子结婚用的，二儿子在广东成了家。可是他忘记了，他还有个四儿子呢。

四儿子技校一毕业厂就垮了，还没上过班呢就失业了，整天在家闲着。闲着没事干，他就开始找女朋友，谈女朋友要钱啊，就整天问他妈要。问题是刘爱莲也没钱，下了岗才两三百块补贴，哪里有钱呢？刘爱莲没钱，老高却时常给一点，这么一点点钱，居然把刘爱莲和四儿子之间的同盟给破坏了。四儿子一看老高给哥哥买了房子，心里不乐意了，问老高哥有房子，那我的房呢？

老高板着脸说，等我再摆三年棋再说，要不你问你娘要？你娘总还有点钱吧。

四儿子就问刘爱莲要，刘爱莲不给，我没钱，我一分钱没有。

四儿子说你不是老县城还有间老屋吗？

刘爱莲当即就哭了，号哭起来，那是我的家，那是我的棺材本，连我的棺材本你也要啊！生你这儿子有什么用啊！你这个臭不要脸的，你这个狗日的东西……嘴里骂着手里就打下去了，打着打着四儿子也翻脸了，也冲上来打，你才臭不要脸，臭不要脸的，臭不要脸的，臭不要脸的，臭不要脸的，狗螺子花……

刘爱莲开始还和四儿子对骂，骂着骂着嗓子就哑了，开始放声大哭。这一哭把左邻右舍的人都招来了，左邻右舍的人看不过眼，都说是你娘哩？四儿子就说，她才不是我娘，我娘不是臭不要脸的。

这时，刘爱莲又扑了上去，这话别人骂得，就你们三个骂不得！

接着她就疯了。

当天晚上，她拿着刀子进了老高的房，砍了老高一刀，又砍了她儿子一刀，都砍在手掌上，老高和儿子醒来，一叫人,她就拿着刀子要杀人,见一个砍一个,见两个砍两个。老高说,我堂客发癫啦,怎么办?

十二

怎么办?那就送到发癫应该去的地方嘛。

厂里的工会弄了一部车把刘爱莲押到青山塘的精神病院,大麻绳捆着,捆成了一个大麻花,丢在后座上,右边坐着老高,左边坐着工会干部牛爱荷。厂里效益虽然不好,但工会还留着几个负责的,牛爱荷工作最是负责,所以她留守了,拿着原来一半的工资干着全职的事儿。刘爱莲开始还在车上乱扯乱叫乱喊:"你们要杀老子,老子没发神经……"一路喊,一路也没人理她,等她远远地看到精神病院那高高的铁栏杆时,她就吓呆了。

那高高的铁栏杆前的一条土路,细长细长,长得没边,两边杂草都不生一根。她吓呆了,不出声了,她扭过头去看边上的老高,老高也在看,他出神地望着外面,嘴角轻轻上扬。他在干吗?他居然在笑。刘爱莲气不过,一头撞过去,老高赶紧回过头来,一只手按住她,瞪着眼睛看她,眼里依然有无限的喜悦。他的另一只手包着白纱布,他用裹着白纱布的手轻轻地对着刘爱莲摇动,手心上浸出一点点红。那一点红恰像她小时候看到的道具,戏里面林黛玉对着绢子手帕吐出的一口血,红艳艳的,刘爱莲脑袋里嗡的一声明白了,老高在和她说拜拜啊。

你看他多么得意,多么快活,他终于成功了,他把这么多年的仇都报了。这个老实忠厚的男人终于兵不血刃、轻描淡写地把这么多年的仇报了。跟了他这么些年,生了三个儿子,就这么完了,拜拜了。刘爱莲原以为他只是恨她,恨她就恨她吧,她还恨他呢,恨着恨着也就忘了。可是这个男人不一样,人家不仅恨她,而且还出手了,他要让她永无出头之日,啊,这个男人也疯了。

刘爱莲被这个念头吓着了,她脑子里一片空白,她眼泪唰唰地往下掉——到今天,她才知道,她活了这些年,活了一辈子,有老公有儿子有工作有家,可是现在她才知道原来她什么都没有,什么都没有,她没有老公,没有孩子,甚至,家,她也没有。

她此后就一句也不说了。

她一句话也不说,安安静静地跟着厂里的人下车,安安静静地跟着人做各项检查,安安静静地坐在椅子上,安安静静地听医生说话,但是一句话不答。

她脸上糊了很多印子,身上也全是土,穿着一件她儿子穿过的旧T恤,越发显得身材肥短,脚上的鞋子一只黑、一只蓝。她要是大喊大叫就好了,她要是在地上打滚就好了,就更配合她的形象了,但是她一言不发,安安静静地等着,很耐烦地等着。她那样子,连陪着来的牛爱荷都觉得挺心酸,当年刘爱莲来纺织厂的时候,她是第一个看到她的人啊,那时她多好看啊,现在变成什么样子,居然弄到要到神经病的地步了。女人这一辈子多可怜啊,花儿一样的人物掉到泥巴里就掉到泥巴里了,别人连踩都懒得踩你,谁知道你啊?

刘爱莲等着进院的时候,居然进不了,检查费花了五百多元,最后检查了老半天,精神病院的那个医生说:"这个人没有疯,情绪激动而已,吃几片安定就好了。"

老高急了,说怎么没疯呢?她半夜杀人呢!

可是医生很凶,说我说没疯就没疯,我看了这么多年还会看错吗?CT扫了还会错吗?要是她疯了,你们厂里大部分人都要送来了。

医生的态度太不好了,连老高这个老实人也被气得眼睛都红了。"不行,她半夜杀人呢!她杀死人谁负责?"

刘爱莲突然说话了,我不回去,我就要住在这里,我不回去了,老高会害死我的。

老高脸腾一下子红了,他大喝一声:刘爱莲,你有神经病!

十三

刘爱莲最后还是没有能入得了精神病院。你以为精神病院是你们单位的澡堂子啊,想进就进的啊?那是要科学根据的,那个医生说。最后还是工会妇女主任牛爱荷本着人道主义的精神,把她送到了疗养院。

刚到疗养院的时候，刘爱莲绝过一段时间的食。

她什么也不吃，她不是不愿吃，而是真的不想吃，那些饭啊菜啊水啊在她的眼里就跟土一样，土怎么能吃呢！她就躺在床上，她想想明白一个问题——为什么她总是一无所有？

她从小死了娘，接着死的爹，碰到一个又一个男人，都走了。好不容易跟了老高，过了三十年了，生了三个儿子了，她还是什么都没有。她想不过呢，她最想不过的是为什么他们都不要她，都不疼她？为什么她就要这么苦？以前她总想着有人来疼她，可是来疼她的都是些男人。这些男人年轻时多疼她啊，多爱她啊，为什么老了就不疼了？为什么呢？他们为什么都要骗她？最伤心的是连儿子都不认她，连四儿子也不疼她了，这念头太让她想不过了。

为什么没有人疼她？为什么他们都不疼她？她想啊想啊，想啊想啊，从白天想到黑夜，从黑夜想到白天。想得睡不着觉，想得吃不下饭，想得脑袋里面像火一样烧一样烫一样糊，她实在想不过了，就把脑袋往墙上撞，撞啊撞啊，撞晕了，就睡。

醒来再接着想。

疗养院怕她出事，还有段时间把她绑在床上，实在不行就给她输点液，总算是没有死成。疗养院有个护工，专门给各房送饭的，叫廖妈的，一辈子没结过婚，六十岁了在疗养院干了几十年。她也是老县城的人，从小就是个戏迷，有时送饭来时就搭着刘爱莲说几句话,问她是不是花鼓戏团的,问她以前唱的是什么戏,团里现在还有什么人。刘爱莲就有一句无一句地答她,一来二去,也就熟了,熟了,就常常劝劝她。

刘爱莲总算是不撞墙了,可她还是要想,白天睡,晚上想,一想就是一整个晚上。

那天,廖妈又送来几块月饼,说是中秋节了,疗养院发的。

等晚上十二点查房时,发现刘爱莲的月饼动都没动,廖妈就有点气:"我说你这个刘爱莲啊,你怎么不吃啊,是酥皮的花生饼,我好不容易给你抢来的。"刘爱莲就说不想吃,我还要想问题。

想什么问题啊?有什么问题好想啊?廖妈说,我这辈子就没有想过问题。

刘爱莲突然从床上坐了起来,她瞪大眼睛盯着廖妈:"廖妈妈,为什么他们不疼我呢?"

廖妈看了一眼瘦脱了形的刘爱莲,又好气又好笑:"他们疼不疼关你什么事,你自己疼自己不就行了。"

刘爱莲说自己怎么疼自己啊?

廖妈扯扯自己身上新做的绵绸衬衣说:"像我一样啊,有新衣就给自己做一件,有好吃的月饼就吃一点,有好电视就看一点,有什么问题就不去想一点。"

刘爱莲没听明白,眼痴痴地愣在床上。

廖妈看她一动不动,还在发神经,就不管她:"爱莲,我要去睡觉了,你快把月饼吃了啊!"门一关,屋子里又只剩下刘爱莲一个人了。刘爱莲的脑子嗡嗡响,是啊,没有人疼你,那你自己疼自己嘛。疼自己很简单啊,给自己做件新衣服,吃个月饼,看个电视,就算是炒一餐好吃的白菜,煮一条新鲜的鱼,不都是疼自己吗?她本来就不需要他们来疼自己啊,她自己也是个人啊,哎呀,你说这人啊,怎么就这么想不通?当她终于想明白的时候,正好房里的钟就响了,"当",一下,这一声巨响,把刘爱莲脑子里面那些烧成糊的东西全给震了下去,她的脑袋空了,整个人一下子就轻了。

她扭头看了一眼墙上的钟正是晚上一点。月亮又大又圆,金黄色的,像廖妈给她的酥皮花生月饼,那光照下来倒好像月饼里面的油沁了出来,沁在她的那桌子上、衣柜上。刘爱莲住的疗养院的那间小房子很空,除了一张床、一台电视、一张桌子、几张凳子,就什么也没有了。那黄色的光还均匀地照在她放在桌子上的镜框上,镜框里是她年轻时在县城相馆照的那张相片,那时的她还没有谈过恋爱,穿的是剧团发的绿军装,还配了一顶帽子。她把腰扎着细细的,头发也捆得紧紧的,最俏皮的是配了一条雪白毛巾,轻轻搭在脖子上。刘爱莲看着照片上十六岁的她,那双深深的丹凤眼,那眼光一对上,她就哈哈笑出声来,多好,她的脑壳里面再也不会像以前一样,像火烧那么乱那么烫了,那么好,多么好。

她拿起桌子上的酥皮月饼,一咬,嗯,挺好吃。

刘爱莲此后就慢慢好起来了。她在疗养院待了一年,本来一直想住在那里,但是因为厂里没有那么多钱给她养病了才把她接了回来。

疗养院空气好,把刘爱莲养得肥肥白白的,把她脸上的黄色都养没了,连毛孔也没有了。大家都说刘爱莲给疗养院养好了,养得年轻了这么多。

刘爱莲话没以前多了,人也和气了很多。回来以后,有邻居开她玩笑,你为什么要砍你老公和儿子啊?她就淡淡地笑着说,她记起戏里面有滴血认亲,将血滴在水里能溶成一团就证明是亲生的,可是他们不让我看……

厂里的人都说你真是没读过书,那叫迷信,现在是要搞亲子鉴定。刘爱莲就笑了,是啊,我在疗养院也听护士说了,所以我写了一封信给老高叫他去和三个儿子做亲子鉴定,我没那么糊涂,我们都要听科学的……也不知道老高听没听我的……

大家一听又觉得刘爱莲果真还是有点神经,好好的做什么亲子鉴定啊?做亲子鉴定是你想做就做的啊?那好贵的,你哪有钱做啊?……

每次都是这样,对话都是这样,买菜的时候这么问,打麻将时也这么问,甚至上厕所的时候也这么问。后来刘爱莲终于明白人家根本不是想要问她为什么要砍人,而是就想看她发神经的样子。可是她不是神经啊,她不神经,她干吗要说话呢？她索性就不说话了。

她一不说话，就显得神经没这么严重了。

而最能证明她神经得还不算太严重的事是她懂得把自己的房子让给儿子。有一天，刘爱莲叫了厂里的几个领导几个邻居，也叫了三儿子和四儿子到房子里，当着一屋子人说了几句话：四儿，你不认我这个娘，但我这个做娘的还是要尽到本分，你爸爸已经走了，三哥的房你爸爸给买了，小四你就住原来家里这一套，你是结婚也好，一个人住也好，我就不管你了，是死是活你一个人了。

一屋子的人听了，都点点头，你看看刘爱莲这几句话说得挺得体的，可见刘爱莲没有太疯。

房子没了，老高住哪里呢？老高早就走了，就在刘爱莲回来之前的那一天，老高走了。有人说老高是不想见刘爱莲，有人说老高是接了刘爱莲的信羞走的，有人说是因为他的棋谱被四儿子全部偷走卖掉了气走的，总之，老高走了。

走的时候，老高把屋子收拾得干干净净，像刘爱莲平时收拾的那样。但是老高狠心啊，他在单位待了几十年，同邻居连一句话告别的话都没说就连夜走了。前一晚邻居们还看到他搬了把椅子在门口，把门口那个坏了多年的公用灯泡换了一个新的，有人问："老高，看爱莲要回来，换个新灯泡啊？"

老高笑嘻嘻地说，是啊是啊。

你看老高这个人，好阴啊，好狠心啊，明明要走了，他一声也不吭；明明老婆要回来了，他倒走了。他老婆脑壳有病啊，可是他也不管，自己就走了，老高真是狠心啊。后来有人说老高去了湖北他大哥家看单位大门了，听说每个月有六百块钱拿。但是也有人说他去广州找他二儿子了。总之，老高没有留下一句话，他就这样生生地从纺织厂宿舍里消失了。

那刘爱莲呢？刘爱莲把城里的老屋给卖了，卖了四千块钱。

用了那四千块钱跟厂里一个人在原来她住的平房里买了一间小房子，搬了过去。"为什么卖啊？你不是说老了要回老屋吗？"厂里人问她。

刘爱莲说不回去了，不习惯老屋了，在厂里待习惯了，老也老在这里吧。

"这刘爱莲哩，可怜哩，造孽哩，老公走了，生了四个儿子，死的死，走的走，没一点倚靠！"厂里人原来都觉得刘爱莲不好，但是到现在又觉得刘爱莲好可怜。到老了，一个人，谁都不认她，一想到这里，连刘爱莲麻将桌上放的炮也不好意思收了，刘爱莲，你又放炮了，你赶紧收起你那个二坨。

喔，喔，喔，刘爱莲赶紧就把二坨收起来，没卵用的东西！

别人一瞪眼，你骂谁？

刘爱莲就赶紧说：我骂我自己，我真的是骂我自己。

十四

后来，刘爱莲也不太打麻将了。她脑子转得慢，经常被人骂，特别是那些年轻的男的，嘴巴一点也不闲着，刘爱莲懒得听那些闲话。

她一个退休老娘们跟年轻人计较什么。刘爱莲发现自己越老越怕事，她喜欢一个人待着，最多也就跟纺织厂的退休堂客们早上跳跳舞。早上在一堆人后面跳扇子舞，上午收拾家务，下午干活，晚上就看电视。初一、十五到土地庙拜菩萨，有时还吃吃素。她还在家里请了一尊观音菩萨，天天烧烧香，偶尔还数数念珠。厂里人管这叫信迷信，刘爱莲信了迷信以后神经病就没犯过了，反正老高也走了，没有人和她打架了，疯也疯不成了。再加上她信了迷信，你看，一切都是命，她一辈子真没瞧得上老高，可是她和老高过了一辈子；一辈子没瞧得上纺织厂，可是她在这里要待到死，可见这个命的事啊，还真是扭不过。

刘爱莲一个人煮饭一个人吃。她吃得不多，煮一份白菜，再蒸几条干鱼，一碗饭一分为二，中午吃一半，晚上吃一半。下午闲着没事，就跟着打毛线拖鞋。她给牛爱荷的自助社织。牛爱荷也下岗了，但牛爱荷是个有本事的女人。她以前有本事跟厂长睡觉，现在有本事靠钩毛线拖鞋养活一家人，做了鞋子就拿去市里卖，还搞了个自助社，一双也能卖十几块哩！刘爱莲也跟着她学，学了半年，也能织了，她发现只要她数对数字，就不会织错，她也织得蛮好。

每天下午的时候，刘爱莲就在小房子门前开始织，要织到下午六点，闷了，就摆一个小收音机在边上，有时听听花鼓戏，有时听听流行歌曲，再抽根烟，再舒服没有了。

有时碰上熟曲子，嘴里会跟着哼：

三月采茶三月哟三
昭君娘娘和北番
怀抱琵琶三弦子呃
轻轻弹过雁门关
三是三弦子呃
雁是雁门关
两泪汪汪望呃家乡啊

四月采茶难又难
姐在园中插早秧
扯得秧来茶又老
采得茶来秧又黄
茶是茶又老呃
秧是秧又黄
采茶姑姑两呃两头忙啊

阳光穿过梧桐叶打到她的手上,还是像很多年前一样,像金子,晃得人心慌。刘爱莲就闭上眼睛,把有点痒的头发散开。她的头发长,总不剪,是咧,姚师哥要她不要剪头发,她就没剪。她好蠢呐,姚师哥要她不要剪她就这么多年没有剪,是好蠢呐。头发薄了好多呐,该剪了,哪天去剪剪,去烫烫。一想到这儿,她又高兴了,嘴里没歇气,还在跟着哼:五月采茶是端阳,龙舟下水闹长喽江,两边坐的是划船手喂。中间又坐打鼓郎,划是划船手喂,打是打鼓郎……

　　划是划船手喂,打是打鼓郎……

　　这词挺容易记的啊,她对这个叫刘爱莲的女人说,你这女人怎么就是这么蠢,怎么就是记不得词呢!

春 光 好

"我们眼里的春天,有一种神奇,啊这就是春天的美丽。"

一

王凤看着眼前的果篮有点恍惚。一个香瓜,三四个红富士,两个火龙果,顶上配一小串绿色的宁夏玫瑰葡萄。如果她愿意,还可以把宁夏葡萄换成普通本地葡萄,还能再便宜二十块——但又怎么样,再怎么省,也总归比一只母鸡要贵。三十年前,第一次见到黄莺,就是她跟着她妈来王凤家送礼,黄莺手上拎着的正是一只老母鸡。

那年王凤初中毕业,家刚搬到市教育局新盖的九层楼房。湖南夏天奇热、冬天奇冷,一般人都不爱选顶楼,但是王凤喜欢,因为九楼多了一个带天窗的小阁楼,八九平方米,外面还带一个小阳台,从小阳台可以望见二中那个没有一朵莲花的爱莲湖。天气好的时候,甚至还能看到风吹过湖面粼粼的波光。

　　王凤已经把小阁楼的装修都想好了,她可以做一面墙的原木书架,把所有的书都搬上阁楼,再摆一盏落地台灯和一个沙发。天冷时就躲在上面看书,天热时就在阳台上乘凉,喝雀巢咖啡。是,一定是雀巢咖啡,因为电视里放广告,滴滴香浓,意犹未尽。谁能抵挡意犹未尽的诱惑呢?

　　那天妈妈刚从深圳出差回来,帮王凤买了一条粉蓝色裙子。波浪裙边和腰上,各缀了一圈亮晶晶的水晶,把侧边的拉链拉上时,王凤觉得自己好像《出水芙蓉》里的跳水姑娘。人轻得像一朵云,忍不住摆了一个芭蕾Pose,转起圈来。

　　这时刚好听到门铃响,爸爸妈妈不知在忙什么,关在门里也不见出来。她只好在蓝色的波浪里探出头来,从客厅中间劈过,一半是为了开门,一半是为了看一下效果,因为只有客厅有落地镜。

　　就那么一瞥之下,王凤也忍不住为镜中的蓝裙美少女叫一声好。马尾扎着紧紧地,凸显出美少女完美的圆头骨,眼睛不算大,但比那种大圆眼更好看。角度斜斜入鬓,一颦一笑之间自有变化万千,一时是杏核眼,一时是狐狸眼,配上似笑非笑的讥诮表情,别有一种拒人于千里之外的傲娇。一旦有需要,她只需把头一低,温柔的眼神密密地抛过来,又顷刻之间可以拿捏人于千里之外。所谓大美女,就在这俯仰之间，拿捏只在她瞬间的意念。

更奇特的是，珠光缎蓝裙子和两排水钻，让她周身泛起一圈淡蓝的光晕。如果此时再加上一顶王冠，那简直就是希瑞公主本人呀，王凤情不自禁被镜中的自己迷住。她抄起门边的扫帚，举起来，叉着腰，匀速且缓慢地扬起了骄傲的小下巴，嘴里念念有词："我叫阿多拉，霍曼的亲妹妹。我是水晶城堡的保护者。……有一天，我获得了奇迹般的秘密，当我抽出剑说'赐予我力量吧……我是希瑞……'"

台词还没念完，王凤就听见主卧那边有些声响，慌得她赶紧把扫帚放了下来，这么幼稚的行动可不能被大人发现。真讨厌，这门铃声没完没了地响，她气呼呼地把门一拉，发现门外面站着一对风尘仆仆灰头土脸的母女，她们头发蓬乱，气喘吁吁。为什么是母女？这还要动用王凤高达154的智商么，因为这两人长得几乎一模一样呀，只是一个老一号，一个小一号，同一款的细眉细眼细鼻子细脸，白生生的面皮底上左右两坨大红，一头一脸的大汗——九楼是难爬一点。

就在开门那一瞬间，那个细细瘦瘦的中年女人马上对着她堆出一个薄薄窘窘的微笑。

有点面熟，估计是哪个乡下亲戚或者农村学校的老师，这些人自然都是找爸爸的。那年她爸刚升了处长，开学前川流不息地有人来送礼，要转学，要升学，要开条的，要感谢的……王凤马上扭头就喊："爸，有人找你。"

再回过头，发现那个女孩惊惶不安地直往母亲的身后躲,一看就是没见过什么世面的乡下孩子。最搞笑的是这两个人的手里还各自拎着一只旧网兜,妈妈网兜里勒着两条白沙烟和一瓶高粱白,女儿网兜里勒着一只比她们更惊惶不安的麻黄母鸡。

"这也是他们乡下人能想到的最贵重的礼物了。"晚上吃炖汤的时候周主任说,"鸡是老了一点,但香味还挺足的。"周主任是王凤的妈,教育学院的办公室主任,同时也是教育局老局长的女儿。王处长若不是找了周主任,当年也肯定和黄莺的爸爸一样分在山里去教书了,再一不小心娶一个农村姑娘,就一辈子别想出来了——就像他的大学同学黄树人一样,一辈子困在山里头那个小学校。上次王处长去见他,他黑瘦得老同学都没认出来,十天倒有八天是醉醺醺的,说话做派完完全全变成了一个道地的山里老农民,谁能想到当年他风华正茂的样子?王处长说要调他出来,他还不愿意,说习惯了。再后来索性闭塞得连山都不愿意出来了,女儿上高中这样的大事,也由着黄莺的妈妈出面调停。

这是王凤和黄莺人生中第一次见面,大家都有点无措和尴尬。在等待王凤爸爸出现的那短短的几分钟里,两个人都觉得时间漫长无比。黄莺尤其慌张,她的头发黄黄软软,湿湿地贴在额头上,眼睛更是不知道往哪里看,倒是看得王凤有一丝不忍。她一眼看到她们沾满泥巴的鞋子,于是用手指着走廊上的鞋柜,轻轻提醒她们去换鞋:"进来吧,我妈刚擦了地板,那边有拖鞋。"

"不进了,不进了,弄脏屋子。就是来感谢王处长的。"中年女人眼尖,瞄见了客厅里正在给衬衣扣扣子的王处长,"我是黄树人的堂客,感谢王处长帮黄莺调校,还换到重点班。她一定会努力的,不辜负王叔叔的信任。"背完这几句客套话,中年女人松了一口气,火速从黄莺手中夺过那只母鸡,把两个网兜往门里的墙边一放,又扯着女儿过来认人,"这是王叔。黄莺,叫王叔……这是你王凤姐姐,你们小时候见过的,你们俩将来就是一个班的同学了,有事多问王凤姐姐,她初中也在一中读的。"

小姑娘嘴里嗫嚅着,声音细细的,也不知道在叫还是没叫。

什么姐姐,谁是你姐姐?十五岁的王凤最恨别人叫她姐姐。她倚在父亲身边,别过脸去朝着无人处翻了一个大大的白眼,乘她爸和那中年女人扯淡之际,用力蹬了一下脚边的网兜。老母鸡一下子受了惊,在网兜里猛地往上腾了一下,力道太大,瓷砖太滑,顺势游走了半个客厅,在客厅里涂了一个大大的"又"字,是鸡屎。

呀,妈妈刚抹干净的地板,到底还是被乡下人给弄脏了。

二

王凤的果篮是在小区门口爽又甜水果店里买的,她和李老板是老熟人。因为有次李老板和城管扯大皮，王凤站在边上说要为李老板在她们报纸上说几句话，唬住了城管，倒落下个人情。多少年了，但凡买两斤水果她总要再多拿几只蜜橘。"小李，多拿你两只橘子啊。"王凤总是会喊一嗓子。李老板也不和她计较，说你拿你拿。

王凤搞不清李老板到底是怕她呢，还是有点喜欢她，毕竟，她拿的次数确实有点多。以她的经验，男人愿意给你东西的时候，你拿多少他都不会生气；男人要是不愿意给你东西时，你拿他一根葱都不行。这个经验是她的前夫刘韶光身体力行地告诉她的。他们离婚的时候，他说走就走，带着孩子，连孩子的一只袜子都没给她留下做念想——想想就气，索性不想了。

这世界，最伤你心的都是你认为最亲的人，反倒外人偶尔对你还有几分真心。你看小李给她装个果篮扎得多扎实，一百二，小李一边扎塑料透明膜一边说这是个大人情哩，送出去客气，别个家这么大的果篮至少得卖你一百八。

王凤暗自冷笑，如今住豪宅的人家哪里会把这果篮当人情？如果一个果篮代表一个红包，那么果篮就只是一个红包壳子，里面厚厚的一沓钱和一对十克重的金镯子才是硬杠杠的人情。这么重的礼她也是人生第一次送，是真的有点心痛，可不送重一点哪能成事？

一念至此，王凤就感叹，真是人算不如天算，怎么有一天她居然会要来求黄莺呢？那个拎着一只老母鸡可怜兮兮爬

春光好　199

了九层楼的乡下丫头居然就成了她的领导。先前这三十多年，读书、恋爱、工作……哪一次不是她帮了黄莺呢？

上高中第一天，是她拉着黄莺的手进了二中，还和她妈妈一起帮她把被窝铺盖拎到了寄宿生的宿舍楼，交了费。她妈妈走了，黄莺还哭了一鼻子，害得王凤只好陪了她小半天，耽误了和表哥看电影。为了安慰她，她把她带到校园里最美的那棵银杏树下，告诉她这棵银杏有一百多年的历史，把它的叶子夹到书里，就能得到一扇一扇美丽的小窗户。那天，她们捡了好多银杏叶，做了好多书签。王凤还带着她走出校门，到街上她最常光顾的湘妹子米粉店吃了一碗香香的米粉。仗着和老板娘熟，她在黄莺的碗里足足加多了一大勺五香卤味牛肉臊子。"好吃吧，整个市里就是她家米粉还能吃，我爸还带着他们局长来吃过。"

黄莺吃了几口米粉，又噗噜噜地掉泪，气得王凤说，你再哭，我就马上走了，为了你，我连《新龙门客栈》都没去看，你寄个宿就哭成这样，将来出州过省读大学，嫁人怎么办？你难道还能把你妈拴在裤腰带上吗？真没出息啊你……

黄莺一听赶紧止住了泪，说是王凤姐你对我太好了，我是感动才哭的呢，从来没有吃过这么好吃的米粉，我们山里面没有这些……

"这还差不多，记住，以后千万不要叫我王凤姐，我才比你大五个月，我不想被你叫老了。你就叫我王凤，或者跟我妈一样叫我小凤就好，不然我跟你翻脸呵。"

好好好，黄莺赶紧又给她赔了个笑脸，王凤这才高兴起来。

有时候，交朋友，得看缘分，王凤素来没有什么朋友缘，但是偏偏就和黄莺处得还算投缘。周主任说黄莺老实，王处长说黄莺善良、胆小。他们都没有看清她，只有王凤知道黄莺就是贼，心眼多，心思重，要不然她怎么能短短的高中三年里摇身一变，把自己从一个慌里慌张胆小如鼠的小丫头变成毕业时落落大方上台演讲的学生代表呢？

她贼头贼脑跟在王凤后面学了多少东西，多认识了多少人啊。王凤从高二起开始交男朋友，她带着她跟学校体工队的那帮男生出去玩，跳舞，滑冰，看电影，将男生呼来喝去，调戏他们，捉弄他们，把一个不开窍只知道死读书的乡下姑娘震得一愣一愣的。当时整个学校谁不知道重点班有两个漂亮又可爱的小姑娘，有影皆双，一个是学习委员，一个是文娱委员，二中男生口中的"二凤"，呸！她也配称"凤"？！她充其量就是一只野地里扑腾乱飞的小麻雀罢了，风吹过，她都吓得魂飞魄散竖起一身毛——王凤只是不想揭穿她，黄莺高中时穿的那些漂亮裙子全是拾她不要的。

每到周末，黄莺还要跑到她家来蹭饭，这件事，也是王凤看不过眼才替她张罗的。黄莺是住读生，家里远，两三个月才能回家去一次。二中的伙食好差，米是黑的，肉是臭的，为了省钱，黄莺干脆每次都只买一两饭、一份白菜，一点油水也没有，瘦得跟一茎缺水的芹菜一样，打不起精神，头发黄黄的，一做仰卧起坐，做五个就没力气了。体育老师不忍心骂她，只说她有点营养不良，要多吃鱼和肉，又指着王凤那头又黑又亮、缎子一样的长头发说："人的身体指标、智力和饮食紧密相关，你看王凤那样的头发就是好营养才能养出来的。"

也许因为体育老师当着全班同学的面表扬了她，也许出于同情，王凤回家就跟她爸爸说黄莺太可怜，没得吃，头发都是黄的。"学校那白菜根本不能吃，里面有虫，我就碰到过一次，吓死了，再也不敢在学校吃饭了。"

王处长听了就有点不忍，对周主任说，叫黄莺那孩子周末来家里吃一顿，改善改善伙食，反正添个人就是添双筷子的事。周主任笑笑，帮帮老同学也是应该的，但老黄也是，帮他这么多，也不进城来谢谢咱们？

王处长不耐烦，不是送了老母鸡了吗？心意到就行了，你又不是不知道他家情况，一堆人吃饭只有黄树人一人赚钱……王凤最烦她妈妈拿腔拿调："妈，你让黄莺周六来吧，阁楼沙发床又空着，她成绩好，你都不用请人帮我补数学了。"

周主任一想也是，等于免费请个伴读，就点头答应了。

于是，黄莺就成了王家常来常往的客人。这小女孩倒是不声不响、不招人嫌，吃完饭知道帮着拿碗筷递纸巾争着去刷碗，比衣来伸手饭来张口的王凤强。每次周主任都要戳着王凤的头恨恨地说，你看看人家黄莺多懂事，眼里有活，你呢?什么都不会,一点眼色没有,你将来可怎么办?

王凤就笑而不语,黄莺那就是装个样子讨大人喜欢,怎么会轮到她刷碗呢?她是客人,家里一直有阿姨,再不然还有周主任,哪里轮得到客人去做事?她就是会装,扮猪吃老虎,而且别看她瘦瘦的,吃得可多。有一次周主任吃饭时接了个工作电话,打得久了一点,回来一看桌上没菜了,她拿着空碗到厨房盛汤,结果两个锅里都是空的,大叫:汤呢?饭呢?我还没吃呢!阿姨就努努嘴,站在一旁的黄莺脸腾地一下子就红了,后来就吃得少了。

但是王凤还是喜欢黄莺的,有黄莺在的时候,王凤觉得自己的好就全都落到了实处。她那些踢踢踏踏随处抛撒的小才情、小趣味全都有人殷勤地拾起来细细欣赏,真诚应和——呀,王凤你这句比喻用得真妙。呀,王凤你怎么随手几笔就画得这么好?呀,王凤,你学舞怎么这么快,我怎么这么笨?……

刻意巴结的人王凤不是没见过,但黄莺眼神里的光是装不出来的。也难怪她,乡下女孩哪里见过这些,这都是童子功,小时候的舞蹈班画画班,还有几千本闲书你以为是白看的,这些没个十年八年的浸淫,哪里可以随手就上?王凤想,那时的她在黄莺眼里几乎就是神奇公主本人吧。黄莺每次见到王凤,王凤就总会有新的东西掏出来,一本新的书,一盒新的磁带,一个新的明星……连黄莺自己都说:"每次到你家来都觉得又紧张又开心,紧张是怕自己做错事,开心是不知道今天又可以看到多少新东西。"——独生女儿就是这一点不好,什么都是一个人,再好的宝贝,没人看见,高兴劲儿就少了几分。但有了黄莺,有了她那种一惊一乍的感叹,有了她珍而重之的摩挲,王凤手里的好东西就变得更有质感了。有时候,王凤觉得自己仿佛真的变成了希瑞公主。她手往上一指,天空就为之变色,多小的一个小东西在黄莺的眼里也都带着光、闪着电、跟着霹雳,仿佛在她睁大的贫瘠黑暗闭塞凝滞的黑眼仁里炸出了一个又一个璀璨的大烟花。

王凤喜欢的书、喜欢的音乐以及她六个喇叭八个声道的录音机、衣服、书、阁楼……这些五彩缤纷的烟花一个接一个,从她手中升起,直至天空,照亮了黄莺的脸,让她的眼睛有了光——是她,王凤,给了乡下丫头黄莺一个新的世界,慷慨地,不计报酬地,任性地,潇洒地,即兴地给了她一个崭新的世界——不客气地说,黄莺十五岁以后的精神生活是她王凤一手塑造的、营造的、赠予的,甚至,她都没想到要她说一个谢字。

王凤看过一本书,书上说当一个人足够富有,就不会吝啬给予。是啊,她得到的太多了,一出生,什么都有,什么都是最好的。就说书吧,从小王凤想要读什么爸爸都会替她买回来,译林出版社出的所有外国文学名著整整齐齐摆在书柜里。还有天地的亦舒、皇冠的琼瑶、宝文堂的金庸,小桌子上还有当季的《小说月报》《收获》《花城》《中篇小说选刊》《台港文学选刊》，这些都是她从教育学院的图书馆里搬来的。说是借，也没说什么时候还，图书馆馆长对周主任说孩子爱看书好，好好看，什么时候看完什么时候还……当然肯定是看不完的，桌上永远堆得满满的，每隔二十多天，又有新的要来。对于王凤来说，这就是常态，对于黄莺来说，这就是宝山，每个周六她都舍不得睡觉，她要努力争取在一个晚上把王凤在阁楼里摆的那些杂志看完，最好还能看上几本书。可这么多书，怎么看得完？有时灯亮到半夜，周主任起夜时看到都吓一跳，在下面喊，黄莺赶紧睡，书和杂志可以借回去看的……

但黄莺是不会借的，她在她家从来都是干手净脚，不敢乱说乱动。不要说开口借，就是王凤不要的衣服和鞋子，也总是要周主任拿出来、打好包并且硬塞给她，她才红着脸收下。"这也是这孩子招人疼的地方，规矩！"王处长说。

在阁楼里，王凤是最自在的王凤，黄莺也是最友善的黄莺，一个是最热情的演员，一个是最忠实的观众。王凤会带着黄莺看时装杂志《ELLE》《上海服饰》，告诉她哪一张照片拍得好，哪一张图她要照着做裙子，哪一个模特的发型是她想要弄的。有时做题做累了，王凤就用那台听英语磁带的录音机放音乐，从邓丽君到小虎队，从《甜蜜蜜》到《祝福》。黄莺最喜欢听香港歌手张德兰的《春光美》，听了一遍还要再听一遍。她说这首歌让她想起小时候山里的春天，春风浩荡，凉凉地刮过脸，让人没来由地高兴。

王凤有一次逗她,穿了一件张德兰同款的白色短夹克配黑色锥形裤,拿了一节甘蔗,在阳台这头模仿张德兰闭眼甩头的表情,"我们在回忆,说着那冬天,在冬天的山巅,露出春的生机……"王凤那行云流水的歌声把黄莺听得如醉如痴,她坐在高脚凳上眼里满是崇拜:"王凤,你唱得太好听了,张德兰都没有你那么厉害……"

说得兴起,黄莺身体左摇右摆,差点从坐的高脚凳上掉下去。王凤眼明手快抓住她细瘦的胳膊,啊,黄莺,你小心,这是九楼啊,掉下去就是个肉饼了,春光美不了了……

黄莺一下子就栽到了王凤的怀里,碰到了她的胸,软绵绵的发育得好好的胸。

惊魂未定的两个少女又大笑起来,笑声像小船一样轻轻推开了夜色,迎面吹来了凉爽的风……

"我们的故事,说着那春天/在春天的好时光,留在我们心里/我们慢慢说着过去,微风吹过冬的寒意/我们眼里的春天,有一种神奇/啊,啊,这就是春天的美丽。"录音机里的张德兰这样软软地唱着。

三

王凤现在想,她和黄莺真的有友谊吗?

当然是有的。

她们在阁楼里分享过多少秘密,又搂着说过多少悄悄话啊。

"你还没有发育,女孩发育之后胸会变大的。你摸摸看,里面是有核的,而且特别软。"王凤解开衬衣,牵着黄莺的手来摸。黄莺吓得咯咯笑,王凤就恨铁不成钢地干脆把内衣唰地脱了下来:"怕什么?女孩的身体很美的。"

"啊!"黄莺惊慌失措往后躲。

"那你让我看看?"王凤命令黄莺说。黄莺羞愧地说:"我不行啊,我真的什么都没有啊。小凤,你说我将来怎么办?没有男生会喜欢我了。"

王凤非常专业地说:"我妈说了,谈恋爱就会变大的。"

"难怪你要谈恋爱了。"黄莺恍然大悟。她平时是王凤的信使,王凤和体工队的刘向东的信都是黄莺传来送去的。因为黄莺老实,是老师眼里永远不会犯事的好同学,传信这种事交给她是最稳妥不过了:"刘向东这个坏胚,就是他上周说的……"

"说什么?"黄莺一脸无辜。

明明没人,王凤还是朝四周看了看,然后附在黄莺耳朵边上低低地说:"他说我胸大,特别软。"两个女孩笑成一团,把阁楼的楼板踩得嘣嘣响,惹得周主任在下面大喊:"王凤,声音小一点,我还要看电视。"

是啊,少女就是这样长大的,带着她们的小秘密长大的,像一棵沉甸甸的樱桃树,随便摇一摇,落一地脸红红的小果子。

"你说,张光明和刘向东这两个人谁帅?"

"张光明痞一点,刘向东帅一点,张光明肯定是喜欢你,他上回还要我跟你捎信说要你在校门口等他……"

"我才不等他,他好花啊,上次我看到他在学校外面拦住了白小蓉的单车……不过,他当时还跟你说了什么?……"

这些无聊的话,也只有那时会躲在阁楼里说了又说,说无可说,为了张光明脸红心跳,为了刘向东而惆怅无言。尤其是在冬天的时候,下不完的雨,哪里都去不了,两个十几岁的少女拥着一张薄被子靠在一起有一搭没一搭地说着话。

"黄莺,这阁楼上面太冷了,你跟我下去睡吧。"

"我喜欢睡这里,再说,我们山里的屋子比这里可冷多了,你妈妈还特地拿了个电暖炉给我,一点都不冷。"

在阁楼落地灯那温暖而明亮的斜侧光里,王凤看见黄莺脸上的绒毛柔柔的如一层光晕,平时不显山不露水的细眉细眼别有一种秀丽的韵致,配上一管挺拔而窄的小鼻子,还有润得像粉红果冻一样的嘴唇,让人从心底里升起一种怜惜的感情,王凤忍不住轻轻在"果冻"上一啄。"你干什么?"黄莺吓得如一只受惊的小麻雀腾地往后一退。

王凤叹了口气,微笑着倒向沙发的另一侧:"别紧张,我就是想试一下女孩的嘴唇和男孩子的嘴唇有什么不一样。"

"有什么不一样?"黄莺睁大了眼看着她。

王凤躺在沙发上,闭上眼睛回味了半天,才慢慢说:

"女孩的嘴唇比较软；气味也不一样，女孩比较香，男孩也不是臭，就是有一种很奇怪的味道……"

"啊，奇怪的味道是什么味道？……"

"你以后会知道的！"王凤笑嘻嘻地坐了起来，促狭地看着黄莺，喃喃自语，"反正吻了以后你就觉得全身都软了……不过你一定不能让男生控制局面，他们都很坏……反正现在接吻是我的极限了，我现在什么也不会和他做。我妈说要我在大学里好好挑一个，然后我想一毕业就结婚。"

"啊，你不想工作吗？"

"傻瓜，可以一边工作一边生活啊，像我妈，生了我也没耽误她读书工作啊。最重要的是，要找到我爸那么好的男人，找到了就要紧紧拿住他，别让他跑了。"

"你真行，我都没想过这些，现在我就想考个好大学、读个好专业、找份好工作赚钱给我妈妈还债，妈妈太苦了，可是我担心我考不上……"

"瞎说，你全班第一还考不上，那其他人怎么办呢？你这个女生，就是虚伪。"

"我不是虚伪，我怕我发挥失常，上次我一紧张不就考砸了吗？我特别怕。"

"你呢，就是心理素质太差，患得患失。"王凤冷笑道，"知不知道过分的谦虚等于骄傲？"

"哎，你是官家小姐，哪里知道我们这些贫民丫头的生活啊？"黄莺看着王凤凄然一笑，"我爸是指望不上了，我妈妈为了我读书到处借钱,妹妹都去打工了,我要是考不上,我是不会复读的,我会从学校楼顶跳下来……"

王凤从来没有见过黄莺那一贯谦逊的脸上有如此决然的表情,或者说,她从来没有想过这个总是在惊叹和艳羡她生活的小姑娘居然也这么有决断,像一个站在长风猎猎里和风车搏斗的女战士。她忍不住搂着黄莺说:"你个神经病,你要是跳楼我就带着体工队那一群男孩子去接着你,让你死不成……"

两个人又嘀嘀咕咕地笑成一团。

这就是少女啊,以为自己很成熟其实什么都不懂的少女啊,王凤想,当年自己真的好傻,怎么能信黄莺呢?黄莺又怎么可能跳楼呢?她是那种永远不会允许自己跳下来的女人啊,她从山里走到城里,谁能把她推下去呢?她是有一分希望都会扒住栏杆不会让自己掉下去的强人啊。

四

高中三年,转瞬即逝。黄莺果然没有看错自己,她心理素质不行,考砸了。分数是高,但是没有高到她想要去的北大的分数线,于是调配到了南湖大学的历史系,而王凤则进了南湖大学的英语系。她不用考,特长保送的,她外公的一个学生在那里当校长。

开学第一天,王凤蹦蹦跳跳地摸到历史系的宿舍门口,冲里面正在收拾的黄莺大声说:"黄莺,我来了!看,我们只隔三层楼,我住五楼,你住二楼,我们还是可以一起玩的。"

黄莺似乎还没从高考的失利中恢复过来,淡淡地一笑,说:"还是你们英语系好,楼屋也高,看得远,不像我们二楼的房间全是黑咕隆咚的。"

"那你多来五楼玩哈!"王凤笑嘻嘻地说。她来不及地下楼了。

是啊,来不及了,有太多的事情要王凤去做了。出女生宿舍门的时候,她给一阵穿堂风吹得几乎有点站立不稳。风把她的白色棉绸裙的大蝙蝠袖吹得高高的,鼓鼓的,力道大到似乎只要她略略一踮脚,那阵风就能把她送上云霄,去摘下那朵最漂亮的云。

王凤眯着眼睛看那九月的蓝天,那些高而远的云朵,那一排在阳光里忘情飞舞着的杨树叶子。眼前似乎有无数金光闪烁,刹那间她明白了流金岁月原来不是一句空话,日子是可以流金的,只要有阳光,有风,有青春,就有无数金色的光点子在你四周闪耀,它绚烂得近乎愚蠢,但是愚蠢不也是青春的一部分?如果没有纵情的愚蠢的爱,怎么称得上青春呢?……王凤闭上眼睛,她许了一个近乎愚蠢的愿,如果我真的是公主,就请您赐给我一位王子吧。

一睁眼,就如愿了。

在道路的尽头,一辆黑色重型摩托车就轰隆隆地开了过来。二十岁的刘韶光,那个长脸帅哥,那个长着驼峰鼻、桃花眼,穿着一件满是银色拉链的黑色皮衣的大帅哥就这样冲进了王凤的生命里,成为她生命中的第一个男人。

"我第一眼看到你的时候,你站在那里像一个白色蝴蝶……"

"我第一眼看到你的时候,你趴在摩托车上像一只鞘翅目天牛甲虫。"

后来谈了恋爱,王凤和刘韶光总爱这样斗嘴,王凤总爱打击他出场张牙舞爪的样子:"你骑摩托车向我冲过来的那一刻我真以为你要谋杀大美女。"

有谁知道你的爱人最后会变成什么样子呢?他一开始是王子,谁知道两千天以后,他会不会变成天牛呢?这个问题,还真是没法答,但是不能因为他两千天以后的变异,而放弃一个从天而降的王子啊。

总之,进校的第一天,王凤就恋爱了。

当时谁不说他们是天生的一对、地造的一双?刘韶光,建筑系最帅的那个大帅哥。王凤,英语系最美的那朵花。一个会几可乱真地唱张国荣原唱曲目,说学逗唱无一不精;一个会跳舞会弹钢琴,说拉弹唱无所不会。一个是省委组织部副部长的儿子,一个是一市教育局局长的千金,两个人无论走到哪里都是最漂亮最出风头的年轻人。那几年,南湖大学校园只要听到重型摩托车轰隆隆开过就知道是这对璧人,刘帅哥永远一袭丁零当啷的皮衣银链,脸上一副施瓦辛格的飞行员墨镜,头发梳得溜光。而他身后的王美女则永远长发如瀑，烟视媚行，裙裾飞扬。傍晚时分，天色薄暮，刘韶光总是要将车灯打得雪亮，油门喷得轰响，从学校的东门开来西门接王凤，让全校都能看到他拉风的造型和标致的女友，每个人都听到王凤落在地上嘎嘣脆的清亮笑声。

这滚烫的校园里有哪一样事情离得开她王凤呢？她像一根哧哧冒着火星的仙女棒，自带光芒，耀眼夺目。更何况，还有那个黏人的刘韶光，他们有很多重要的事要一起做：一起去上公共课，在树荫下接吻，黑夜里拥抱，一次神秘的旅行，第一次租房子同居，还有平时的卡拉OK、电影、录像厅、吃饭、喝酒、打架、找老师通融一下……刘韶光帅是帅的，可他真不是省油的灯。王凤老是骂他要好好的，你怎么那么像小孩说话不经大脑，一冲动就上头啊，你到底几岁啊，你是不是神经啊，你这个讨厌鬼是不是只爱我一个……王凤觉得这辈子要操的心都在刘韶光身上操完了，可是，稍一不注意他的摩托车上就会坐上别的小妖精，这可真他妈的烦……

纵然忙成这样，王凤也没有忘记老朋友黄莺。

时不时还是叫上她一起玩，要不要来一周末的舞会啊？来我们英语系的English corner练下口语啊，我肯定在啊，跟我们寝室的同学一块去市里看电影吧。刘韶光寝室里有一个男生我觉得蛮适合你的啊，黄莺我起不来啊，你冒充我去教室点个卯吧，帮我占自习室两个座位，我和刘韶光想来复习，借你的政治课大课笔记抄一下，这次老师的重点你记下了吗？快点来帮我补下课啊，你学习最厉害谁不知道你老考第一……她多的饭票扔给她，不要的裙子塞给她，看完的书丢给她，甚至不要的追求者也打发给她——实事求是地说，连黄莺后来那位挑不出毛病的爱人，也是王凤不经意间发给她的。

黄莺现在的爱人叫王锋，是隔壁学校计算机系的，当年王凤带着广播站的五个播音员去隔壁大学联谊参观才认识的。

南湖大学是综合大学，而隔壁是一间理工大学。两个学校的男生平素互相不对付，还经常打架。可是在学校层面，还是有多年友谊的，广播站互相访问是惯例。王凤她们几个播音员去理工大学的播音室联谊做节目时，那些没见过世面的理工科男生看到她们眼珠子都快要掉下来了。理工科的女学生本来就少，哪见过王凤这样千娇百媚洋气大方的！于是乎一定留了吃晚饭，晚饭之后又邀请她们去跳舞。

正好那天刘韶光回家办事，闲着也是闲着，王凤索性放出手段来，和那些男孩挨个跳了一支舞。理科生到底傻一些，她轻轻抿着嘴笑一下，微微往他们怀里靠一靠，就能感觉到他们心脏狂跳，浑身血脉偾张的气味。是啊，小男生就是一些小兽，别看平日里张牙舞爪的，可是只要美丽的小公主一到，小手一指，他们就得跟小狗一样乖乖伏在她脚边。王凤当晚大放异彩，迷住了一干人等，其中就包括王锋。他样子高高大大，目光诚恳，戴着一副方框眼镜，一笑起来露出白白的牙齿，还是他们学校的学生会主席。如果没有刘韶光，王锋就是一个很好的对象，一看上去就是大好青年。可惜，王凤叹了口气，她已经名花有主了，上个月已经见过刘韶光的父母了，还收了刘妈妈巨大的金项圈，这算是定了亲吧……

可是，不管了，多一个人喜欢总归是好的，是周主任说的女孩年轻时要多认识一些好的男孩。王凤特意多和王锋跳了几支舞，最后一曲的时候，还是王凤主动邀请的王锋，原因是我们俩的名字还挺搭，听起来像一个人。

暗示已经这么明显了，王锋当然果断出击了："你有男朋友吗？"

"不告诉你。"

"没关系，我可以追。"

果不其然，王锋很快就出现在了周六的南湖大学的舞会上。南湖大学的舞厅是五十年代建的一个大礼堂，平时用来开会，到周六把椅子一拆，稍微收拾一下就改成舞厅。红绿相间的水磨石地面，一个大激光灯乱七八糟地打着光，环境实在是差，但胜在地方够大。最重要的是舞厅外还有一个巨大的走廊，走廊旁边密种了一排巴西花椒木，累累的细小红果沉甸甸地压在枝头，在黑夜里愈发沉郁，如一团又一团细细密密燃烧的火焰，又美又香，让人有点透不过气来。

按照王凤的脾气，不多不少要敷衍一下王锋的。怎奈事不凑巧，王锋过来的时候这个日子实在太敏感了。那天正好是她二十一岁生日，刘韶光包了舞厅走廊尽头的那个小房间，那时也不叫VIP室，就叫休息室，有空调，有风扇，有桌子。那晚刘韶光叫了满满一屋子同学为她庆贺，有她寝室的也有他寝室的。屋子里满是气球彩纸金银花束，拉着大红衬粉字的横幅，"王凤生日快乐，Happy Birthday"……俗是俗一点，但这也是刘韶光好不容易从市里叫来人帮他弄的。那天出奇地热，王凤穿着一条火红的吊带裙扎头上歪戴着一个红色的蝴蝶结，眼睫毛涂得又长又翘，红嘴唇涂得厚厚的，活像可爱的米妮。娇得有点艳，艳得又有点憨，刘韶光把她的腰搂得紧紧的，一分钟也不让她脱离他的视线。

刚好熄灯大家一起唱完生日歌许完愿，刘韶光搂着她在她嘴上轻碰一下，全屋人起了哄，不行不行，认真亲一个，认真亲一个，刘韶光大叫"亲就亲，王凤你不许躲"。此时灯光大亮，门一开，白衬衣方框眼镜大白牙的大好青年王锋带着两个同学捧着一束花走了进来，全场都静了下来。刘韶光喝多了，像是一只多了毛的大公鸡威风凛凛地踱步向前，拦在门口，讪笑道，兄弟，找谁？

啊，我找王凤。

啊，我女朋友，我怎么没见过你，你不是我们学校的吧？

王凤知道刘韶光恨死了理工大学的男生，他这么浑，又在他的地头，三句话不对付就要开打，于是赶紧走了过去："王锋你们怎么来了？"

"我听说今天是你生日。"

刘韶光一把抢过那束花，冷着脸看了一下，一把丢在了桌子上。却不料花束里还放着一个小礼物，是一只水晶球，里面是漫天雪光和公主，水晶球从盒子里滚了出来，眼看就要掉到地上，还是黄莺眼明手快，一把接住了水晶球。

"丑死了，小学生才送这种礼物呢……"刘韶光喃喃说道。

"这是我和黄莺的高中同学王锋，你别吓着人家……"王凤作势打了刘韶光一下，"你干什么啊你！你快去把蛋糕切完，分给大家吃。"

她和黄莺一起推着王锋出了休息室，悄悄说道："哎呀，今天真不凑巧，我男朋友帮我过生日，他又喝醉了，你别计较啊。"

嗯……

"这是我好朋友黄莺，这是理工大学的大好青年王锋，你们认识一下。"王凤把黄莺推给王锋，"我们俩一起长大的，她就等于我。"王锋看了一眼黄莺，迟疑地伸出手握了一下，然后转过脸又对着王凤："今晚我能和你跳一支舞吗？"王锋看着王凤，方框眼镜后的大眼睛眨巴眨巴，脸上有一种类似小狗般的绝望表情。王凤又高兴又难过，偏偏刘韶光在里面大叫起来："王凤、黄莺，快来，你们俩的蛋糕快来吃……"王凤只得慌张地拍了一下王锋的手臂："你先去那边等一等哈，我一会儿过来。"

这一会儿，就是一个小时。

刘韶光越喝越清醒，又是唱歌又是玩游戏，眼神时时刻刻落在王凤身上。王凤知道她一旦溜出去，看刘韶光这醋劲真的会追打出来，之前他为她在舞场开销过的男生还不多吗？从小房间能看到舞厅的全貌，王锋一动不动地呆在角落里，仿佛刚刚被轰炸了一番，脸上失魂落魄，他的白衬衣在激光灯下变成一种古怪的脏紫色，像一个暗夜的幽灵。王凤又有点于心不忍，于是就使了个眼色给黄莺，低声附在她耳边说："黄莺，这个外校的傻子跟过来了，我今天不能陪他，你替我去找他跳支舞，就说我今天实在抽不出空，让他早点回去吧！"

黄莺眼睛亮亮地说，好！

一直到很多年以后，王凤都记得黄莺离开她奔向舞场的欢快的背影。她的长发跳跃如黑色火焰，她身上那件白底天蓝碎花的连衣裙裙角向上飘扬，她的小白皮鞋轻快地落在地上。那时刚好满天的星斗，夜里的花椒树绿得发亮。这是第一次，王凤觉得莫名有点不是滋味。黄莺和王锋跳舞的时候，那裙子让她全身在灯光下倒泛起星星般的光点，倒是和王锋蛮合衬。王凤偷偷看了半天，心想原来黄莺跳舞也跳得不错呢，自己以前倒没注意。

有时候，有些不错的人，从你生命中走过，可是因为机缘不对，注定是过客。

王锋就是王凤生命中的过客。

他要是不是那个晚上那个点来找她,她可能不会那样待他,可是,他就来了。如果不是刘韶光喝醉了,她也可能会去陪他跳那支舞。可是,偏偏她就是脱不开身,而更想不到的是老实巴交的黄莺会把王锋给当场收服了。其实这样打发追求者的事王凤也托黄莺干过很多次,她没有一次办差过,只有这一次她截了胡。

很快,王凤就听到黄莺谈恋爱的消息,据说是一舞定情。两个人连着跳了半个晚上的舞,聊了半个晚上的天,她送他到校门口,他又送她到校门口。这些都是事后王凤听黄莺说的,她倒是也没瞒她。是啊,好朋友之间,顺手在指缝里漏一个半个男生给对方也没啥。更何况,王凤已经有了刘韶光,就像她家的书和她的裙子一样,既然她受用不了这么多,分给黄莺也没什么,多了也占地方不是?

于是这两个人倒是在王凤的眼皮子底下真的谈起了恋爱,一毕业一起分配到一个学校教书,很快就结了婚。结婚也没有请王凤,惹得王凤说了他们好几次,你们都没给介绍人送呢子短裤——湖南人做介绍是要收大礼的。

少女时代的友谊起于分享秘密,终于男人。

王凤和黄莺的友谊自从黄莺和王锋好上之后就慢慢淡了下去。谈恋爱嘛,自然是两个人天天要腻歪在一处。女人嘛,自然是重色轻友,王凤自问也没时间分给黄莺啊,又要谈恋爱又要找工作,哪有时间再像高中一样整天腻在阁楼里瞎想?那些猜来猜去的生理问题在真刀实枪的演练里显得如此的轻飘和不值一提。

有时在校园里碰上,明明在前面了,刘韶光的摩托车开过去两个人却突然没了踪影。次数多了,王凤也就知道他们有点避着她,王凤也能理解,谁让王锋一开始追的是她呢,换了谁也是有点腼腆的。

五

王凤拎着果篮走出水果店,扬手叫了一辆的士。

好久没坐过的士了,以前家里有车、有司机而且是好几部车轮着开,王凤从来没有想过要去学车。现在好了,想学也不行了,眼睛都老花了。

今天天气真好,风清气爽,的士广播出奇地应景,居然是那首熟得不能再熟悉的张德兰的《春光美》:"我们在回忆,回忆那冬天……我们眼里的春天有一种神奇啊/啊,啊,这就是春天的美丽。"黄莺是最爱这首歌的人,王凤想起她们以前在她家阁楼上听这首歌的样子,嘴角就微微扬起来。要到四十多岁回望,才知道没有出阁前的少女时代是整个人生中最无忧无虑的时代。王凤原本是那温暖阁楼上最娇俏最可爱最天真的豌豆公主,偶尔低头俯瞰人间疾苦时,黄莺已经是她能看到的人间疾苦的最低的底线。这个可怜的女孩,她爸爸酗酒窝囊,她妈妈胆小无能,她的家庭一贫如洗、到处借钱,她本人寄宿时只能吃一两饭一份白菜,瘦得像豆芽菜……太可怜了,同是十五岁少女,黄莺全面地代言了什么叫地平线以下。唉,黄叔叔跟爸爸同是一个大学毕业的同学,怎么就能差那么远呢?——可见人是讲命的,比如她王凤,前半生就什么也不用愁,好爸爸、好妈妈、好家庭,什么好事物都是打着滚撒着欢地涌到她面前让她享用,你不用还不行,你就必须得用最好的。

王凤坐在的士里一抬眼还可以看见对岸坡子街当年她和刘韶光结婚时住的那一栋白色公寓楼——怡凤台——香港人开发的楼盘。1999年一平方米要卖三千块,那时一个人一年的工资还没有三千块。那个一百多平方米的公寓是刘韶光当时的领导兼老板万豪哥买下送给他们的新婚礼物,装修得美轮美奂。全套港式家具,还带煤气和冷暖空调,整个长洲都没有见过这么阔气的新房。一推开窗,一江春水向东流,橘子洲岳麓山,要多气派有多气派。谁知道这房子后来竟然被刘韶光给抵押掉了,万豪哥更惨,怎么就进去了呢?这二十多年,真是瞬息万变啊,王凤感叹。

万豪哥当年是多么神气啊,跺跺脚长洲城都抖三抖的人物。他冬天永远一件大氅、一条白围巾,夏天永远一身中式白褂子,手里夹着一根指头粗的巴西Cohiba。这种雪茄据说是在少女的胸脯上揉成,一根就要三百块。每次看到万豪哥抽雪茄王凤的眼前浮动的就全是巴西少女的胸,不能不说这种联想严重影响了她对万豪哥的观感。其实万豪哥一直对她挺好的,甚至可以说,是过于好了。

她刚分到报社的时候出去采访，正好碰到大雨，又没带伞，又穿着一身白色裙子，正狼狈不堪的时候，一辆白色的大奔从天而降。万豪哥笑嘻嘻地打开门，把淋得几乎湿透了的她拉进了巨大的车厢。他笑嘻嘻地盯着她，递上毛巾，甚至还有一个吹风筒。他意味深长地看着她左擦右抹，看得她面红耳赤，车厢里莫名有火星闪烁，他试探地问她："我们去哪儿？"

王凤何等聪明的人，赶紧装糊涂，还能去哪儿？回家！

这一幕多少年过去，王凤也忘不了。她常常想，要是她不说回家，事情会变成什么样呢？只能说，当时的她着实太单纯了，但四十多岁的有钱男人的那种魅力对一个二十多岁的女孩是没办法形容的，所以她也能理解万豪哥身边那些永远都不重样的女孩为什么总是像春天的韭菜一样取之不尽。

有人背后说万豪哥根本就不是什么港商，不过是浏城乡下一个包工头。这是什么鬼话，所谓英雄不问出处，港商和包工头有差别吗？就算是包工头，港商有他大方豪爽吗？和万豪哥在一起吃饭最让人兴奋的节目是在吃完饭唱卡拉OK之前，他们几个男的就在平和堂的一个小巷子里打桌球，而饭桌上的女孩们就跑到平和堂买东西。万豪哥的女秘书六六坨则跟在她们后面买单，一般的规矩是一套衣服和一个包，五六千，七八千，买多了六六坨就会面有难色，跟他们混的女孩哪一个不是鬼精鬼精，大家都识相。只不过有一次王凤实在喜欢那两套衣服，她本想分开买，自己结那套衣服的钱。结果六六坨一把抢过来,低声对她说:"万总说了,你的单随便买,你喜欢什么就买什么,你和她们不一样。"

她用下巴不屑地示意了一下那些莺莺燕燕。是啊,那些女孩全是过眼烟云,只有她王凤是刘韶光的正头娘子。所以那几年饭桌上的女生来来去去,女的就只有王凤和六六坨没有变过。六六坨和万豪哥的关系王凤也跟刘韶光八卦过,你说这叫什么关系呢?万豪哥在香港有老婆,但是六六坨似乎帮着他管理着里里外外的一切,她怎么又能笑嘻嘻地面对万豪哥春风吹又生一般的诸多女友呢?刘韶光冷笑道,王凤你是真的太不谙世事了,六六坨一个韭菜园(长洲地名)高中没毕业的女孩能当万豪哥的固定女秘书就不错了,还想怎么着?她现在赚的不比谁都多?哎呀,我的凤记者,你怎么能一直这么天真?

王凤天真吗?也许吧,也许女人都比较天真。后来万豪哥出了事六六坨居然还天真地以为能捞他出来,那案子牵涉甚广,连万豪哥身边最亲的那几个兄弟也唯恐避之不及,只有六六坨还在上蹿下跳到处找人,甚至还找到了刘韶光。那时刘韶光早就没有跟万豪哥一起做生意了,他们闹掰是因为万豪哥要拿一块地,让刘韶光去找关系,但最后花了大钱没拿成,万豪哥大发雷霆,刘韶光一气之下就跑去宝庆做了个地产公司。没料到几年之后万豪哥因为行贿洗钱被抓了,六六坨跑到怡凤台,结果被刘韶光三劝两劝打发走了。临了跟六六坨说,万豪哥现在是没人救得了他了,你手上有多少钱赶紧拿起现金走人,不然连你都走不脱……

很多年以后,王凤在报社后面的一个小巷子里看到一个米粉店的老板娘长得颇有点像六六坨,身边还带着两个半大的孩子。她刚走过去想要打招呼,那女人像见了鬼一样往里屋躲。王凤转念一想,也止了步。她那时也刚离婚,久别重逢这种事只适合两个富贵闲人做,两个落魄的人能聊什么呢?大家都没忘记当年身光颈靓、挥金如土的日子,可是身处这又脏又破的米粉店,再话当年,是何等的凄凉,倒是不认也罢。

所谓人生,就是此一时彼一时。

谁能想到和万豪哥生死相依的女人到最后不过是开了一家米粉店。万豪哥当年是手面多阔落的人,刘韶光带王凤去任何一个酒吧夜总会茶楼,签的永远是万豪哥的单,结婚的房子也是万豪哥送的。万豪哥是真心真意要巴住刘韶光这个公子哥,可是刘韶光还真是一个不适合做生意的人,你要他搞搞设计、玩玩建筑都还行。当年他们的婚房,设计得温馨可爱,没让王凤操一点心。第一次见到婚房的时候,王凤看着瘦了一圈的新郎刘韶光,忍不住流下了眼泪,觉得自己嫁对了人。

是的,欣赏美的事物,刘韶光是在行的,但是做生意,他是一点天分也没有。有段时间他是发过财,但纯粹就是走狗屎运。年轻时什么好事都叫他撞上了,碰到了一个做大官的爸爸,读书的时候读的是土木工程,那时节谁能想到后来房地产这么红火？又及时和万豪哥翻了脸，走得早，没有搅和进万豪哥这桩案子里，侥幸逃过一劫。后来自己搞房地产，又正好碰对了时候，在宝庆和长洲搞的两个楼盘全部赚了大钱。时势造英雄，不光是他，他那几届学土木工程的同学全部都发财了，他们班十五周年同学见面会是在深圳湾的游艇上开的。那个深圳的同学当年也是追过自己的，因为长得丑，被王凤pass了，谁知道人家就在深圳成了大老板呢？和刘韶光离婚后，他还叫她去深圳玩。他以为她傻啊，三十八岁的女人去深圳做什么？她王凤也是见过世面的人，那些男人一翘屁股，就知道他们要拉些什么屎。

王凤眯着眼睛笑，在智商上，她还是有自信的。

只有一件事让她真的惆怅，怎么回事呢？

年轻时看着清清朗朗的男孩子，十几二十年以后怎么就变得这样面目可憎了呢？就像刘韶光，年轻时多帅。一件黑色皮衣，里面一件白衬衣，一条黑色萝卜裤子，一双马丁靴，头发长长盖过眼睛，可是眼珠子盯着人的时候会变成栗色，他做什么都对，干什么都好，风度翩翩，连抽烟的样子都好看过人。她第一次看到他的时候心一下就软了下去，什么蓝天什么白云都不存在了，只有她和他……怎么后来就变成那样一个浑身散发着酒气的恶俗中年男人呢？

王凤真想时间就永远停在他们相遇的那一年。那一年，他是建筑系的王子，她则是刚考进英语系最可爱的系花，黄莺是她最可靠最忠诚的朋友。父母追在她后面叫你出去玩，多穿点衣服啊,裙子这么短,当心膝盖着凉啊……那一年的每天都有像今天这样的阳光,清澈得可以望见千米万米外春天的山麓,碧绿中夹杂着点点桃花的粉和新叶的绿。

"我们眼里的春天,有一种神奇/啊,啊,这就是春天的美丽。"

六

车子到了万澜阁,奶白的大理石门楼配黑色高大木门,五只雪白粉嫩的小天使不知疲倦地飞翔在喷泉水雾里。这喷泉得有三十米高吧,得费多少电啊,王凤被这派头也震撼得倒吸了一口凉气。完全不是当年怡凤台那种港式的小气作风,万澜阁大门大窗大树,进了小区大门里面还一转十八圈才到E栋楼门口。大门紧闭,王凤上下打探了半天,才知道原来是要按门铃。

王凤按着微信里黄莺的指点郑重地按下去,3502。

又按一次,3502。

可是扩音器里面永远在说你拨的号码是空号,打黄莺的电话,也没有接。如此三番四次,王凤就愣在了当场,天哪,这可怎么办?如果依她往日的脾气,恨不得把果篮扔下就走,今天可断断扔不得,扔了,就没工作了。

一位九十年代正规大学毕业的天之骄子是怎么在单位闹到这步田地的,王凤真的有点恍惚,自省了一万遍,她真的没有做错任何事啊。

她们那一届毕业生的工作可是真难找，她也是左找关系右找关系才进的省城的晨报报社。那时媒体方兴未艾，王凤从小的理想就是当记者，成为法拉奇，各国政要全都要在她的凌厉诘问下垂下高贵的头颅，结果一入行才知道根本没戏。一切都只能按通稿，还不能错一个字。有一次王凤在通稿上多写了几句，还害得报社的副总连着去做了一个月的检查。

王凤受不了拘束，刚好当时晨报系统新申请了一个刊号叫《新报》，根本没有人愿意去，全是从外面招的人，王凤就报名去组建《新报》。结果《新报》一下子就做起来了，哗啦啦一下子几十万份的销量，王凤理所当然就成了副刊部的主任。《新报》是份都市报，副刊上约来的个个都是全国叫得响的专栏作家，那是王凤跑北京跑广州跑上海亲自约来的稿子。那十来年，哪一个到长洲做活动的作家、歌手见了她王凤不得亲亲热热地叫上一声凤姐，发不发稿，发多大的版，全在她一句话。

她二十八九岁就做到主任，三十岁做到编委，也算是事业女强人。曾经有一度北上广的猎头公司老打她的电话，要她去北京或者广州做媒体，她想想都拒绝了。有些是职位不满意，有些是工资不满意，关键还是因为刘韶光不同意。刘韶光说你跑去广东干什么，过几年我们就要生孩子，我公司那么忙，你难道想我找个小的吗？你要愿意，我也可以。

王凤劈面就打了他一个耳光，厉声喝道，你敢！

但是也就不去了,一个女的,在全省效益最好最出名的报纸当副主编,事业对得起自己了。家里刘韶光也给她长脸,白手起家做起了房地产公司,楼盘从宝庆又扩展到了长洲。从北京上海请人来设计所谓夏威夷度假风情园林,光是买那些热带植物就花了几十万块。王凤记得他们第一次在湖南的楼盘里种满鸡蛋花树,没想到一到冬天,长洲冷,把鸡蛋花树全都冻死了。还是她找人从泰国买了一批塑料鸡蛋花,让人一个一个粘上去,居然一点也看不出来,房子照样卖得满堂彩。那几年,刘韶光风光无限,电视里常露面,各种捐款搞慈善,哪一个报社领导见了她王凤不点头哈腰,都知道她老公手里随意漏一点宣传费就够报社吃半年的。

那真是十来年锦缎般的好日子啊,流光溢彩,惊喜连连,干什么都顺风顺水,恋爱、升职、加薪、生孩子,只可惜花无百日红——王凤现在感慨最深的就是这五个字。黄莺啊,就算你现在住着豪宅,生了二胎,和王锋夫妻恩爱,又可以一言定我生死,你也要记得花无百日红啊……

但人在兴头的时候,谁能想到这五个字,谁又愿意听这五个字呢?

正想到此,手机响了,是黄莺的电话,她的声音还是如当年一样轻声细气,只是多了一份干脆。

自从上次在高中同学聚会上见过一次,她们俩也是小两年没见了。

当时是二中在长洲的女生们组织了一个小范围的聚会,

邀约的刘露是新华书店的老总。刘露人好，常常给王凤寄书寄礼物，倒不好不给她这个面子，而且去的又是极雅的地方，是岳麓山下一个神秘高端的私房菜馆。最近这些年，王凤很少去这些地方，没有刘韶光这个富商老公，《新报》又没落，谁想得起请你吃饭呢？长洲场面上的人多精啊，多势利啊，只有刘露对她还有份真心。王凤想，闲着也是闲着，不如去见见老同学。谁知那地方奇难找，的士在山路里转了十八道弯，慌得王凤以为碰到了黑车司机，几乎要跳车了。最后天快黑了，才拐到一个山弯里，看到一湖池水，有一间小木楼，挂着红灯笼，衬着满天碧色，在落日的余晖里，像仙境，又像魔境，有一种不知福祸、不辨未来的架空感。

一进去就看见红光满面的黄莺，早听说她怀了二胎，没想到已经显肚子了，连声道恭喜。几个女同学围着黄莺就开始打起了哈哈，说我们都没得生了，黄莺你真的身体好，居然四十多了还能生。黄莺害羞地说根本没想到要生的，不知道怎么就意外怀上了，现在让生了，王锋硬是要我生，说给儿子多个伴……大家又起哄说那说明老公身体好，你们夫妻感情恩爱，我们都左手碰右手，纯纯的男女室友好多年了，你们还有意外，实现了中年夫妻的三大幸福时刻升官发财生小孩……

黄莺又红着脸说，哪里哪里。

刘露就大声说，生小孩不用说了，你升了官也不用说了，你老公发了财这件事你可瞒得我们好紧。还是深圳的同学跟我说了，说他在互联网大厂现在是副总裁级别了，手上有股权的，套现一把就是亿万富翁，说你们家有无法想象的财富……

黄莺皱着眉大声说，他就是个打工的，还无法想象的财富，你们听他们乱说，难道我还不知道吗？……

不信！不信！我们又不找你借钱，不要咯样紧张啰。

一堆女同学围着肚皮微起的黄莺，叽叽喳喳，半是恭维半是搞笑，王凤也跟在同学后面一起起哄，但到底没有很起劲。一是现在黄莺是她的上级领导，不好太放肆，二是她不习惯这种一堆人围着一个人拍马屁，以前别人不就是这样对她吗？但又不好独坐一隅，这餐饭吃得好不尴尬，走的时候大家又千叮万嘱，要黄莺生了一定要发短信，到时大家一起来看宝宝……后来黄莺倒是发了短信，说生了一个女儿，但是王凤只回了一个恭喜，女同学们约了几次，她不是正好有事，就是出差，于是这件事一拖拖到现在，拖到孩子都快一岁了，才约了来看宝宝。

其实若不是最近出了事，王凤根本就不想到黄莺家来。人家升官发财买豪宅生小孩，自己呢，离婚丢官住旧房子独身一人，去了干什么呢？徒然添堵，就像那天去那个十八道弯的鬼地方吃饭，不光打车费花了一百多块，最重要的是饭局结束的时候，大家都有车在外面候着，刘露有专车，黄莺也有专车，她们都是领导，只有她黄莺还在拼命用叫车软件叫车，没有车肯进来，后来还是黄莺实在看不过眼，硬把她拉上车，要送她回家。

王凤坐在黄莺的车里真是百般不自在，黄莺问一句，她答一句，倒不是她生分，只是朋友之间，一旦有了领导和下属的关系，所有的事情就都变了质了。朋友问你单位的领导好不好，你可以把领导乱骂一顿，现在上级领导问你单位的领导好不好，你说领导不好不就是越级告状吗？王凤混职场这么多年，这点道理还是懂的，她还想保住这份工作，虽然这份工作看起来是如此的低微——你看人生多像个转盘，一转三十年。

转来转去，王凤居然就转成了黄莺的下属，中间还隔着三四层，即使是一份低微的工作，她王凤还得上门去求黄莺来保住它，这真叫人在屋檐下，不得不低头。不过，低头就低头，王凤安慰自己，她好歹还有个这么大的靠山，黄莺刚好就分管她们报社这一条线，算是分管领导。这件事说大不大，说小不小，而且这个人情，只要她王凤肯拉得下脸来求黄莺，黄莺也应该给她的。毕竟别的不说，就算是当年大学毕业以来，她也是帮过黄莺忙的。本来那一届学历史的学生都要分下去高中教书，还是王凤找了刘韶光爸爸的一个朋友写了条子才硬把她分进一个地级市当一个三流大专的老师，如若不然，黄莺很可能就只能分到哪个乡里中学去当中学老师了。背着背包走的时候，黄莺还拉着她的手泪水涟涟地说谢谢小凤，谢谢你和韶光帮忙。就算这些都不看，哪怕看在她爸爸的面子上她也应该帮她，毕竟，高中三年吃了她王凤家三年饭,不看僧面看佛面。

果然王凤一说来看宝宝黄莺就说欢迎,马上又把地址房号发了过来。别人要见这样级别的领导可不容易,但黄莺一个微信就办成了。电话里黄莺明显心情不错,她说她刚才在喂奶,没听到她打电话。王凤说那你帮我开门啊,黄莺说我开不了门,我们小区这个设计很奇怪,要下面的访客按一个"#"号再加3502再按一个"*"号,听到铃响之后,里面的人才能给你开门。

王凤一听这"#"号、"*"号就头痛,又在门牌前面搞了半天才勉强进了门。

送个礼这么折腾,好不容易进了电梯,王凤竟然觉得自己像虚脱了一样,果篮是重得要死,衣服又穿多了,热得头发全湿了。

硕大的金光闪闪的电梯往三十二楼狂升,也不知是失重还是脱水,王凤竟然觉得真的有点晕,在那一瞬间她觉得自己突然理解了二十多年前黄莺的妈妈脸上的窘迫和累心——真的,世上只有求人是真难。

七

出得电梯,王凤在楼梯间呆愣了半晌。满目是晶光闪亮的云纹大理石,根本找不到门在哪里,要定好久的神,走过一个拐角,才看到细小的门牌号,3502。

暗黑色檀木大门镶细细的金边，半开着的，可以从缝里望到里面雪白的大理石。因为擦得太亮，再加上大厅那盏巨大的水晶灯，里面的光照得人睁不开眼。王凤感叹，原来豪宅都要搞得那么亮闪闪，其实就是要震慑来客的心神，让人臣服的。她也算是见过世面的，就算是她，还只刚到门口，居然心虚脚软起来。

　　到底要不要换鞋呢？王凤想，今天一路走了那么久，出了一脚汗，不知道臭不臭，还是红色的袜子，早知道穿凉鞋了。

　　"王凤，门口有鞋套，鞋就不用脱了。"黄莺从里屋走出来，朗声说道。她穿着一套淡蓝色的丝质睡衣，背后还放着一块吸汗的白色棉巾——倒是没有刻意打扮，人也还是细眉细眼的秀气样子，只是脸略方了一点，看人的时候，颇有威仪，这是多年官场生涯对她的改变。上次私房菜馆见面的时候，王凤就发现黄莺早就不是那个睁大眼睛听她胡扯的小女孩了，她话不多，但是句句藏着刀锋，带着护盾，倒有些拒人于千里之外的意思，这大概就叫"官腔"吧。

　　王凤在媒体这么多年，"官腔"她是见得多了，但是没想到黄莺也有官腔了。没办法，这就是屁股决定脑袋，体制是一个无形的培养舱，无论是谁，在里面待久了，都会变成它所需要的样子。不过，今天她王凤也是有备而来，怀揣着几万人民币和一对金镯子，还有她们沉甸甸的如熔积岩一样的阁楼友谊，她不信就炸不开黄莺这后天生成的官腔堡垒。

春光好

只是,她万万没想到,跟在黄莺后面出来的,竟然是十多年未见的王锋。

王锋当然也胖了一点,但是那不叫肥,叫壮。他穿着一身鲜蓝色短风衣、一条蓝色跑步裤,头上一顶深蓝色CAP帽,还戴着一副墨镜,蹦蹦跳跳做着各种热身,显然是要出门跑步。王凤模糊记得王锋原来是一个略带点羞涩露着大白牙的大男孩,现在白面书生秒变健身房教练,棕色的皮肤晒得黝黑发亮,倒比起同年龄段的男人年轻了好多岁。上次就听黄莺说她老公热衷于搞马拉松,到处跑比赛,果然运动可以改变人,比起当年那个羞羞怯怯的大男孩,他完全变了一个人,气宇轩昂,互联网大厂高管的气派,跟眼下这光芒四射的豪宅十分搭调。

黄莺神秘莫测地对王凤笑了笑,还记得我老公王锋吧?刚好在家休年假,你们也好多年不见了吧!

王凤有点心慌地敷衍道,记得记得,毕业之后就没见过了。

王锋笑嘻嘻地跑过来,像无数工作会面一样,和王凤握了握手,眼睛像扫描一样上下瞄了一遍王凤,脸色微变,王凤就觉得心里一疼。

千算万算,找了个不是周六又不是周日的平常日子,以为王锋在深圳上班不可能在家,谁知道这么凑巧,居然就撞个正着。黄莺不是跟她说王锋每到周末才回这家嘛,早知道,王凤就打扮得漂亮一点了。本来想着要请女同学帮忙,她还特意往老了打扮，穿了一件皱巴巴的灰色太空小袄子、一条黑色运动裤，粉也没打，眉也没画，头发也没去染，甚至都没好好梳，完全是想讨个同情分。这下好了，当年红衣米妮小姐的形象算是在王锋的眼里彻底垮了。

"王凤，我们当年的女神，你真的……变化大啊！"王锋笑着说。黄莺回过头就打了他手一下："王锋，我麻烦你去跑步好不好啊？不会说话你少说话，没有一句中听的。"

黄莺又过来接过王凤的果篮顺手放在地上："来，王凤，我们先去看宝宝，不要理这种不会说话的理工男……我跟你说，你今天一定要参观一下我家的阁楼，我是照着你家阁楼装修的，我太喜欢你家以前的阁楼了，一看到这个楼盘有一个阁楼，我就说一定要买，实现我少女时代的梦……"

王凤就一路跟着她木然往屋子里走，一走竟然走到洗手间，王凤说不是看宝宝吗？黄莺说现在养仔门道多，我十多年前生老大时没这么多讲究，现在的育婴师说抱小孩子之前都要消一下毒，你先到这里来，我跟你喷一下，然后你再洗个手，我们再去抱宝宝。

黄莺拿着一根大管子对着王凤前面后面喷了一下，喷得她一头烟，又拿出一瓶白色乳胶状的东西要她涂手上，再给她套了一件白色大围兜，前前后后弄了五分钟，这才算消毒好。王凤在这种摆弄里突然觉得有一点恼怒，她像有毒的人吗？看个宝宝，用得着这样防着人吗？

人在屋檐下，王凤咬紧牙关，在心里对自己说，忍！

八

"是轻伤,我真的没打她,就是想吓唬吓唬她,她鼻子流血是她自己撞到桌子的,不是我打的。"王凤翻来覆去重复着这几句话。客厅里的沙发太大,她甚至有点看不清黄莺脸上的表情,只是感到和黄莺之间像是隔了一条滔滔大河,任她怎么撕心裂肺地喊,那边都好像无法听到。

王凤颓然地想到,她们可能真的没有她想象的那么熟。

大学毕业这二十多年,断断续续见过几次面,但都是巨多人的场合,只来得及加个微信。黄莺先是分到一所地级市的理工学院当团支书,后来干脆就从了政。有一次王凤带着一堆省里的记者下基层采风,还到她挂职的县里参观过。黄莺当时是县长助理,晒得黑乎乎的,穿得灰扑扑的,白衬衣蓝裤子短头发,粉黛不施,十足的妇女主任的风格,当年在王凤莺歌燕舞启蒙之下攒下的那点洋气劲儿被消磨全无。王凤问她过得怎么样,她说比较难,因为那一任县长没读过大学,也特别不喜欢她们这种名门正派大学生出身的下属,看得出来,她在一堆男人里有点格格不入,一路小心翼翼地伺候着,晚上吃饭连上桌的份都没有,只是战战兢兢在门口打点。

王凤看不过眼,走到门口硬把她扯了过来,跟大家介绍这是她最好的朋友:"我们同吃同住了七年,三年高中、四年大学。"然后她嘟着嘴半撒娇半嗔怪对着那个大肚腩县长说："刘县长，你看看你用人太狠，我同学原来白生生漂亮的小姑娘，硬是在你这里晒成了黑炭，我看着好心疼啊。"刘县长脸色微变，看得出吓了一大跳，没想到黄莺有这等通天的关系。王凤过后又带头敬酒，刘县长，你不要让我同学晒得那么黑啊，要不然，我们回去都没心思好好写稿了。一堆记者又跟着起哄起来，刘县长说要我照顾你同学可以呀，不过你要喝三杯。喝就喝！喝酒难不倒王凤，王凤继承她爸家的优良传统，酒量奇好，半斤不在话下，她只是不爱喝而已。那场酒，把刘县长喝得畅快淋漓。后来黄莺还特地打电话感谢过王凤，说自从她那场酒后县长慢慢调整了对她的态度，如果不是关系慢慢又好转了，她可能就在那一年辞职跟着王锋去深圳了。

  世事难料，谁能想到黄莺后来的仕途如此之顺利，补选的时候因为她是女的，被派去一个地级市当管文化的副市长。她干得很不错，几个回合，居然被她运作回到省里面，成了出版集团的副总。前两年《晨报》也归到出版集团管理，黄莺就一跃成为王凤的顶头上司，这才叫山不转水转，谁能想到有这么一天呢？

  当然，黄莺当她的官，王凤也犯不着求她，《新报》山高皇帝远，王凤也自有一块地盘，记者是无冕之王——无奈形势比人强，王凤一手带大的《新报》竟然有一天会不办了。

  说起来，《新报》的好日子只持续了十年，然后经营得越来越艰难，互联网进入，报纸是最先被抛弃的。先是订报数不断萎缩,于是《新报》请了一个南方的名报人掌舵。王凤兴兴头头跟着他干了一段时间,结果发现新老总的眼睛总是盯着报社里的小女孩,搞出些不三不四的事,王凤就一万个看不上了。有一次老总带着她出去见客户,喝醉了乘乱摸王凤的手,还居然在酒桌上色眯眯地说"让我们凤美女和张总喝个交杯酒"。"陈世光,你把我当什么人了!"王凤一点面子也没给他,当场就甩杯子走人了。第二天,上至报社领导下至普通群众,全部收到她的电子邮件,闹得这个陈姓老总灰头土脸卷铺盖走人。

再后来,又是斗转星移的十来年,《新报》几起几落,越发凋零,最后沦落到发脚癣广告的地步。当然,再怎么样,王凤的位置自岿然不动,她的文凭过硬,又是创业元老,谁能动得了她?只是《新报》的规模越来越小,收入也越来越低,编辑记者一减再减,最后只剩三五个人,编着三五张完全没有人看的报纸,甚至编委还要出门拉广告。王凤哪里是拉广告的人,这一生,只有人求她,没有她求人,她根本就张不开这个口。原来倒是刘韶光的地产公司随便给个年单,就够他们《新报》维持一年的。谁想刘韶光公司又垮了,再加上扯皮离婚这些破事,再后来就是父亲去世……王凤料理完父亲的丧事回来就像丢了魂一样,头发白了一半,变了一个人。

她再也提不起精神去参加那些毫无意义的会,也再也没有心气去和一任又一任的新主编周旋。有时开着开着会就满脸泪水，把一屋子人吓得不轻。慢慢地，就有些风言风语传出去，还是和王凤相熟多年的老财务提醒她说，新主编对她很不满意，老在社长那里告她的状。

王凤想着当这个穷地方的破编委也没什么意义，收入还没有《晨报》一个老编辑高，于是就申请回母报。社长见她缠得紧，就跟她说晨报社现在编制紧，没有位置给你。王凤说，我还要什么位子，去文化版当个普通编辑就好，过几年等退休。我儿子在美国，我退休就去美国找他，给他带孙。

禁不住她左磨右磨，最后总算是安排了一个晨报文化部副主任的位子给她，纯粹是面子。因为副主任有三四个，全是她这样等退休的资深职员，大家都不怎么上班，就是混日子。

"也没什么不好，至少图个清闲。"王凤安慰自己。巧的是她回晨报社的办公室还是当年她来晨报社时的那间屋子，连桌子都没变，当年她坐这桌子的时候是二十二岁如花似玉的小姑娘，二十年以后，已然是头发半白的中年妇人。以前青春气盛的她走进办公室，走路带风背后带彩，从背后的热度都能感觉到同事的目光像聚光灯一样打过来，照得心里亮堂堂的。现在只觉得同事的目光诡异得像狼，虽然看上去没人看她，但王凤能感觉得到背后发凉。

他们都恨她。

王凤知道，晨报社完全是上面拨款的单位，多一个编制同事们就少分几千块奖金。有一次路过茶水间，王凤还听见两个年轻同事在骂她:"又多一个老妖婆,占着茅坑不拉屎,活全我们干,工资奖金倒是照拿。"

王凤何曾吃过这等亏,走过去一腿就把纯净水台子踢翻,又把桌子上同事们中午吃饭用的碗筷全都扫落在地,乒乒乓乓一阵响,地上红的黑的再加剩茶剩菜,把两个同事吓得目瞪口呆。王凤拿起桌子上开着瓶盖的剁辣椒就往两个同事身上泼,破口大骂:"老娘在二十年前帮《晨报》打天下的时候你们还在吃屎呢,你们这些小人,只敢在背后骂人……"

现场之骇人,创了报社三十年的纪录,同事们虽然披红挂绿,但也没有受伤。报社领导知道请了尊难惹的菩萨,但是请神容易送神难,再加上文化部主任是以前王凤带过的实习生,他也怕她,此事就此不了了之。

九

自此,在办公室王凤就落了单,倒是没有人敢议论她了,但是人人看她眼睛都不对了,王凤也不以为意。自从父亲死后,她就觉得这世间再也没有什么事可以伤到她了。

但她还是小看了这个世界。

苦日子还是在罗小蕾来了以后。

罗小蕾是出版集团空降到晨报报社的新社长,出版集团里也分好多派系,斗得如火如荼。这个姓罗的据说是哪个领导的侄女,她那一派斗输了,被下放到了报社。所谓上面神仙打架,下面百姓遭殃。原本王凤盘算着再熬个两年就搞个病退,哪里知道这个罗社长上任三把火,硬是要推行什么淘汰制,淘汰的人只拿百分之七十的工资,没有奖金。要知道,他们报社主要的收入是在奖金这一块,四千来块工资还要打七折,在长洲是真的活不下去。

白痴都知道在他们文化部一投票,当然就是淘汰她啊。王凤跑到退休的老社长家里哭诉,老社长说他也没办法,现在罗社长不买他的账,然后就说自己累了要休息。老社长的老婆脸色尤其不好,嘀嘀咕咕说老社长病了没来关心,被人骗了钱追不回来,倒是这些麻烦事来家里哭……王凤心中有愧,自己平时不烧香,不来老社长家走动,出了事谁管你呢?……刘韶光在的时候倒是来烧过香,可惜后来他搞集资骗人钱一把都把人得罪光了,本来就欠人家一个人情,哪里还有脸叫人家帮忙呢?

只能靠自己了,晨报这么多年没有对建社元老下过狠手。文化单位嘛,最多不过就闲置,工资还是照发,不上班而已。其实就是养着,王凤不信罗小蕾就敢开这个先例。

可是坏消息如约而至,王凤在听到宣布她淘汰的消息之后,就跑到罗小蕾的办公室大闹,拍着桌大吼:"我是单位的正式编制,创办了《新报》,没有功劳也有苦劳,报社不能把这样一个老臣子就丢到保管室,我是正正规规南湖大学的本科生……"

罗小蕾冷笑着说，本科生就不要拿来说了，现在集团非硕士不让进了。

王凤又说，凭什么安排我去保管室？罗小蕾说本来想安排你去工会，但你和同事们的关系都不好，又不是党员……王凤说我堂堂南湖大学正规本科生，我坚决不去保管室，如果要我去，出了什么事你们负全部责任……

"你能出什么事？发神经啊！我这人什么都怕，就是不怕发神经。"罗小蕾出了名的不怕邪，但是她没有想到王凤发起神经来，也够她喝一壶的。王凤冷静地抄起桌上的笔记本电脑就扔了过去，罗小蕾被她扔了一个冷不防的，人就想往外走，王凤又捉住电脑的电线，狠命横拉过去，罗小蕾被电线绊倒，一个跟跄脸就磕到了桌角，直挺挺摔在地上，鼻子里的血已经流了一脸。

"是轻伤，我真的没打她，就是想吓唬吓唬她，她鼻子流血是她自己撞到桌子的，不是我打的。"王凤又说一次——她确实太轻敌了，她没想到罗小蕾真的那么泼，马上报了警，又住了院，各种做检查，号称被打成了脑震荡。

"书记劝我认错，说这样不会处理我。结果检查费九千多我也赔了，到医院赔礼道歉我也做了，可是姓罗的还是不放过我。昨天我们书记说她已经报告集团说要开除我，这几天就要决定了，所以我才来找你想想办法——我还有两年就可以内退了。前几年我爸去世以后，我妈得了老年痴呆，我真的不能没有这份工作啊，小莺，你帮帮我吧！"王凤带着哭腔说，"要不是没有办法，我真的不会来找你，你知道我一辈子都没求过人……"

可是王凤看不懂此时黄莺脸上的表情，是不是当久了官的人就是脸上不会透出半点信息呢？王凤心想要不要豁出去趁着哭腔给她来一个震撼的双膝跪地时，跑完步的王锋打开门冲了进来，"还在聊呢你们……"

黄莺好像突然看到救星一样，招手叫王锋过来："过来过来，来给王凤出出主意。唉，王凤你这件事还真的麻烦，众目睽睽之下冲上去打了领导，还流了血，性质很恶劣。罗小蕾这个人又是个犟脾气，这件事难办啊……单位的人都知道，她向来跟我不和，我真的不太好出面啊……"

王锋拿着擦汗的毛巾坐下来："王凤，依我说，你这工作不要也罢，我当年也是从公务员辞职去了深圳，你看现在不是蛮好？"

王凤苦笑道："你辞职那时多年轻啊，我四十几岁的人了，谁还要我啊。而且这是长洲，不比你们深圳那种大码头，根本找不到工作。你要为我想一想，我在晨报社待了这么些年，再过两年我就可以拿全额退休金退休了。在长洲，一两万不是小数目，当然，你老总不知道我们小老百姓的苦……"

"话不是这么讲的，"王锋哈哈大笑打断了她的诉苦，"我也是老百姓，我觉得这件事上吃个教训也好，你也要反省反省自己的脾气……"

一口气从脚底涌上来,抵住了王凤的喉管子,让她几乎出不了声。

她怒目圆睁,霍地站了起来,倒把黄莺夫妇吓了一跳,"黄莺,王锋,我一生就求你们这一次,这次你帮了我,我下辈子给你做牛做马,如果帮不到的话,我就只有去跳楼了。"

"跳什么楼,不要讲这种气话,好日子在后头。"王锋说,"按我说,你减减肥,收拾收拾,再找个男朋友,别一个人越过越独。当年你可是英语系的系花啊,你看你现在成什么样子了……"黄莺看着王凤的脸越来越白,啪地打了老公一下:"王锋,你扯哪里去了你……"

"好好好,讲错了,讲错了,我走了我走了。"王锋顺势站了起来,蹦着跳着就走了。

看着这么嘻嘻哈哈耍花腔的夫妻,王凤凄然一笑,说:"那你们忙啊,我走了。"

电梯快到的时候,王凤突然转过身对送她出门的黄莺悄悄说:"果篮里有一个红包和一对金镯子,是我给小宝宝的见面礼,收好,别让保姆拿了哈。"

黄莺大惊说那怎么行。趁着她急急回去找果篮的当儿,王凤三步并作两步扑进了刚好上来的电梯,按上关门键。

屏幕显示到了十八楼,王凤才低低地吼出一声。她的两个拳头握得紧紧的,走到家里时,都没有松开。

十

无论多晚睡,早上七点就会准时醒来,四十岁以后就是这一点不好,无法睡懒觉了。

有时下意识走到厨房做早餐,进了黑乎乎的厨房时王凤才想起,家里根本没有人需要她做早餐了。这间房子只有她一个人了,如果被辞退,就每天都是一个人了,在这个黑乎乎的二楼里,永永远远一个人了。

一个人,王凤不介意,这么多年,她习惯了一个人。以前她漂亮,她有钱,别人嫉妒她,她是一个人上班下班,后来她老了,离婚了,没钱了,别人看不起她,她也是一个人上班下班。好也是一个人,坏也是一个人,有啥好说的,活在人群里就是这样,永远是一个人。

无非都是憎人富贵嫌人贫,哪有人见得了别人的好?像她看到黄莺混得这么好,心里面也不是不好过吗?用长洲话来说就是揪酸的。而且这个黄莺,她好像所有的事都对着她来的:王凤想儿子的时候,黄莺就在朋友圈放她二胎女儿的照片,那么可爱那么爱笑的一个宝贝。本来王凤最爱看小婴儿的照片,可是一想到自己的儿子被刘韶光带到不知道哪里去了,她就没法看别人的小孩了。她王凤一个人在家无聊得要死。洗脚睡觉时,就能看见黄莺又发照片说她又参加了什么会和各种名人的合影……你说说,这个人怎么那么多好事啊,今天搬新屋,还是顶楼复式,明天大儿考到国外名校,后天老公的公司又上了财富榜，没完没了。有好事你就偷着乐好了，你还要满世界宣扬，满世界宣扬你就宣扬好了，你还偏在我睡前看朋友圈的时段发，生怕我看不见。有时还要刻意让我看见，你真的脑子进了水——后来王凤干脆把她屏蔽了。

但是后来又不得不把她从黑名单里放出来，因为黄莺在微信上问她，凤，我有什么事得罪你了吗，你怎么要屏蔽我？

你看，讨嫌的人就是这样讨嫌，连你讨嫌她都不允许。你说她霸不霸道，但毕竟如今她是她上司的上司的上司，得罪不起，慌得王凤赶紧解释是操作错了。其实，她哪用得着得罪她，她活着这个存在，已然是得罪了。王凤想黄莺到底还是没有过过好日子，你要年轻时过过好日子，你就知道你过得越好就越不应该告诉别人。你过得好的时候，笑声就要小一点，这不是招人讨嫌吗？

还是一个人清静，王凤一个人在家时，不太煮饭，经常黑着灯，一坐就是半天，想什么呢？最常想起的就是年轻时的美好时光。

那个时代的刘韶光，多帅，多意气风发。读大学的时候天天开着一辆不知来路的走私哈雷黑色摩托，毕了业回来找她时老开一辆银灰色的桑塔纳，再过两年又换了一辆金色皇冠。刘韶光比王凤早一年毕业，进了规划局，后来万豪哥要他去，他又下海去搞房地产，年纪轻轻就是房地产公司的经理。后来自己办起了公司,他是真正走得起海路的长洲满哥。但是即便是这样的长洲满哥,也是认认真真追了王凤五年,风风光光办了一场婚礼,那时谁不说他们天生一对,郎才女貌呢?

但是男人变坏起来可真是快,才几年的工夫,刘韶光就坠落成了一个神经病。他天天说要搞钱,跟疯了一样,不回家,天天泡在夜总会,肚子也起来了。和别人合伙搞高尔夫球场,又搞集资,报社好多同事都被他忽悠入了股,有的几万块,有的几十万块,都是想拿高息的人。王凤总觉得不对劲,果然,就出了事。

刘韶光出事是在2012年,拖累了一圈人,欠了那么多债,害得连王凤娘家都被人泼红漆。那几年真是活得胆战心惊,刘韶光突然就失踪了,后来才知道是躲到马来西亚好几个月,把王凤丢到热锅上煎熬。那是王凤人生第一次知道追债是怎样的吓人,几个人坐在你家里,吃喝拉撒,默默无言,专等孩子回来,在厨房剁杀一只鸡,鸡头跳几跳,鸡身满屋疯走,跑到客厅,客厅摆着娇嫩的苹果绿的布艺沙发,那只无头鸡胡乱地碰在布艺沙发上。墙壁上,血溅得到处都是,这里一团,那里一堆,深红的血喷在娇嫩的苹果绿上,简直像一个幼儿园的血案现场,恐怖中带着一点搞笑,搞笑中又带着一种深深的荒唐。

王凤当场就吓晕了,晕血也晕人。醒来以后,她就拿了一把刀,疯了一样地砍那些人:"我没钱,我没钱,你们去找刘韶光,你们不能欺负孤儿寡母。"

真是造孽,那几年不知道是怎么熬过来的,头发大把大把地掉。吃了安眠药也没办法睡着,眼睛永远睁着,走在路上总感觉有人在后面跟踪她。

事实上也真是有人跟踪她,到现在也不知道是哪些人。这些来无影去无踪的人把她吓得躲在报社不敢回来,还是她爸爸过来守着她过了几个月。

所以婚是王凤坚决要离的,不得不离,谁知道刘韶光还能搞出什么花样来。刘韶光说他要出国投奔他哥,孩子是刘家的独苗,他一定要带走。走就走吧,总比在国内这样担惊受怕的好。孩子一年寄回一张明信片,没有地址,摸着明信片上"妈妈"两个字,王凤眼泪就流个不停。她没办法,她保护不了他,谁让他摊上一个这样的爹呢?

如果说人生真的有什么过不去的坎,那就是2015年父亲的死。她从来没想到爸爸身体那么好会得肺癌。他一病,妈妈就崩溃了,什么都做不了,只是躺在床上说头晕,不肯去医院照顾爸爸,她说她一进医院就腿软。

王凤明白妈妈其实就是不肯面对,妈妈不肯去,那就只有王凤自己去。她请了长假,从长洲搬到湘阴,跑了半年医院。别的倒没什么,就是天天想搞钱,因为爸爸的病没有大碍,就是要买进口的神药吉非替尼,一粒一千,一个月三十万块。王凤一生没有差过钱,只有那半年像疯了一样到处借钱,但是哪里借得到?刘韶光把能借的人都得罪光了。

爸爸很快就走了，火化的那天，天灰蒙蒙的。她抱着骨灰盒回家的时候，又是疲倦又有点开心，嘴里喃喃自语："爸爸，回家了，终于结束了，终于结束了，我们的苦日子终于结束了。"

爸爸的苦日子结束了，但她的苦日子并没有结束。妈妈越来越糊涂了，天天自言自语，有一次还爬到阁楼上跑到阳台上唱歌。王凤没有办法，只好把阁楼焊死，派了一个保姆日夜看护着。

她一个月回去看一次妈妈，看一次回来的心情就更恶劣。如果她退休了，她现在立即就可以搬回湘阴去和妈妈住在一起，但是她无法想象和一个瘦得如鸡、每天喃喃自语的七十岁女人如何相处。她跟妈妈一直不太对付，妈妈像爸爸的大女儿，她像爸爸的小女儿，她们在一起总是吵。而且最重要的是，她从来没有照顾过人，她的儿子是婆婆带大的，她连自己都照顾不好，这几年是好不容易学会了做饭和搞卫生。

王凤原来的打算是熬到四十五岁可以内退，拿着一份不错的工资，然后再找个老实人结个婚。她甚至想到了最差的结局，实在不行，就跟水果店的老李。老李老婆死了几年了，有了那份一万二千块的退休工资，不怕他不待她如菩萨。

可是这份工资也没了。

从黄莺家回来的第五天，也是一个周一。早上她刚准备

春光好 249

好午餐放进保温盒,要去上班,就收到人事处的电话,要她回去结算工资,说她还可以领两万块补休工资,但是和单位就没有关系了。

也就是说她被开除了,生活把它最后一层鸭绒被也抽走了。

黄莺果然没有帮她,她早就应该知道,那天上门简直是自取其辱啊。她从见到她的第一秒就知道她不会帮她,可是千不该啊万不该,你不帮我,你不要嘲笑我啊!吃了我家三年饭,甚至还救过你的命,可是你转脸就不认人。她打着她的官腔和她那个有钱老公一起嘲笑她,嘲笑她的失意,嘲笑她的老,嘲笑她的潦倒,嘲笑她的无能,嘲笑她的蠢。

十一

太熟的人,吵架在电话里比较容易进行,因为那好像是另外一个时空里的故事。

"王凤,你不要生气,不是我不帮你,这件事是党委会决定的,我一个人也做不了主,五个人有四个人说坚决要开除,我再反对也没有用。王凤,你要理解我的难处,你想一下,不可能我为了你的事我把工作不要了吧?……"

"……那你为什么要跟高中群里的人说我的事?"

"我没说啊。"

"你说谎,你跟刘露和吉娜说了。你说我神经质,打领导,所以被单位开除了。"

"……不好意思,小凤,她们问,我就答了几句,没有恶意的。"

"黄莺,你不帮我就算了,要给我留一点面子吧,你让我回老家都没法见同学了……"

"对不起,对不起,我多嘴了,真的对不起,以后别人问你的事,我一句话也不说了。"

"你记得以后真的不能说我的事了,一句也不能说了。"王凤的声调突然一转,像是突然想开了,变得轻快和高昂起来,"没事,这工作我也干厌了,早就想走了,我要去美国看儿子了,我解脱了,还要感谢你呢。"

黄莺窘迫地笑道:"你这样想就好,有什么困难你和我说,我能帮的一定帮。对了,你上次给我的红包和金镯子,你看是我给你送回去,还是寄给你?"

"不用了,我去拿,上次你不是说你家的楼房有个阁楼嘛,你说照着我家阁楼做的,我这次想去看看。"

王凤最后一次到黄莺家来是空手来的,临走的时候,她还去老李的水果店转了一圈:"小李小李,我要走了,我拿你几个橘子哈。"

"你拿你拿。"李老板堆着笑说。

她一路走一路吃橘子,二十分钟的路倒走了四十分钟,一身的热气。啊,走路真快乐,而且还让人不长肉,王凤想当初应该多走路。

熟门熟路上了楼，黄莺已经在家里候着了，穿着旧色的睡衣，一如当年在王凤家阁楼里周末的打扮。王凤这一回才细看，大厅原是落地玻璃，嵌着一天一地一江，倒像是一幅大画，只不过是活的。傍晚时云蒸霞蔚、气势磅礴，而对面那灯火阑珊处倒恰好是王凤年轻时生活了十来年的地方，看着还真是有点眼热。

以前我在对岸看你，如今你在此岸看我，人生真是太快了，一转眼，世界就掉转了个儿。

黄莺一手拿着红包和金器盒子，一手拿了一盒燕窝，"对不起，王凤，没有帮到你，这燕窝你拿回去补身体……"她红着脸说，"其实我的权力也很有限。"

王凤止住她的话头，"今天不说这些不愉快的事，只叙旧。"

"那好，叙旧，叙旧。"

"去阁楼上聊吧，春天了，也暖和。"

王凤上得楼来，环顾一周，发现黄莺几乎是照着她的装修复制了一个阁楼，果然是真的喜欢。"原来你对我家阁楼一直这么挂念，记得比人深。"王凤说。

黄莺又红了脸。

她在阁楼上放上水果和咖啡，是王凤当年最喜欢的牌子，两个人同时念出来，滴滴香浓，意犹未尽。"你还别说，这个牌子的咖啡现在蛮难找，"黄莺说，"没几个店有卖。"

"我现在不喝咖啡了,喝了睡不着。"王凤坐稳,打打身上的灰,随意闲扯,"其实黄莺啊,我蛮想问你,高中的时候,你每周到我家来,开不开心啊?"

"嗯……"黄莺沉吟半晌,"晚上熬夜躲在你家阁楼上看书的时候最开心。"

"其他时候不开心啊?"

"也不是不开心,就是觉得好紧张。去别人家里做客,肯定是很紧张的,特别是你爸又对我那么好,所以我妈要我格外懂事,不要惹人不高兴。所以我跟你们在一起的时候,都特别小心。"

王凤淡淡一笑:"我好傻,我一直以为你在我家玩得特别开心,你是我最好的朋友。"

"王凤,你什么都好,就是不太知道人心,吃你剩下的半边蛋糕,穿你不要的裙子,其实没有那么开心。你记得吗,我有次在你家吃多了,害得你妈没饭吃那次?"

"不记得了。"

"你肯定忘了,我永远记得。唉,那个时候学校伙食实在太差了,实在是饿,没忍住,结果闹了笑话。这件事导致我后来一直在你家不敢吃饱饭,我怕你们笑我。"

黄莺的眼睛亮晶晶地看着王凤,在这一刻,王凤突然明白了一点,原来每个人回忆里的世界是不一样,她记忆里的清风明月,在别人脑子里不过是一场沸反盈天。只有她这个傻瓜,才以为人和人看到的、记得的事是一样的。

"那你觉得我家谁对你最好?"

"你爸。"

"你知道他是怎么去世的吗?"

"肺癌。"

"他是跳楼去世的。本来他可以不死的,但是他要吃的靶向药叫吉非替尼,一粒一千,一个月三十万,他知道我拿不出这么多钱,他是为了不让我为难。"

王凤的眼睛也亮晶晶地盯牢黄莺。黄莺满脸惊愕,也不知如何接话,只好两两相对无言。

大约过了三五分钟,王凤说:"这里气闷,不如去阳台坐坐。哎,你阳台上也放了高脚凳啊,以前我记得你就最爱坐这张高脚凳。"

"是啊,我喜欢坐高脚凳上看风景,喝咖啡,望远方,有书看,有歌听,那时,你活得像个公主……"黄莺走过去,坐上了凳子,"真的,少女时代最让我记忆深刻的一个瞬间,就是我们在阳台上听《春光美》,你拿着一节甘蔗做话筒,我们一起合唱《春光美》……"

王凤突然就放声唱起来:"我们在回忆,回忆那过去……"黄莺出神地听着,一如当年,唱到高潮处,她忍不住也应和起来,"啊,啊,啊,我们眼里的春天,有一种神奇/啊,这就是春天的美丽。"

她抱着膝盖陶醉地唱着,身体歪向栏杆外,几乎同三十年前一模一样。王凤问自己,如果时光穿越,让我再选,我还会拉住她吗？是啊，要是当年不拉住她就好了，这一切悲惨的事就不会发生了。王凤抬头看了一眼楼顶，倒是没有装监控，她飞快地跨了一步，用力推了一下，黄莺就掉了出去。

王凤用同三十年前一样的声音大叫："啊，黄莺，你小心！"

十二

也不知过了多久，听到了砰的一声闷响。

王凤浑身发抖，探头往下一看，黄莺就跌坐在楼下大阳台的白色藤椅上，眼睛睁得巨大，两人对视的时候，都吓呆了。

Oh，shit！黄莺说过她家是顶楼复式，她居然忘了。

都会·流年

　　刚来的时候，只觉得这里热，每天午后几乎都有一场大雨，空气里水分饱满。人们追着TVB电视剧，说着鸟语，街上人流如梭，每一家酒楼里的生意都奇好，奇怪的人来来去去。

地 税 员

局长一句"换工作",龙艳华就把战斗了几十年的阵地失去了。

工作了二十八年,地税员龙艳华才第一次被局长召见,只见了五分钟,第二天她就疯了。

她疯的表现是早上在食堂吃早餐的时候,哈哈大笑起来:"看,皮蛋瘦肉粥里有一只蟑螂……"大家走过去一看,碗里除了几粒饭和一点粥的残渣,什么也没有。

龙艳华一直在笑,眼睛出奇地亮:"有蟑螂,有蟑螂……想不到吧有蟑螂……"区地税局食堂的饭菜有口皆碑地好,鸡蛋面条油条皮蛋瘦肉粥什么都有,你吃再多也才三块钱。地税局的人赶天赶地都要赶回单位吃早餐,外面吃十几块钱也未必能吃得这么好。这么好的福利怎么舍得放手,而这么好的福利食堂里怎么会有蟑螂呢?

再说了,这家食堂是人事科的王科长家二叔的老婆承包的，就是有蟑螂也不能说，你怎么就这么大声地说出来，不想年终奖的时候拿到平均奖吗？神经病，何况真的没蟑螂——这个龙艳华真是神经了。

可是大家一看龙艳华的眼睛都有点怕，她的眼睛太亮了，亮得有点像只微型千瓦钨丝灯泡。是的，昨天局长叫她不要分管解放路那条食街，她肯定受刺激了——可是谁没受刺激？新来的局长是外地调来的，局里刚刚进了大批人，已经换了好几个老人的工作了。你龙艳华算老几，在地税局干了二十八年又怎么样，还不是个普通科员？你自己又有钱，城里头的房子起了一栋拿出去放租，每个月收多少钱，也够了，管那条食街你还捞得少啊，换换有什么了不起的呢？也该换了。

但是龙艳华到底是个小女人，她还是想不通，她想不通就疯了。她想不通的原因大家也理解，你想想看，她这二十八年多么兢兢业业，税务局的满勤奖每年她都拿，每天的行程准确得像一只表：早上六点半闹钟一响，她就在响第五下的时候翻身起床，刷牙洗脸，打扫里外，收拾房间七点半之前，把粥和面包、应季小菜摆在桌子上，叫老公和儿子起来吃。从家到单位五分钟路，她数过一共要走一千二百二十八步，八点钟准时到单位吃完皮蛋瘦肉粥就去换装，换完装就和协管员小刘去下面走走。中午有人请就在外面馆子里吃饭，多半都有人请。没人请就自己回家随便搞一点，睡个中觉，下午有事就去，没有事就在家里看电视，反正家里离单位近，喊一声就到了。

大家都混日子，龙艳华不是里面最混的，她至少没有跟别人去打麻将嘛。

同事们都知道龙艳华是贤妻良母，她晚上从来不去应酬，铁定要回家，准备一天当中最隆重的一餐饭菜——晚饭，因为老公和儿子要回家。准时四点半洗菜择菜洗米煮饭，六点半儿子放学回来，饭菜已经摆上桌，三菜一汤，荤素搭配。从来不请保姆，用她的健康住家饭把儿子和老公养得肥肥白白，家庭安定，工作也负责啊。虽然说也拿点、吃点，但她龙艳华从来就不是最贪的那一个，不像有些人那么狠，所以她在她管的那条食街走过去的时候是有人和她打招呼的，别的税务局的人，你看走过去有人上前打招呼不？没有，只有龙艳华，大家心里是有数的。

这条食街上有多少她的熟人，她看着他们从一无所有到发财致富，那个做私房菜的李大牛要不是她手下留情，早就关门了。那富春面店老是没有账本的女老板，她看她孤儿寡母，少罚了她多少钱。那个做火烧生意的张胖子要不是她说算了，哪里有今天的好生意？他承她的情，答应过几天给她搞一张原木大台子……可是，局长一句"换工作"龙艳华就把战斗了十几年的阵地失去了。这阵地里多少人脉，多少利益，多少情义，多少说不清道不明的牵扯关系，那全都是用时间、精力、拉扯、制衡换回来的滋润和如鱼得水的自在，你说换就换啊？

可是你一个普通科员怎么跟局长急嘛,局长叫你不要干了你就得停下来,你难道能跳得上天去啊?就算是龙艳华的科长在局长的办公室还不是像条哈巴狗一样弯着腰,有什么想不通的呢?你想不通你就自己去死嘛,你死不了嘛,你就只好疯了。所以,想不开的龙艳华就疯了,她疯了一天又一天,疯了一个星期又一个星期。她总是无缘无故地笑,她总是在办公室喃喃自语,她有时会无缘无故走到某个人面前给他鞠一躬,说:"我以前对不起你,做错了很多事。"她有时会在某人背后狠狠地吐一口痰,说:"死扑街。"

有一天,她在局长后面吐痰被局长发现了,局长很不高兴,你龙艳华吐谁的痰都可以,干吗吐我的痰啊?我是领导啊,我还治不了你这个小土豆啊。局长觉得这件事得处理一下,就找了龙艳华的科长:"要关心同事的精神状态嘛,啊,你是科长嘛。"科长半边屁股坐在局长的沙发上听了半天训,脑子飞速地想办法,怎么办呢?龙艳华不迟到也不早退,早早把科里交代的事办完了,你有什么办法去关心她呢?

科长想了半天就找她聊天,问她身体好不好,要不要去疗养院休息一段时间。龙艳华的眼睛就又亮了,亮得比灯泡还亮,她脸上潮红说她身体可好得很,她不喜欢回家待着,回家待着,闷……为了这个原因她隔几天还弄了一份医院的体检报告来,对科长说你看我血压心脏血脂胆固醇什么都正常。我在税务局上了二十八年班了,不能说不要就不要我了……

话都说到这个份上了,也就没法说下去了,科长也犯了难了。他翻过龙艳华的业务记事本,也查过她的账,清清楚楚,到底是干了二十八年的老税务了,会犯什么大错误?你总不可能因为她吃早餐的时候一个人笑开除她吧,你总不可能因为她在背后吐痰就让她内退吧。再加上龙艳华那也不是一般人啊,她家是佛山的,咏春世家,桌子抽屉里长年放着一把锃光瓦亮的红穗大刀。是,那刀是假的,是用来表演的,但也是铁片啊,又那么锋利,用来让脑袋上割个口子流点血还是足够的。闲时她还拿出来舞一舞,谁没事得罪她啊?她既然敢吐局长的痰,她既然敢在办公室舞一下她的刀,那她就明显是不怕的啦。

怎么办呢?总不能老让她在局长后面吐痰啊,孔子说得对啊,唯小人与女子难养也。科长想了一晚,龙艳华这个女人不懂事想不通,难道她的男人也想不通吗?她的老公难道也没发现老婆疯了吗?这件事只有一个办法,让家属做工作。

科长让人事科把龙艳华老公的电话找来。据说龙艳华的老公可是绝世好老公,又会赚钱又对老婆好,天天给她买衣服买首饰,税务局里就数龙艳华的衣服最多。虽然说那些衣服都亮闪闪的,但你说一个私企老板的品位能高到哪里去?科长满腹希望地打去电话,可是电话怎么也打不通,可能龙艳华的老公换了电话了。

为了这件事科长只好勉强做了一回侦探，悄悄地在上班时间跑到龙艳华家，假装是龙艳华的同学。老城区就是这样好，邻里之间特别熟，还没十分钟，龙艳华的邻居就把龙艳华家的老底给揭了个底朝天。她的老公开厂在外面包二奶，"她老公啊，早两年就搬出去住了，离没离婚不知道，但是早就没回家啦"。

那龙艳华的儿子呢？

"儿子也回得少，听说在外面玩也没工作，全靠龙艳华养着呢！"

科长这才知道这个平时根本让人注意不到的龙艳华后面的水这么深。问题是，她可从来没有在单位说过一句离婚的事，天天说自己老公买钻石给她，儿子在学着做生意家里红火得不得了。科长一想到此就打了个寒战，想起龙艳华那把刀，亮光一闪，就止住了念头。

所以，有关龙艳华能不能继续上班的小风波就过去了。

上了二十八年班，总不能不让她继续上班吧。局长叹了口气说。

科长也安慰大家，疯着疯着就习惯了，不要大惊小怪。

也是，习惯了就好了嘛，班，还是要上的嘛，又不是什么了不得的事，不过就是想不开疯了嘛。

所以，龙艳华还是好好地上着她的班，只是她再在食堂里大叫"看，皮蛋瘦肉粥里有一只蟑螂……"时，大家都不围拢去看了。龙艳华见没人理她，就只好放下碗，端详碗里的几粒饭，讪讪地笑道："明明是有一只蟑螂嘛。"

早晨的阳光从窗户外射进来，均匀地铺进每一块方砖里，一片死寂。

大 罗

越是不被注意越好,他总是这样想。

大罗是个公务员。

他这个人有什么特点呢?嗯,他这个人的特点就是没有特点。

他就是一个戴金丝眼镜,中等身材,理着平头,最平常不过的四十四岁湖南男人。

他家住在棠下,上班在天河。

为了省钱,他天天骑车上下班。当然,他说他不是为了省钱,他只是不想挤公交车。广州太热,公交车太挤,他说他受不了狐臭。

骑车上班别的都好,免不了要骑出一身热汗,所以还得先去洗手间里洗个澡。同事们都说他是为了免费蹭局里洗手间的水洗澡,连沐浴液都舍不得买,用的是平时出差从旅馆顺的那些小肥皂，和塑料拖鞋放在一起，糊成一坨子，看起来就不清爽。

他永远是夏天一件白衬衣、一条黑裤子，冬天再在上面加一件夹克。广州冬天不冷，一件夹克就能过冬。鞋子也就是那么一双，跟都磨歪了也舍不得买新的。"大罗，甘孤寒唔知挪来做乜（这么小气不知道为什么）？"同事们背后议论他，但也不敢当面笑话，他跟谁都不熟的样子，一年到头说不了几句话。

上班二十年，勉强升了个处长，就再也升不上去了。他也不去争，他没后台也没人脉，一个湖南乡下的孩子能有啥后台、人脉？再努力也是空的。十年前，他就明白这一点了，人哪，不能太贪心，普普通通一辈子不出事已经是幸福人生了。

大学毕业他分到水务局。普普通通的长相，普普通通的才华，找了个普普通通的女人，结了个普普通通的婚，生了个普普通通的孩子，一切都普通得不能再普通。

越是不被注意越好，他总是这样想。

他不喜欢别人表扬他，因为一表扬就会有祸事。比如小时候他的同学们就会恨他，笑他。况且他成绩好不是老师们说的那些大词，而是那是唯一一条通向吃饱饭的路径：成绩好就可以考大学，考上大学就可以有工作，有工作就会有饭吃，有饭吃就不会挨饿——他见过吃不饱的人，知道他们什么事都可以做得出来，亲兄弟都可以为了吃饱饭把脑门打开,血乎拉碴。那种打法太残忍了,也实在太蠢,他瞧不起。他聪明,他一早就摸到能吃到饭的规则,就是不声不响守在一旁,绝不做第一个去拿勺子的人,因为注定有一场恶仗要打,等他们打起来了,就赶紧下手。

小时候家里孩子多,父亲爱喝酒,母亲生着病,一天就两顿饭。早上是红薯,晚上是一碗丝瓜一锅粥,几个哥哥总是抢得你死我活,最后反倒便宜了他。在他们打架的时候,大罗不声不响已经把锅底最稠的那部分捞起来吃了。

上学了就更好办,他有一千种方法去找吃的。第五节课的间隙快速跑到厨房的后门,如果门没关,就进去打个转,一秒钟,有面条拿面条,有馒头拿馒头。实在不行,上学路上还可去捋下地里的谷子。但谷子不好吃,壳太难去,不如拔菜地里的萝卜,还不能总盯着一个地方拔,一天换一个地方扯才不太容易被人发现。而且一次不要吃完,多的就藏在河边的一个洞里,也不能心软告诉妹妹,告诉妹妹的结果就是发现攒了半年的萝卜和面条在一夜之间消失得无影无踪。

如果你下定决心保守一个秘密,就要记得一个人也不能说。大罗告诉自己,告诉一个人就等于告诉全世界了,你记住!一个人也不能说。

这世上的好事太少,抢的人又太多,所以,要眼明手快。

另外还要不被人注意,这样,你就能吃得最饱。

大学的时候,大罗发现吃得饱还是次要的,人还是要有钱。班里最漂亮的姑娘不就是跟台湾老板走了吗？台湾老板有什么好，不就是有钱吗？开的车突突地冒着气，像人家手里的大雪茄——迟早会出事，这种眼睛不看地上的人迟早会出事。

果然过了很多年之后，漂亮女同学晚上打电话给他说她的老公那个台湾老板出车祸了，问他要不要到台湾来，帮她一起打理厂子。他想了想，坚定地摇了摇头，做上门女婿这件事，他是坚决不会干的，更何况这种眼睛里只有钱的女人，下次碰到更有钱的就会跟着跑了，坚决不去。还是普普通通的女人好，毕竟听话嘛，她什么也不知道，什么也不问，给多少用多少，倒是省心。

也不是没有那些飞来的艳福，大罗都婉拒了，不是他不想，而是他觉得不安全。不安全的事做了没意思，也不快乐，不要飘，大罗对自己说，安安定定脚踏实地最重要。你就这个命，你不能飘，你不能被人看到，你就是一个小鬼，你被阳光一晒到就散了。

所以不能去北京，要来广东。广东人就是这点好，树多，人多，大家看上去都差不多，穿着裤衩背个烂包就出街，谁也不知道你家里存着几个亿。

静鸡鸡，赚钱没人知，他的广东同事教育他。

当然，哪怕是最普通的男人也有隐秘的快乐，大罗最隐秘的快乐就是去飞鸿花园的时候。

飞鸿花园是二沙岛上一个小盘，不算那十几个盘里最豪的，也不算不豪。房子呢，不大也不小，他买了一个二百平方米的，一次性付的款，用一个拾来的身份证。长得普通就是这一点好，就算是拾来的身份证，看上去也非常像你，从来没有人怀疑过他。更关键的是，拾得早，那时候买房有身份证就行，有些人十套二十套地买，但大罗觉得太不保险，做人要低调，一套就一套。

有十年的时间，飞鸿花园的保安一个月见一次他，大罗通常是打的士来，手里又总是拎一个黑胶袋，他走进来的时候，会下意识地左右望望。

然后大罗大步飞走进电梯，然后拐弯，然后再拐弯。掏出钥匙，依次打开单元门、铁门、木门，房间里空荡荡的，空屋里满是灰尘的味道。

里面只有一张床。房子里只有一张床，连坐的地方都没有。

床是弹簧床，打开床下的抽屉，里面是一个又一个的黑胶袋。他把黑胶袋码在另一些黑胶袋上面，也不打开。然后，他在床上坐一会儿，不声不响。抽一根烟，有时候是两根，有时候是三根。

十几分钟，还是半个小时？坐到他觉得够了，该走了。

他细心关上木门、铁门、单元门，然后拐弯，然后再拐弯出电梯，大步离开头也不回。

每个月，他都要来这里几次，就像每个月固定要开的那些会，固定要吃的饭，固定要去的小旅馆，固定要做的爱一样，精确到分钟，都是预先安排好的，分秒不差，一切在计划之内。这种感觉让大罗觉得安全，唯一不一样的是，黑胶袋有时大有时小。

床下的抽屉越来越满了，下次也许就装不下了。

他想：也许该再买一张床。

床一直没有买进来，甚至，大罗，也没来了。

一个星期，他没有来；两个星期，他没有来；三个星期，他没有来；四个星期，他也没来。五个星期之后，来了很多警察，他们直冲来，拖出黑胶袋，红光一片，里面都是现钞，五个人花一天去数，一共一千二百万元。

攒了十八年，他被判了无期。

哥 哥

　　欧阳家太美满了,美满到不需要任何其他人的加入了,任何一种企图加入就意味着冒犯。

一

　　欧阳谨从小最崇拜的人就是她哥哥。
　　她崇拜他是因为哥哥和其他男孩子完全不同,铝合金厂宿舍大部分男孩子都爱在外面疯玩,爬树、打架、掏鸟蛋、偷厂里的东西。她哥哥一样也不干,哥哥就爱一个人待着,小时候爱看小人书,在家里涂涂画画。他们家在顶楼,天晴的时候哥哥就坐在楼顶上发呆,一坐就是老半天。欧阳谨偷偷跟过去,探出头去看,一大片的蓝天,蓝得没有一丝云,风有点大,有点凉,哥哥的白衬衣下摆在风里扬了起来。隔了这么些年,欧阳谨还听到衬衣布料因为摩擦而产生的轻响。

可是欧阳谨却不敢上前，因为哥哥会骂，会嫌她烦，说她每天像个小尾巴一样跟着他。哥哥很忙，他要看书，他要听歌，要画画，他要写诗。他会画完一张画以后再配上一首诗，这样的诗配画他整整捣鼓了厚厚一大本。到了初中，他甚至还学会了弹吉他。学校每次开联欢会，欧阳谨的哥哥都要表演一首吉他弹唱，底下的女孩疯了似的鼓掌，欧阳谨的胖胖女同桌羡慕地说："你哥真帅！"

欧阳谨不屑地哼了一声，嗯，甚至连夸赞，其实别人也不配的。

别人说，到底是总工程师家里的孩子，都这么漂亮，这么有文化，走出去，真是一男一女一枝花，跟画上的人似的。这话欧阳谨爱听，他们家在铝合金厂非常特别。不仅因为他们家是从北京来的，独此一家，而且他一家人都长得漂亮。如果说铝合金厂一万五千人是一个巨人，那么欧阳家大约算是这巨人头顶上那顶皇冠，而欧阳谨和她哥哥则应该是这皇冠上最明亮的两颗珠子。其他两颗就是爸爸和妈妈，当然哥哥是那颗最大最明亮的珠子。

二

可是即使欧阳谨这么崇拜她的哥哥，哥哥也不大爱搭理她。她明白，那是因为她太小，她小他九岁呢，差不多是一代人了。

她小时候总喜欢偷偷上哥哥的房间去看,她觉得哥哥的房间是阿里巴巴的一个大宝藏。里面有哥哥翻了一半的书,外国人名字的,她看不懂,各式各样的小笔,各种色彩的水彩,还有画了一大半又被哥哥丢掉的画,在垃圾桶里被揉成一团,打开一看,画得挺好啊,为什么要丢呢?哥哥就是这样严苛,对自己,他认为好的标准,比普通人高一千倍。

欧阳谨有时就会把这些废画当宝贝一样展平,然后收起来。有一次她甚至动了哥哥那闪着神奇光芒的吉他,不小心碰了一下,吉他轰然一倒,吓得她整个人都快僵了。她很小心地不让哥哥发现她来过,她甚至还带着一块小毛巾进房,把自己的手印擦掉。

但哥哥多聪明啊,他很快发现了欧阳谨的侵入。为了防止她进去,哥哥在门把手上缠上绳子,一圈又一圈,还缠出各种花样儿,这样他放学一回家就可以检查出妹妹是否进去过。可是这哪能拦得住欧阳谨啊,当然要去,哥哥上学了,可她没上,不上哥哥房间那这一天多没劲啊。再说欧阳谨也不笨啊,她更加百倍小心地把绳子一圈圈地解开,记住那些花样,出来的时候再照样又给缠上。可是无论她怎么小心,哥哥都会发现,一发现就虎着脸骂她。她一生气就向妈妈告状,哥哥不让我到他房里去,哥哥不让我到他房里去,她就哭,很委屈。妈妈一个人要管家里又要上班,很烦,一听这事觉得太好解决了,妈妈对哥哥说:"你那房里埋着宝贝啊,连妹妹都不让进了,给我把门打开!"

三

这个仇就这么结下了,哥哥就不跟她说话了,以前还教她画个画什么的,给她画个人像素描什么的,现在干脆不理她了。欧阳谨觉得这样更好玩了,她就是爱跟哥哥玩儿,她就是要当一个麻烦的小尾巴,就是要当一个让哥哥甩不脱的小尾巴。

在和哥哥的斗智斗勇中两个小孩这么相互较着劲儿就长大了。

哥哥读高中的时候,到市里念寄宿,没有住在一起的他们俩就突然和好了,哥哥还经常写信回来,要妹妹好好学习。哥哥的话,欧阳谨不敢不听,哥哥说,你怎么能不爱看书呢?她就开始看书。哥哥说你怎么能不爱音乐呢?她就开始认真练钢琴。

后来练着练着,欧阳谨练成了市里钢琴界数一数二的角色,出省赴京,甚至出国……她都能拿下名次来。她分到市里的交响乐团,是钢琴首席,甚至还带着父母搬到了省城。

大家都叫她美女钢琴家,粉丝们说她身上总有股说不出的清冷的味道,反而让人着迷。女作家亦舒夸大美人林青霞不以为自己美,这才是真的美。欧阳谨身上也有这种味道,这味道反而让她在一众人里脱颖而出。每逢有记者采访,她总是很谦虚,她总是真心地说自己没什么才华。"我是我们家里最没才华的，我哥哥才叫真有才华，而且我有今天的成绩还多亏哥哥当年的指点和鼓励。"

粉丝们由此也对欧阳谨的哥哥有了兴趣，让欧阳谨这样优秀的女孩都感叹自己没有才华的哥哥得多优秀啊。可是遗憾的是，哥哥一直没有成名。

哥哥从法国留完学回来，先在家里画了几年画。他不爱见人，父母也只得由着他。后来眼看画得越来越多，欧阳谨下决心要帮哥哥开个画展。开画展是个琐碎的活儿，本来欧阳谨介绍了一个策展人给哥哥，谁知道弄着弄着就谈崩了。再介绍一个，又崩了。哥哥性子傲，又不善与人交往，总觉得那些人根本不理解他，欧阳谨最后没办法，只得自己上。先是联系画廊，吃饭，叫评论家写学术文章，然后是邀请参加开幕式的嘉宾。这一套事情跑下来，欧阳谨觉得自己几乎可以当专业的策展人了。哥哥当然是全程没有参与，只有布展的那个晚上，在展场挂画挂到凌晨两点，因为位置一直在调，到最后工人们都爆炸了，甩手不干，走人了……这个展览哥哥本来说好布展由他全权来做的，不需要欧阳谨帮一点忙，哪里知道最后还是得欧阳谨帮他收拾残局，一大早她领着三四个工人，根据哥哥的意见，重新挂了一遍。好险啊，到临开展一小时才刚刚好摆齐，弄得欧阳谨差一点没时间化妆穿衣服，最后一分钟赶到现场，那叫一个险。

开幕时欧阳谨本来要弹一首巴赫娱宾，结果弹得颠三倒四，哥哥听得直皱眉。好在，画展很圆满，大家都为哥哥的才华颠倒，卖出了好几张。

欧阳谨觉得比自己独奏会成功还高兴，因为这是她从小的心愿，能为哥哥做一点事，是她的荣幸——就像她的闺房只挂了一张画，那就是哥哥在十五岁时给她画的一张素描。

四

世界太奇怪了，有没有才华不是最重要的，比哥哥平凡得多普通得多的欧阳谨倒是越来越有名。因为给一个流行歌手伴奏一曲，又拍了MTV，欧阳谨有几年居然成了演出价最高的钢琴家。

哥哥嘲笑她专业不怎么样，倒是命好。

是啊，我就是命好，你就是命不好，要不然你这么有才华，怎么一点名气没有呢！欧阳谨真诚地感叹道。

哥哥听了这句话，脸色有微微一点变化，但是片刻就恢复了正常。"命好不是出名，也不是挣钱，命好是一个人一生能做自己喜欢的事。"哥哥说。

这样一想，哥哥也确实命好，他一直在做自己喜欢的事。和他同时学画的人都出了大名，在拍卖场上纵横驰骋，唯独他，完全没有了消息。哥哥很喜欢这种状态，他说出名有什么好，一点也不自由。这十来年，他换了无数跑道，画了很长一段时间的画，后来又搞装置设计，再后来又迷上了老家具，再后来又对室内装修很感兴趣，甚至还帮欧阳谨装修了一套房子,超级有气质,就是费了点神,差不多装了两年半。欧阳谨也不催他,哥哥就是艺术家,他骄傲、脆弱、丰富、善变、任性、敏感,不被凡俗人等所了解。他是天才。

像哥哥这样的天才,一百年不出几个哩。欧阳谨为有这样的哥哥而骄傲,也为自己能为哥哥尽点力而骄傲。

她对哥哥说你想做什么就做什么,再不济我来养你。

是的,挣钱这件事,不在哥哥的评价体系里——再说,家里已经有一个会挣钱的人了呀,欧阳谨随便出场弹个钢琴就有几万块的入账。一回到家,浓妆在脸,白纱裙未卸,哥哥常常会泡上一杯茶给她,然后嘲笑她,哟,挣钱归来啊。

可不?!

当然哥哥是不需要欧阳谨养活的,当初买的那套房子大,他吃得又俭朴,一个人不用供房子、不用供楼、不结婚、不生子,能用多少钱?哥哥是智者,他想得太通透,他就要自由地过一生,谁的责任他也不负。

跟哥哥比起来,欧阳谨就太世俗了。她不停地演出,灌唱片,甚至还客串演戏,把自己弄得很成功——但是欧阳谨明白,自己不过是个小艺术家,哥哥才是大艺术家。只不过,她是出名的小艺术家,而哥哥是不愿意出名的大艺术家,他们家里她是最没个性,也最没才华的那一个。

五

四口人里,哥哥是画家,欧阳谨是钢琴家,爸爸是科学家,妈妈是教育家,欧阳家四个人,每一个人都是那么光彩熠熠,像皇冠上的四颗明珠,放到哪里都能使黑夜变为光明。所以,所以这么些年过去了,欧阳家还是从前的样子。

他们搬到铝合金厂时是美满的一家四口,买房到了省城之后,也是美满的一家四口。他们的身份没有变成爷爷奶奶外婆外公舅舅姑姑,他们四个人,爸爸依然是爸爸,妈妈依然是妈妈,哥哥依然是哥哥,妹妹依然是妹妹。

当然,早年爸爸妈妈也操心过,后来发现自己操心不过来。哥哥也谈过几次恋爱,都不成功,欧阳谨年轻时也相过几次亲,但她总觉得不甘心,为什么这些人就没有一个能比得上哥哥呢?

不过,欧阳谨也不怎么难过,因为她觉得自己已经足够幸运。她有最出色的爸爸、最出色的妈妈、最出色的哥哥,她自己呢?也在努力做一个最出色的妹妹。

他们四个人住在一个小区,欧阳谨新买的房子在楼下,晚上如果欧阳谨不演出她就会回家吃饭。这个时候通常是一顿长长的饭,一家四口聊个长长的天,喝一点红酒,再叫一客牛排,四个人聊个一醉方休。

晚饭后欧阳谨还会到哥哥房里和哥哥聊天。真奇怪,怎么那么多话同哥哥说?跟哥哥说话总是那么舒服,别人听不懂她说什么,可是哥哥听得懂,别人听不懂哥哥说什么,可是她懂。欧阳谨觉得真幸福,她突然对哥哥说,哥,我觉得我们特幸福。

为什么啊!

因为……我们有这么美满的一个家。

是的,太美满了,美满到不需要任何其他人的加入了,任何一种企图的加入本身就意味着冒犯。

哥哥微笑地望着她,欧阳谨这才发现哥哥的黑眼珠里有一点蓝,跟她一样。

白桃杜薇

阔绰，甚至跳过了美，成为白桃给人的第一印象。

一

白桃最享受这一刻。

红底鞋踩在一百年前的马赛克地板上，手微微扶一下柚木扶梯，拾级而下。推开铸铁门，端然立在门口，等风来，等车来。

如果她是导演，此刻她会让摄影师从上往下俯拍。一整个郁郁葱葱的沙面岛，镜头慢慢拉近，观众们首先会看到她住的这栋有白色小阳台的明黄色大宅，阳台上一丛香槟粉绣球，然后镜头游龙戏凤穿过一层又一层森森如凤尾的树枝。此时的背景音乐一定要放法国风流少妇布吕尼的香颂 *Tu es ma came*（《你是我的毒药》），虚焦到定焦，然后终于拍到她,城中名媛白桃小姐——那美如李艳如桃的如花笑靥,圆的温的润的白的,加了炭笔打毛了有种茸茸性感的眉与眼,唇上再厚涂TOM FORD 33 Universal Appeal,中间加点14 Sable Smoke,唇上形成一种特别温柔的豆沙色,用刘大能的话,像刚和人接过吻。然后镜头再慢慢拉远,可以看到女主角今天一身白,白色中式领提花金色暗纹的小斗篷配白色提花金色暗纹的迷笛裙,用的是意大利进口的真丝料,又挺括又闪耀。脚下一双白色的Marni的奶奶鞋,衬着身后硕大的棕榈,法式南国丽人的格调算是就此定下了。

虽然生活里没有跟着镜头,但白桃的心中是有镜头的。日常她已经把自己追拍了有一万遍,她知道她哪个角度最好看,哪一个坐姿最妙曼。心理学上有一个词叫内化,白桃觉得镜头已经内化在她印堂之后,根本不用想,pose已然先于她存在。亮相处一定是全屋光影最佳处,要说人镜合一,整个广州,或者说整个中国南方,再也没有比她更具镜头感的美人了。

只可惜,她不是开麦拉(Camara音译)面孔,这是一个著名的导演说的。

他摩挲过无数摄影机的手摩挲着她的头发,认真地感叹"要是早十年遇到你我一定娶你回家当太太",白桃知道一方面是推托,一方面也是真的。她确实没有像那些女演员一样长着一张小小窄窄的脸,注定不能当演员,好在她的志向也不是当明星。当明星有什么好的,累死累活大太阳下面晒，脏水里泡着，她才不羡慕，她的志向是当体面男人的太太。

这么多年，她精研了所有关于当太太的学问，会挑年份最好的酒，张罗最温馨的派对，穿最对场合的衣服，甚至天生就长了一张"长房长媳"脸。

这可不是她自己说的，是一个看相的说的，在一个派对上他乘着人多追着她要一万块钱，说她是旺夫益子、贵不可言"长房长媳"的相，这样的相不给一万块会有灾。她被他逗乐了，当下就脱了手上那只五克拉的绿宝石戒指丢给他，引得一阵喧哗，四面八方都在拍手。白桃轻轻一笑，只有她自己知道那块石头虽然看上去晶莹透绿、价值连城的样子，其实只是块碧玺，只值个两三千块，但是一般人看不出来，只觉得白桃出手真的太大方了。

阔绰，甚至跳过了美，成为白桃给人的第一印象。那时还没有白富美这种说法，但白桃早在二十多年前已经是城中最耀眼的名媛。人人传说她家是中山巨富，家财万贯，又是中国美院的才女，一入社会就在当时得令的时装公司工作。富豪爸爸送宝马，有钱男友送珠宝，住最风雅的地头。早些年是环市东，后来去了龙口西，再后来去珠江新城丽思公寓，这些年搬到沙面老宅。这些都不重要，更重要的是，无论是丽思公寓，还是沙面老宅，全都是上过家居杂志的。法国水岸鸢尾雀鸟彩绘玻璃大窗、路易十六鎏金繁花卷叶圆斗柜、萨摩烧翠竹台灯、丹麦诗人沙发、旧金绘六曲矮屏风……每一样家具皆有出处,每一样饰品都是她从世界各地小心翼翼地搬回来的。再加上贾科梅蒂的雕塑、常玉的宇宙大腿铅笔草稿、满屋子的花,样样都用得恰到好处。白桃的品位永远是最好的,人人都这么说。

只是,这些都是过去的事了,过了四十五岁,白桃对于晚宴啊派对啊名牌啊室内设计啊就有点意兴阑珊。现在的男友老章在德国公司做高管,他是勤俭惯了的中产男人,买个包都要呻(广东话,痛苦地轻声叫唤)几天,哪里还供得起白桃一场一场的派对?

前两天白桃跟着老章去日本出差,在京都看中一个鸭川边精致可人的老宅子。二层楼,带花园,才四百多万元,买下来两个人以后可以在此退休养老。但老章死活不同意,说退休了还是得回中国住,气得白桃扭身就飞回了广州。

一回来人还没有坐稳,刘大能电话来说,请她务必周五晚参加月和画廊五周年的"白金慈善晚宴",说有个奖要颁给她,又有很重要的合作需要她接手。白桃想广州的慈善晚宴还能搞出个啥花样,还不是她当年玩剩下的,只不过闲着也是闲着。看在刘大能这么些年对她总是毕恭毕敬任、打任骂,她多少也得给点面子,"事先说好了,颁完奖就走,然后我要一台劳斯莱斯来接我"。

果然,当她打扮齐整,站在门口不到三分钟,一辆白色的劳斯莱斯就停在了她面前,戴着手套的司机恭敬无比地冲他一笑:"白小姐,刘总要我来接您。"

二

在所有的车里,白桃最爱劳斯莱斯。不光因为那个御风而飞的车标女神是如此像她,也不光因为打开门时能从车身里抽出一把雨伞的趣致,更因为一坐上去的那种稳——小牛皮的座椅软熟,端坐其中,像被老林那样的男人拥抱着,坚固、轻盈、结实,充满安全感。

那时她还住在丽思公寓,第一次来她家,老林看了一眼她屋子中间那盏欧洲水晶灯,说好看。白桃淡淡地说,东西太老了,好几个珠子都掉了,上次在半岛酒店地下廊看到的那盏白水晶配金边的巴卡拉才叫好看,可惜买不起,要三十万……第二天下午,门口就来了一队人马,说是装灯的,她打开纸箱一看,就是她想要的那盏双层的金边巴卡拉。几个人三下五除二就把灯挂好,旧灯收好,临走时还拿出自带的吸尘器把地板沙发吸得干干净净。她尖叫着打电话给老林说你怎么知道是这一盏,老林说这还不容易,有地点,有价格,有款式,又挂在店里,就这么一盏,错不了,就是过关的时候花了点功夫,要不然早上就送到了。

老林就是这样,你的眼睛一抬,你没想到的事,他已经替你想到了,你想做的事,他已经替你完成了。有钱人白桃见得多,但像老林这样,事事帮你打点妥帖的男人她还真的没见过几个。只可惜,老林和她的缘分太浅,那时她又还太年轻,他曾经说要和她生个娃,但还没等到她点头,他已经跑了。

白桃决定,她和老林的记忆就到他出逃前一天晚上为止就好了。那天他照样与她欢好,只是有点力不从心。走的时候他抱着她有点恋恋不舍,说白桃我要出趟远门,你要记得等我回来,白桃说我要和你一起去。老林说:"这次不要了,这次的行程很苦,而你,"他盯着她看了半天,慢慢说道,"白桃,你是不能吃一点苦的女人,你到这个世界上就是要享受美好的东西……你就乖乖等我回来吧……"

他留下一串钥匙,让她记得去白云机场开他的劳斯莱斯回来。她犯懒,没有去开。过了三五天,就收到风,说他逃了,吓得她始终没敢去拿车,也幸亏没去,要去了,就水洗都不清了。

所以,人就是这样,旧梦不须记,故人不必追。前几年她在朋友圈里看到老林去世的消息,连一滴泪也没有掉。别人都以为老林至少给了她半亿身家,实际上除了那盏灯、几样首饰和这套没有交完租的一层楼,他什么也没给她留下。他总说送什么东西她未必放在眼里,你爸爸有的是钱。可是你倒是送啊。男人啊,都是这样,甜言蜜语不知道有多少,真要他们真刀真枪的时候,他们就尿了。

男人的话,是当不得真的。

这是白桃在男人堆里混了这么些年咂摸出的最精深最平实的人生道理,他们的话,好听的就听听,当耳边风过就好。若你真把话当真了,你就傻了,连她爸的话都不能当真,更何况别人。所有的事都淡淡听着就好,没有真正落实,就当它不存在。就像她跟刘大能要车,一定要车到面前的那一刻,才知道这件算是落听了。

刘大能的劳斯莱斯是新款,比起老林当年的车要大、要稳。但刘大能这么些年老让白桃吃不准,不光是财务能力让她吃不准,来头吃不准,就连他对她的感情也让她吃不准。满打满算,她认识他快十年了,总是若即若离。

刘大能无疑是帅的,身量不高,大脑门大眉大眼大鼻,方脸上配一个俏皮的美人尖,匪气里又有了一些秀气。眼神的最深处永远包着一股子水银般的笑意,仿佛下一秒钟就有欢乐会一股脑地泻下来将你包围,让人莫名有点心慌,又莫名有点期待。尤其是他还有一口整齐地往里扣的白牙,和她记忆中五岁的弟弟一模一样,有某种孩子气的憨态,让人硬不下心肠真怪他。

刘大能在上海有家投资公司,还在广州开了一间画廊,筹备那阵,说是想请白桃去当馆长。她也帮他做过几场活动,也是把她所有的关系都用上了,北京上海的明星导演都请来撑场面,轰动全城。可是临了他却另请了人,说是怕小庙里容不下大菩萨,希望她兼职帮他们做做顾问,负责每一次画展的请人和晚宴。这种吃力活白桃哪里会答应,就算请她当馆长,她也不一定做呢。这件事就此搁下了,好在,她也不算太亏,置装费她多报了十来万元,算是扯平。

刘大能最大的缺点是精，但不精怎么能在上海和广州都混得开呢。但他倒是有一样好，只要一来广州必忠心耿耿地请她吃饭。开始的时候去的地方有好有差，有一次甚至带她去吃一个西关窄巷里的牛鞭馆，车子开到一条乌黑龌龊的小巷子，地上的水积得有一尺深，把她刚买的Jimmy Choo桃红丝绸晚装鞋溅得满是黑点，几千块的鞋算是毁了。白桃一边走一边跳一边生气，刘大能是真不知道还是假不知道，像她这样的名媛出来吃个晚饭，成本有多大。衣服鞋子就不去说它了，早上一个美容院的护肤少不了吧，按摩少不了吧，还要请一个化妆师上门打理妆发，光是这些加加埋埋就是好几千。到这种地方吃翻了天也不到一千块，还美其名曰体验生活，白桃越想越气，看着面前那黑乎乎的牛鞭一筷子也没动，淡淡说道：大能，我是不大来这种馆子的。

刘大能还跟她装傻充愣，说师姐你不要做天上的仙女，偶尔也下凡接接地气。白桃笑着说，我倒是天天接地气，每天上菜市场买花买菜，其实是你不懂得怎么招待女生，我以前也跟人来过这个地方，人家是包场的。

说完，她抓着那只BV亮片晚装包扭身就走了，一路走一路委屈，还掉了两滴眼泪。想起以前老林带她来这里，千呵百护，包起全场，不见一个杂人，摆了一桌子的菜，各种清爽小炒，都是外面人吃不到的东西。这家馆子的老板等闲不见人，也要老林那种头面那种用心才能邀得他亲自出台来炒菜，哪里是刘大能这种随意来坐下和一屋子傻不愣登的大老粗小市民们挤一起吃牛鞭的下流劲儿。

好在自此之后,刘大能也再也不敢跟她耍这一手,但凡来广州,一味都是去顶好顶新的馆子,这才让白桃没把他从吃饭List里划掉:总算你小子识相。

经此一役,白桃倒是知道刘大能就是那种能省则省、看人下菜的人,需要随时敲打敲打,脸皮薄教养好的女孩子吃他不定。本来白桃一门心思从大学起就着意培养的上流范儿是最忌直白的,但偏生这些不识相的男人让她不得不重拳出击,跟他们打交道,什么事都得说到明面上,不然他们就装听不懂,真是嘥气(广东话,劳而无功)。所以,这次她本想为难一下刘大能,让他明白她白桃不是轻而易举请得动的,却没承想到他还真的派一辆劳斯莱斯来接她了,可见这次还算有点诚意。

司机不声不响,音响里幽幽放着大提琴,是巴赫的大提琴"圣经"《六首无伴奏大提琴组曲》,罗斯特罗波维奇的版本。技术太好,比机器还精准,就是没感情,少不更事时白桃曾经短暂地嫁过一个纨绔子弟,那些年别的什么都没拿到,交响乐和钢琴是听得够够的。但刘大能这种俗气的金融人是不会听巴赫的,于是她随口便问司机,这车不是刘总的车吧。

司机笑着说,今天是。

"你们是租赁公司的?"司机笑笑说,小姐你要不要扫一下我们公司的二维码?下次你出门,我来接你,我们公司就这一台劳斯莱斯,平时抢手得很。

白桃听了就觉得无趣,马上觉得劳斯莱斯的小牛皮也没那么舒服了,巴赫也没那么动听了。不过,她转念一想,万一以后真的出来工作了,少不了有需要充场面的时候,留个微信总归是好的。

昨天房东已经发了最后通牒,说房租已经不能再欠了,这样一层楼现在每个月房租至少三万。白小姐我看我们宾主这么多年,一直只收你两万,以前你是按月转给我,我从来不催你的,现在怎么大半年不见转钱了,倒看不出白小姐你是这样的人。

白桃就被气得面红耳赤,说就这破房子,潮得要死,根本住不了人,最近一年我就住了几天。再说了,当年搬进来,硬装都花了快一百万,等于重新起了你一栋楼,说好租十五年的,怎么十二年不到你就反悔了呢?这一点钱我会欠你吗?都说我爸公司最近周转不灵,年底一次清给你,你怎么就这点时间都等不了呢?大不了我们按合同来,你把装修费赔给我……

房东一见她提这茬,就不声不响了。

这几年炒股不顺,全套牢了,也不知道什么时候能解套,差不多一年多户头没有分文进账了,老章每个月给的那点生活费吃几餐饭再加一点油就花得精光,有时候自己还得贴一点,要不然面子上过不去。如今手头紧到竟然几万块都拿不出来,还是得自己有收入啊——白桃记起妈妈对她说的话，多有钱都没用，手边还得多几个水龙头，水龙头再小，它天天出水啊。

其实家里随便拿一样东西都值这个价，但是她丢不起这个人。上次在西藏进了一点老绣片，找了好裁缝做成袍子挂在家里，开派对时介绍给广州这批相熟的名媛们，倒把这帮人都吓跑了，在背后说她想钱想疯了，要赚朋友的钱。她们平时随便买个包几万块不心疼，为什么买件袍子就这样心疼？就是没文化，她们不知道那些老绣片价值连城吗？不知道她找的设计师是台湾请来的老师傅，是无价之宝吗？不知道她白桃的品位也是要卖钱的吗？真是些没品的女人，宁愿被那些不知哪里跑出来的珠宝设计师忽悠几十万买那些丑出天际的破首饰，到她白桃这里，花个一两万块就跳起脚来骂，难道平时陪她们逛的街、指导她们装修的房子都是白桃应该做的吗？

这大概也是白桃越来越不爱出门社交的原因，见到的人全不合心意，全是添堵的，全是忘恩负义的，不像年轻的时候，看什么都好，都新奇，都好玩。唉，那种每天都兴兴头头在外面折腾的心情如今是一点也没有了，知道男人不过如此，女人也不过如此，到最后还是钱最靠得住。

老章是真没什么钱，当初跟他就是为了找个伴，寻个体面，跨国公司出差啊住宿倒是不差，白桃跟着他满世界飞至少住宿是不用花钱了，但别的就真的指不上，更别说让他另外再给她这一份房租。白桃甚至觉得他话里话外的意思是，白桃最好把他包养了，越是这样，白桃越不想出钱。白桃的人生名言是"自己的钱花着心疼，男人的钱花着才爽"，如今老章不但不给她钱花，还想花她的钱，简直是把她逼到底线之下。没办法，这也是白桃为什么还是要答应刘大能出席派对的原因，靠不上男人，就只能靠自己了。如果真的跟刘大能有一些合作，在他那个画廊帮着张罗一些事，占些股份，就有活水入账了，至少房租这一块儿是Cover掉了，不用忍受房东这类势利小人的鬼话。

又再恨老林了一些，当年这套房子才卖几百万块，她当时怂恿老林把这套房子买下来，他死活不同意，偏说租反而清爽。结果害得她现在进退两难，再租这么大的房子有什么鬼用，生勾勾每个月的开销摆在那里。但不租，那几十万块的装修费就打了水漂，而且这一大屋子的精细器皿搬到哪里去，还真是大费周章。

一路思前想后，突然眼前就是一黑。

三

眼前一黑，白桃一惊，定定神才发现车子原来驶进了一片浓荫里，月和画廊马上就到了。

"月和画廊，十里榕影"，每次请人来，白桃到这里就会很隆重地跟外地的朋友介绍这片林子的来历，说他们是如何盘下广东这么一个三百年的村落，如何活化六湖村老建筑,把祠堂和大屋活化成现在的艺术馆。

等她差不多说完,"月和"那面巨大的圆形白色影壁就会很体面地立在榕树绿影的尽头,车子再驶近则会看到一池碧蓝的湖水,一轮满月倒映湖水中再加上连天碧绿榕影,三角梅火红的叶子,在波光粼粼中是一幅现成的莫奈印象派油画,别致而又有生气。这个创意当年也是她想出来的,甚至这个地头也是她介绍给刘大能的,老林的一个朋友盘下这个村子,活化搞了大半。金融危机没了钱,正急于脱手,恰好刘大能来广州做画廊,她这就牵了一个线,把村子里最好最大的三进院子长租给刘大能二十年,因为就是个顺水人情,白桃也没有赚到佣金,好在老林那个朋友还算识相,送了一只金棕爱马仕,也算聊胜于无。

"怎么办?师姐,你帮我太多忙了,我想要以身相许,可惜你不肯要……"有时喝多了一点酒,刘大能就半真半假地同她暧昧着。白桃从鼻子里发出一声冷笑,知道他是试探,明明是他都没追,倒先把她架到台上,还把路封了。她若是小姑娘,说不定就着了道了,可惜她在这男男女女间混了多年,这点招数不在她眼里。当初熟人介绍刘大能给她时明明说了这是一个钻石王老五,让她着意下手。但是几个推手打下来,她反而莫名其妙被刘大能架去替他免费打工了。

这样的事情,在白桃这儿还真是罕见,以往男人都死乞白赖地往她身上蹭,倒是刘大能永远规规矩矩的,小礼物不断,小请客不断,遇上事儿师姐师姐地就找她商量。虽说那时她白桃年过四十,又没了老林,正想着找个好下家,但刘大能这一手还真把两个人都给拘住了——白桃知道若是一个男人不想给你钱,你怎么要也是要不到的;一个男人要不是想追你,你是怎么暗示也是没有用的,除非她追他。

但这么精的男人,一旦你先追了,往后有什么事就落了下风。她白桃纵横情场二十年,怎么能容许自己先棋输一着,哎,难办!年纪越大她越明白,这名利场上红男绿女之间的牌,其实都在男人手里,他们是发牌人,尤其是有钱男人,简直是占尽先机。可是,怎么办呢?她难道还能离开这张金色的桌子,另起炉灶,在破桌子边和那些更上不得台面的男人较劲吗?老章就是一个现成的例子,还不是越发让人生气。

算了,有总比没有好,退一万步想:一个知情识趣,长相帅气的男人做朋友也未尝不可。刘大能别的不说,至少不像那些四乡土豪一副没见过世面的油腻之气。广东的土豪真是好笑,一方面生怕露富,永远穿着一身油乎乎皱巴巴的T恤拖鞋,一方面又生怕你看不出来他富,脖子上手指般粗的金项链明晃晃地挂着,什么都还没开始,吃饭的时候先把袋子里的现金拍出来,好像在乡下买丫鬟。白桃可是在北京大场面上见识过正经权贵和富豪的人,她如何能受得这种气,隔夜饭都吐出来,真是恶俗。

说来说去,还是江浙那边的富人斯文得多。像刘大能吧,哪怕屡屡被白桃骂得狗血淋头也仍然笑嘻嘻,知道她喜欢江南的鸡毛菜和莼菜，年年没断过，总是定时寄来，也不是哪个有钱佬都有他这份细心和这份温存的。

当然，白桃也没亏待他啊。刚来广州的时候刘大能真的一个人也不认识，全靠了她白桃的名头才算认识了城中名流，甚至连这个画廊的名字也是白桃定的。刘大能拿了好几个名字说是风水大师定的，白桃想也没想，就说那当然是月和，一则名字顺眼顺耳，二则也切题，"月"通粤，毕竟是在广州办的，也点了题，三则"和"字好，和气生财。画廊虽然是艺术界的事，但是不还是要赚钱才维持得下去吗？

要说起来月和确实跟她的孩子差不多，来这里领个奖也不算过分。白桃当年帮刘大能一半是想在这位看上去有钱得不得了的新贵面前显显自己的手段，一半也是识才，觉得他像是一个能成事的人。果不其然，刘大能把月和做得风生水起，白桃也觉得脸上有光，证明她慧眼仍在，洞察分明。

车一停稳，白桃就看见刘大能从月影后转了出来。两三年不见，刘大能胖了一圈，剪了个光头，美男尖往后退了十厘米，加了一点中年阔人的匪气，眼睛下面两个巨大的黑眼圈，像是十来天没睡好觉，把眼睛也挤小了，倒是那口白牙和憨笑依旧。白桃赶紧下了车，两个人面对面站了几分钟，都有点百感交集，刘大能说："师姐，太久没见你了，听说你躲到日本和海龟修禅了。"

白桃哂笑，你也信这种谣言，怎么可能？我一直在南方，只是你贵人事多，把我忘了。

大能说,你朋友圈少发了,电话也老关机,我找你找不到啊。

白桃一翻白眼,你又不是不知道我住哪里,你到沙面随便到我阳台楼下喊一声,我就下来了,这只说明你找我的心不诚。

"我心还不诚,真是苍天可鉴……"他声音软下去,走上一步,抱住白桃,来了一个法式的贴脸礼,在她耳边轻轻说道:"终于找到你了,师姐我们要携手共创未来啊。"

白桃浅浅一笑,不急不慌地回道:"那要看你对我好不好了。"

四

两个人一边说笑,一边往里走。

月和画廊这三进的院子,共有三座厅堂和一个大院落,每进之间既有庭院相隔,又有回廊巧妙地连接起来。晚会用的是最大的那间厅,此时刚好太阳西斜,天空呈现出一种奇异的湛蓝色,映得主厅屋脊上那些纯朴可爱的清代灰塑瑞兽一个一个像包了一层金光,越发显得气象万千。

主厅中间挂着一盏巨大的法式水晶灯,晶光灿烂,气派十足。刘大能说他这次特意请了城里文华的大师傅来做菜,摆了三条长桌,台面是摆满白色和红色兰花配水晶花瓶,然后是大大小小的水晶玻璃杯还有白瓷金边的餐具。今晚的

Dress Code（着装要求）是白色和金色，到处都是白衣飘飘亮光闪闪的漂亮人儿，衬着这三百年的院落和重重榕影，越发有一种豪门夜宴的感觉。

"师姐，你帮我们选的这地方真的太好了。"刘大能又在她耳边灌迷魂汤。

白桃忍不住一笑说道："那也得刘老板你有眼光，"她饶有深意地看了他一眼说，"还得有钱，要不，还真的租不下来，光是这些灰雕就值得了，城里的陈家祠和佛山祖庙正脊上也只有底下一层灰塑，顶部都用的是陶塑公仔。你画廊正脊上倒用的是完整的灰塑，而且全是清代江门名师赵泰铭师傅的绝世工艺，你真的是赚了……"白桃本想在刘大能面前显摆一下当年在老林的酒桌上跟中国美院那位古建筑学者学到的一点灰塑学识，不料斜刺里来了一穿着黑西装脸圆圆的胖姑娘，在刘大能耳边细说了几句，刘大能立即脸色一正，对白桃说道，白桃，我有个重要藏家来了，我去接一下她，要不要我找一个同事陪一下你？

白桃笑道，不用不用，我对这里可能比你还熟，不需要陪的，我正好也随便走走，你赶紧去忙你的。

长桌边已经陆续有人入座了，白桃一眼看过去，就看见好几个熟人，开米其林餐厅的升哥，喜欢喝香槟的广州俱乐部夜总会一哥Mark，电台名DJ Sunny，还有做雕塑的鲁浩，饲料公司的老吴，他们冲她招手，要她过去。白桃才不想过去，Mark毛手毛脚惹人烦，升哥没文化讲话最不中听，

Sunny是个一天到晚不着调专门吹牛的口花花（广东话，油嘴滑舌），鲁浩更加沾惹不得，天天指望着别人买他那些破雕塑。这些人里只有老吴好一点，十几年来对她最是殷勤不过，但他又实在无趣，水红衬衣配鹦哥绿领带，看着就眼冤。眼看着老吴胖头胖脑就要走过来拉人。白桃见势不妙，正寻思要怎么脱身，身边突然走过来一个十来岁的男孩，穿着一件白衬衣，拿着相机正左顾右盼，她一把拉过男孩轻轻说，少年，有个讨厌鬼要来找我，你假装和我说话，带我往门那边走……

出得门来，走了好长一段路，白桃才放开男孩的手臂，上上下下打量了一下说，帅哥，谢谢你救我，你叫什么名字？

白T恤男孩涨红了脸，手足无措地说："不用谢，不用谢，喔，我叫刘泰铭。"

哈，好久没见到会脸红的男孩了，白桃笑起来，心情格外愉快。真的，每个男人最好的阶段都在十几岁那会，那时他们善良、单纯、可爱、会脸红，像她可爱的弟弟，然后他们就会在泥尘里打滚冲杀，逐渐变得冷酷、无情，像她爸，真是让人心酸。

白桃正好心头无事，便起了一点歹心，以她的功力，勾搭个把小男孩，还不是分分钟的事。她便故意问刘泰铭知道不知道这里的回廊和厢房那些美丽的玻璃片叫满洲窗？男孩说不知道，白桃便说这是三百年前粤地一省的能工巧匠花了十数年的工夫才造起的这数进的清砖石屋，每扇门窗皆用通花格嵌套色蚀花玻璃，正蓝正绿正紫配金色边，格外富丽清雅，古人的审美，啧啧啧……

正说着，两人就走到二进院影壁后头，远远看到两位白衣美人在拍摄。一个穿低V细腰白西装，一个是大露背锦缎修身洋装，两个女人互相缠绕在一起，如盘丝洞里的女妖精，煞是好看。刘泰铭没见过这种阵势，看呆了，白桃倒有点恍若隔世，往前数个三五年，她也正是这些女妖精中的一员，现在，倒是真真只有看的份了。

再走近认真细看，白桃吓了一跳，原来是老冤家杰西卡和Gigi。

白桃后来在广州的社交界名声不佳，大半原因还真是拜这两位前度闺蜜所赐。跟杰西卡是因为男人，杰西卡的老公用白桃的话来说就是她让给她的，这话杰西卡当然不爱听，但又是实情。当年白桃还在时装公司时，杰西卡的老公就是一个胖胖的顺德富二代，在城里开了一家代理酒庄，生生追了白桃好几年。但白桃那时哪里看得上他，顺手就介绍给了恨嫁的杰西卡，没想到后来这顺德仔卖酒居然发了财，杰西卡连生了一儿一女，太太总算当得稳稳地。没结婚时杰西卡一受委屈就来找白桃，喝醉了就大哭，然后又要白桃居中做和。等结了婚，她老公还在外面疯玩，杰西卡就几次三番在白桃面前说外面尽是不要脸的狐狸精窥伺她老公勾引她老公，听得白桃想笑。顺德仔有多花她难道不知道吗，哪里还需要人窥伺？后来又听说杰西卡在外面说是白桃在窥伺她老公，其实她只不过那段时间找顺德仔要了几支酒而已。你看，做媒做出了一个仇人，这上哪儿说理去？

而Gigi呢，则纯因为狗。她看到白桃出门总带着蒂芙妮（白桃养的一只白色法国贵妇犬），回头率百分之百，于是自己也非得养一只，托白桃介绍买了一只，说是蒂芙妮的妹妹。养了半年突然发现有病，倒花了十来万块做手术，这且不说了，因为病殃殃的也不精神，每次带出去，都被白桃家的蒂芙妮比得处处落下风，于是就在后面说白桃收了那养狗家的钱。天可怜见，选狗是看缘分，而且养狗也得花心血。Gigi后来嫁的这个潮汕土豪，一定要全家人一起住，珠江新城的公寓地方小，又小气不肯开足冷气，狗被拘得紧了，性子躁，有一次还把一个小孩咬伤了，这一笔一笔的账全算在白桃身上……

当然，其实这些都是说得上台面的原因，说不上台面的原因还有一个，那就是白桃没有嫁成老林。

想当年她们三朵花在广州城呼风唤雨，以白桃为首——当时她是中山富豪之女，城中著名公关公司的女老板，手下有七八员强兵猛将，天天给品牌搞派对，每年的流水几千万元。杰西卡和Gigi是白桃日常的姐妹，派对的铁脚，公司不领薪水的员工，再后来白桃跟老林在一起，把公关公司关了，这两人跟得更紧了，天天在她的沙面大宅里混，因为大家都以为白桃嫁定广州首富了，但老林跑了。广东人迷信，犯过官非尤其招人忌讳,连带着周围一色人等被人嫌弃,更何况白桃这种说不清道不明的未婚妻呢。

老林犯事前,白桃有多少人要争着请啊,北京上海伦敦巴黎满世界飞,礼服买个不停,是各种牌子的VIP。但老林一走,刹那间她就体会到了人走茶凉的萧条劲儿。不知从哪里传来的小道消息说是她煞气重,把首富给克倒了。这些居然也有人信,白桃在富豪圈的桃花一下子就淡了下来,这些年碰到的要不然就是刘大能这种半咸不淡、不动真格的人,要不然就是老吴这种半吊子有钱的没品生意人。白桃那阵本来心里就不痛快,跟她一起住的妈妈还要讲难听的话:"三十五岁的女人就不要想嫁好男人,做妾室都没人要啊,早叫你嫁给那个顺德仔你现在仔都生完几个了,白叫那个什么卡的捡了便宜。"你看,越是亲妈,越是知道怎么捅你刀子,白桃气得浑身发抖,有一次实在忍不了便对她说:"你唔系仲惨,输给一个湖南妹子,叫男人给撇在一边。"气得她妈把她收藏的清代将军罐砸了个粉碎,白桃自此就知道她真的完全不能和妈妈住在一起了。

一世人,两母女,本来应该相依相靠,但白桃生来父母缘浅。妈妈嘴毒,但也说的是实情,花一样的女人一过了三十五,行情就一年不如一年,她又不是Gigi那种随便的女人,生张熟李就往家里带,喝完酒就和桌上的男人挨个接吻。外面的人个个以为白桃是个荡妇,只有老林知道她是个烈女,等闲近不得身,就他都足足下了一年水磨工夫才登堂入室。她有多帮夫,也只有老林最知道,她替他打了多少漂亮的圆场,组了多少风光的局。只可惜男人个个都心大,她早就劝他不要去抢那么多地,不要借那么多钱,有多少水和多少泥,可是他偏偏不信,偏要去碰那碰不得的人和事。

高山流水遇知音,宝剑英雄赠美人,白桃自认是大家闺秀的做派,摩登淑女的气度。怎奈世风日下,社交场上混的都是急赤白脸乳沟乱晃的Gigi们,一点气质都没有,粗鄙得不得了,有哪里半点白桃欣赏的优雅和余味。她们涂着烟熏妆露着全身大部分的皮肤,从小又吃得好,长得高,大长腿摆呀摆,脸上的胶原蛋白放着电闪着光,一上场,就把白桃这种收收埋埋的女人给衬得老土无比。

Gigi常明里暗里损她年纪越大怎么越老派,没用上男人的钱不打紧,反而得罪了不少人:"你不是说只有用到男人的钱的女人才叫有真本事吗?"白桃一脸鄙夷,这种玩笑话只有Gigi才记得牢牢的,用男人的钱也分大钱和小钱。那些湿碎小钱要到手了又如何,格局得多小,到底是没读过书的女人,要是像你那样吃速食贪小钱老娘早就上岸了,无非还是要等个可心的,等个长远的,等个真心等人的,像李宗盛说的"女人独有的天真和温柔的天分要留给真爱你的人"。

只是老林之后,再无老林,这一等,时间又过去了。

最后等来了一个没什么钱的老章。

从十来岁起到现在,白桃也算阅人无数,老章不是男人里面最有钱的,也不是里面最帅的,甚至不是对她最好的,但时机就是如此，他可能真会是跟她终老的那一个人。

她跟老章是跑步时碰上的，七月最热的那几天，白桃喜欢在二沙岛跑步。高档地区，看着舒心，人的层次也不同，说不定能撞上一个好的，当然碰不上也无所谓，身体好最重要。她也知道自己跑步的背影最美，因为她有结实的蜜桃臀和修长肌肉饱满的长腿，这样的身材穿最简单的背心和短裤已经够煞食（厉害）了，在跑道上，马尾甩啊甩，把无数偷偷追随的眼睛都打到了地上，倒也是一种增强信心的方式。

老章是那段时间唯一一个敢尾随她奔跑的人，这是长跑健将之间的互相欣赏。他有长条形的肌肉，脸长长瘦瘦，倒颇有几分高仓健的风采。有了三番两次的同跑之谊后，老章就要了电话，加了微信，成了熟人。他送过一枚翡翠胸针，去过白桃沙面大宅两三回，床上真刀实枪又单挑了几回，没想到这方面倒是合拍得很，倒让白桃喜出望外。在过去的男友里，老章的功夫不是第一也是第二了，于是生出了几分长相守的心，顺势也把他翻了个底朝天。海归，单身，五十了，在一家德国电器公司做中国区的总代，Base在深圳，年薪几百万元，还是税前。

公司给老章在南山区粤海那边租了一个三百平方米的豪华大公寓，一切起居有人侍候，就是缺个女朋友。老章说，我常跑广州，在深圳你住我那儿，在广州我住你那儿，你不爱做饭，我爱做，我们两个孤寡老人可以做伴……

白桃先是生气，后来就笑了，奔五了，可不也是老人了吗？老章这种扣完税不剩几个钱的高级打工仔，放在年轻的时候白桃是不放在心上的，但她今时不同往日，奔五的人总得有个伴。老章身体好，脾气也好，又爱做饭，虽然不肯结婚，白桃倒也不觉得跟他结婚有什么好，但已经是目前她能遇到的最体面的选择了。和他一起去大剧院听交响乐，西装煲呔还是很登对，至少他不会打瞌睡——和体面人生活在一起，是女人五十的最后底线了。

当然，白桃也明白，跟了这种中产阶级男人，生活品质自然就急剧掉了下去。

慢慢地，广州那些品牌VIP的派对也不派请帖了，毕竟白桃现在醉心于运动，也买不到几十万元礼服的额度，往年总归要闹几场的姐妹生日派对也不叫她了。用杰西卡的话说就是白桃都不在广州住了，咱们就别让她费心花钱了。话说得这么体面，无非就是嫌白桃没资源了呗。老章是个中产，在白桃这个圈子是不大见得了人，况且又没有结婚，白桃少不得对外还是宣称自己是单身，太太们个个都有点心里打鼓。自家老公都不是省油的灯，把白桃这样的单身女人埋在生活圈里就像埋了个雷，万一搞出点什么事来，还真是难办，不如就势就把她从社交圈里踢出去——这个圈子，白桃知道势利，只是势利到这个份上，还真是有点心凉——这些姑娘当年可真是与她相识于微时，哪一个没有领受过她的恩惠和提点？她们的脑子里那点小思维和小三观，还不都是她一手拉拔出来的？如今倒好，教会徒弟，饿着师傅。白桃啊，你还是太善良。

五

慢慢地,白桃跟这个圈子,就渐行渐远了。

她顶不愿意见的就是这两个昔日闺蜜,趁她们拍得正投入,赶紧拉着白衣少年刘泰铭转到廊柱后,隐约听见声浪。先是杰西卡略带沙哑的声音:"这是我最近刚入的一款包,超好看的粉红小牛皮拼白蛇皮,古奇1955,超美。"然后一边的Gigi附和:"哇,配今天的粉色香奈儿耳环真的超搭,然后我们今天喷的香水也超好闻,这款香水有一种裸色的肉感,是YSL刚推出的。"

这是在干吗?表演网剧吗?白桃有点纳闷。

"我听我姐夫说这两个人现在是网红了,她们一起开了一个视频号,在网上一起推荐各种奢侈品,听说很挣钱……"刘泰铭低低在她耳边悄声说。

"你姐夫是?"

"刘大能啊。"

白桃听了,倒抽了一口凉气,几乎有点站不稳了。她赶紧靠住廊柱,定了定神,原来刘大能结婚了,这两年不出来混,倒是不知道他结婚了。

她存了心要好好打听一下,于是指着后院的门说:"泰铭,晚宴还早,我们去后院假山上面的亭子里坐坐吧,可以看满园的风景，特别美。"

男孩一听就雀跃起来，太好了，我来这么久不知道这后院还有一个假山。

白桃拉着男孩的手七转八转，便来到假山前。不多时，就爬了上来。天色慢慢沉了下来，四周像放下了一块幔布，天地之间像是只有他们两个人。远山起伏，榕影叠嶂，空气里无处不在的细细的音乐，是画廊那边的音响，隔着老远，也能看见灯火通明的大厅里，映着湖面上，如水晶宫一般光华四射，门廊里四处飘起的白纱与影影绰绰的人影，又让这华丽的海市蜃楼添加了几分神秘迷离，有如奇幻之境，让小男孩看呆了："啊，果然这里最美。"

"泰铭，你今年十八？"白桃逗他，"读大学没有？"

"阿姨，你搞错了，我二十岁了，大二了。"

白桃被这一声阿姨叫得有点措手不及，心猛地往下一沉，是自己唐突了，连小男孩都能看出她是阿姨辈的人了，可见这几年老得有多快。但转念又一想，也是，他是得叫她阿姨，她中学同学的孩子好多都比这孩子大。

"不知道不能轻易叫女生阿姨吗，现在不都叫姐姐吗？"她收拾好心情，继续逗他。

小男孩又红了脸说："对不起，姐姐，我叫错了。"

"没事儿，要是当年我一结婚就生孩子，也生得你出了。"白桃放声大笑起来，想起那个纨绔前夫，天天打游戏，让她根本不敢生孩子，生上一个，谁赚钱养家啊？如果那时真的怀上，小孩可不读大学了？人生啊，就是这样，错过了这个村，就没有这个店了。

"你读哪个专业？"

"人类学专业。"

"人类学专业，挺好，人类是挺值得研究的，尤其慈善晚宴上的人类，更值得研究。"白桃笑道，"你是抱着科研的目的来这里的吗？"

"不算吧，我姐非要我来，说她坐月子不方便，怕姐夫一个人忙不过来，我好赖能打下手。"

"原来刘总刚生了BB，他倒是一点也没让我们这些藏家知道。"

"我姐和大能哥在一起都很多年了，我姐一直在公司管财务，大能哥也不让说，说是怕老太太知道。"

老太太，喔，老太太，这位老太太白桃倒是知道，老早就听说刘大能原来做过南希Wang的助理。谁是南希Wang？业内无人不知无人不晓的大名鼎鼎的南希Wang，中国当代画家的教母，最早一批深入内地的香港画商，娘家家族在香港开画廊的，老公也是收藏大家，在欧洲收藏界也称得上响当当的人物，是著名的黄生、黄太。

黄生、黄太最厉害的一点是可以把画家捧出来，国内名不见经传的小画家，一旦入了黄生、黄太的法眼，马上进入他们的镀金流水线。先是作品指导，然后再到欧洲美国游学一趟，见世面交朋友，上一上欧洲的艺术杂志，立马名头响遍亚洲。此时他们已然早早就跟画家签了十年二十年长约,人在手上,产量又只有那么多,藏家们抢都抢不过来,根本就不存在找客人这一说。白桃见过南希Wang一两次,一看就觉得老太太不是善茬,眉毛画成箭状,好像隔着八百里能射进敌人的心脏,赶紧退避三舍。白桃不讨老女人的喜欢,她是知道的,这也正常,谁想要身边多个白桃这样的小妖精,这不是自找不痛快吗?但刘大能不同,他太知道怎么样讨女人喜欢了,以至于见哪个艺术家大腕眉毛都不动一下的南希Wang见到大能眉目也会软下来,箭眉立刻变成倒八字,有时还要嘟着嘴发个小脾气。

"刘总结他的婚,为啥怕老太太知道?"白桃有心套小男孩的话。

"谁知道啊,我姐以前一直跟我姐夫闹,我觉得我姐姐是妄想症,那老太太那么老了,怎么可能……而且大能哥对我姐多好,连画廊都用的是我姐的名字。"小男孩一脸稚气。

"你姐叫啥名字?"

"刘月和。"

白桃木然一笑,她还以为月和画廊这名字是她取的,其实是人家老婆的。这真是终年打雁,却被雁啄,刘大能太厉害了,这么多年都瞒得滴水不漏。她想起这些年刘大能那些深夜打来的电话,想起他每每伸过来又缩回去的手,以为是爱,至少是暧昧吧,谁知只是技术。脑袋里压了她上十年的大石头轰然而碎，反倒一下子就轻松起来。啊，这下全串起来，一切都想得通了，明白了，她说怎么刘大能对她这么奇怪，原来他身边有两个不能得罪的女人，难怪不敢轻举妄动。是啊，和白桃这样的半老徐娘比起来，能给她带来资源的老太太和管着财务生儿子的太太是更重要的存在。

于是她悠悠对小男孩说："是啊，你姐姐想多了，刘总是个一心搞事业的人，你以后进了社会，得多跟他学。"

六

入夜了，风渐渐大起来，吹得湖边巨大的龟背竹叶与芭蕉、木槿一同起伏翻腾。一池碧波也翻起了细浪，湖边的大厅越发显得灯火辉煌，廊边悬着的白色纱幔飞了起来，人影灯影与纱影倒映在水面，从山顶看下去，殿塔壮丽，周围却蓬蒿没人，修竹巨池。时见野蕉巨花，颇有点《聂小倩》里的兰若寺一般，前一分钟你觉得鬼影幢幢背后生凉，后一分钟又觉得华美迷离，魂飞魄散。

白桃待刘泰铭走后，就一直坐在亭边没有挪过窝，迎着风小声地哼起不成调的徐小凤《风的季节》："吹呀吹，让这风吹，抹干眼眸里亮晶的眼泪，吹呀吹让这风吹，哀伤通通带走，管风里是谁……"她抬眼望无限远处，山峦起伏。人啊人，确实得站得高才能看得远，这么多年躲躲闪闪，现成的答案就在面前，自己就是假装看不见。不识庐山真面目,只缘身在此山中。在风里,白桃慢慢地也变得好像没有一丝重量,肉身消散,魂魄飘浮在空中,风在她空空如也的腔子里冲来荡去,把每一个缝隙里的灰都吹得干干净净,吹啊吹,这吹啊吹,让这风吹,哀伤通通带走,别管风里是谁。

咦,四周的虫声怎么越来越大,叫得她头昏脑涨?

她甩甩头,才发现原来不是虫声,而是电话铃。刘大能打电话的频率已经频繁到一分钟一次了,看来是急了,中间还夹杂着老章的一个要她速回家的短信,白桃想是马上赶回深圳呢,还是走完这个过场。

马上走,没理由啊,他刘大能没做错什么,他没骗她,她能怪他什么呢?他只是造了一个镜花水月幻象,而她傻乎乎地真的看进去了。不能怪别人,只能怪自己学艺不精,猪油蒙了心,走是不能走的,她不是十几岁的小女孩,这场戏,谁演到最后谁最赢家,想看她白桃的笑话,还早着呢。

白桃稳了稳心神,接起电话:"好的,我在后花园的亭子上,我上个洗手间马上就到。"

跌跌撞撞下来,好不容易找到了洗手间。在一棵大榕树下,门口的洗手台上有两面大镜子,白桃往里一看,赫然看到一个脸色憔悴、头大肩窄的中年妇人。呀,这一套衣服也挑错了,显得她没脖子,大概是许久没有出来混,化妆时下手太重,眉毛涂得太深,粉上得太白,TOM FORD 33 又颜色太淡,更显得点气色也无,惨白灯光下如一个鬼魂,法令纹竟然像两道重重的笔墨刻在了脸上，莫名添上一些悲苦的感觉。难怪小男孩要叫她阿姨，她被这镜中可怕的妇人吓得呆住了，心下发毛，不由得长叹了一声："真是老了。"

"没老，没老，顶光打到谁脸上，谁都会变成鬼。"从洗手间里走出来一位光芒四射的少年，穿一件闪闪发光的黑色蕾丝缀水钻的斯宾赛夹克，内衬纯白绉纱衬衣，没有扣扣子，胸口处隐约能看见一条全白金钻的Panthere卡地亚猎豹项链。白桃记得十几年前，这条项链就得二十几万元，她也有一条，现在的富二代们真舍得花钱。再看那少年一脸笑吟吟，满头落拓不羁的黑色卷毛，眉心一颗熟悉的大痣。哎呀，转出来的竟然是昔日公关公司的下属韦小燕。几年不见，她倒不见生分，站过来和她并排站好安慰她："你看看镜子里的我，是不是也有两条巨大的法令纹。全怪顶光！"

"嗯，确实。"

"你不要自己吓自己，你天生丽质。"韦小燕永远这么会说话，会安慰人心，这也是当年白桃招她进公司的原因，是她给了她第一份工作。她觉得这广东本地小姑娘虽然没有名校文凭，是个三流专科毕业生，但是好像完全没有女孩子的那些毛病，没心没肺得格外让人轻松。白桃拉着她的手，像碰到了救星："啊，小燕，你也来了，我就放心了，我以为找不到一个相熟的，你待会一定要和我坐在一起，我几年不出来，有点怕见人。"

"怎么会没熟人，你没看到杰西卡和Gigi吗？你是所有人的Honey Boss（甜蜜老板），你还会怕见人？"韦小燕依旧快言快语。Honey Boss是白桃那些年开公关公司的花名，也只有韦小燕这样的旧人才会记得。她飞快地搂了一下她的腰，啧啧感叹："我的老板哎，你腰怎么细成这个样子？你这身材也太好了，哎，话说这两年你跟失踪了一样，到底在做什么？"

"还能做什么？就到处走走玩玩呗。"

"羡慕你们这些富二代，出生已经在罗马，不像我们每天累得要吐血。走！去找刘大能喝酒去。"

晚宴已然开场，果然是衣香鬓影，在水晶与花朵构成的迷魂阵里白桃有点双目失焦，迷离方向。来的都是北京上海艺术圈的头面人物，艺术家、过气诗人、各种策展人，时尚名媛KOL……认识的不认识的，一路上只见韦小燕一边招蜂引蝶地打着招呼，一边小声地跟白桃解释这位是何方神圣……

白桃始终有点提不起劲，呀，都是些虚名，她才不信，在这个场子里混，谁不是小猫扮老虎，家里有三两银子就说成家财万贯？当年她还是高中毕业没有考上大学的乡土妞杜薇的时候，不知道为什么，她就是能无师自通看透这火树银花后面的关节——样子、身材是第一的，这个她有，但还得有个名校的文凭傍身，认识一个画家后她就在央美成教班读了三年书，在北京混过一圈，算是练了手。后来她发现水太深，自己还是适合南方，回广州求职前又买了个央美本科的假文凭。那时电脑没联网她还不是照样在时装公司谋了职，做得好好的，这么多年不是也没人发现？才工作的时候从小看顾她长大的叔叔送了她一辆宝马，她又用了白桃做艺名，于是有人风传她爸爸是那位赫赫有名的卖金钱松起家的姓白的中山巨富，这美丽的误会居然人人都信了，很难说那些年第一名媛的风头和这些误会完全无关。但她也懒得解释，一位老姐姐教过她："误解就是传奇，而传奇让我们更自由。"

做名媛要有做名媛的气度，外人怎么说由得他们去说，有说坏的就有说好的，说得人越多，名声越大，名声越大，男人越趋之若鹜——男人骨子里都慕强。

你越是傲越不在乎钱，他们越是争着送礼物，知道她不喜欢包包只喜欢珠宝，约会时最低都是蒂芙妮银器起送。说起来，她白桃也算白手起家，装腔作势这件事，还有谁比她更懂行？你要是平凡乡下的杂草女孩杜薇有谁会理你？少不得要自己幻化一番，摇身一变成为鲜艳多汁的白桃。啊，这纷纷扰扰的名利场，没有人想要追究你的来路，也没有人真正关心你的去处，大家都只爱慕那挂在枝头招摇美艳的白色蜜桃，其中的荒谬，不看也罢。

白桃一路保持微笑跟着韦小燕穿云拨雾走走停停，一路着意在找她的座位牌，一路上不停地有人冲她叫"美人""美人"。甚至刘大能也是隔老远就叫"美人、白桃"，开始白桃还以为刘大能在叫她，没想到他眼光只往后看，韦小燕也朝他挥手。

"啊，原来你现在改名叫美人了。"白桃恍然大悟，不由得揶揄道。

"唉，三年前我脑子一发热，把公众号叫作'美人志'，然后大家就都叫我美人了。我这样子被叫美人，是不是很有反差萌？"韦小燕把手摆在下巴下，耍了一个帅。

倒把白桃逗得哗地就笑起来。讲真，以前韦小燕是傻傻的假小子，现在倒还真是出落出了独属于她的英气。三十年河东三十年河西，当年一手调教大的小丫头片子现在变成社交达人，真真让人感叹。

刘大能冲过来，一把把他们拉了过去，把韦小燕按到了他的座位上："不用找名牌了，你们俩就坐我旁边。来，大美人，跟你介绍石太和方太，她们俩是你公众号的忠实粉丝，一心要见你……"看得出来眼前两位六十开外珠光宝气的阔太是刘大能的重点交结对象，不然他不会把她们安排在他自己对面，一举一动，全在他殷勤看顾之内。瘦太太手一抬，刘大能的热毛巾就已递上；胖太太一放下酒杯，香槟就已经倒了进来。

那位胖胖戴着拳头大的红宝石胸针的阔太白桃眼熟，想了半天才想起当年和她先生蛮熟，酒局上常见。石生当年背景颇硬，几乎买下了半个珠江新城，后来跑到新西兰再也不能回国，内地的一切全由石太打理。原来窝囊受气的石太一下子农奴大翻身，成了各大拍卖行画廊争相笼络的大金主。

韦小燕是何等水晶玻璃肝一样的人物,一看刘大能的脸色,立即使出全身交际手段,他们四个一下子就聊得热火朝天,倒把白桃给撇在了一边。

白桃融不进这热闹的局面,索性拿起了香槟杯,一杯又一杯独饮,有点置身事外的意思。眼观六路的刘大能哪里肯让她寂寞,忙里偷闲还和白桃小声八卦,"美人太火了,这两年她办了一个公众号有三百万粉丝啊,业内时尚业第一,阔太们尤其喜欢她。现在她自己还做小程序,做MCN公司,签了好些个网红,做成了矩阵,杰西卡和Gigi就是她带红的,两三年人家就做成大老板了。这互联网时代真的叫风起云涌,我现在跟她在谈代言人的事,你知道吗,友情价打完五折都要收两百万?真是堪比明星了……"

白桃有点呆住了,她不出来这两年,世界真是大变,连韦小燕也变成了名人。当年,她进她公司的时候年纪还小,染着一头金毛挂着鼻环,披着一件格子衫,顶着一颗美人痣,啥都不会,是白桃手把手教会她怎么穿衣服,怎么选品牌,甚至连她的发型也是她带她去烫的。就算她忘恩负义离开她公司要去上海读书时,白桃也没生气,还格外多给了韦小燕一笔钱。这是老林教她的,说能干的下属离职时一定要大方,因为说不定你以后还用得上他们。

等小燕把石太和方太敷衍得差不离了,白桃已经喝了许多,她借着醉意拉了一下韦小燕的头发:"给我说说看,你要杰西卡和Gigi干的那个到底怎么回事,真的能赚钱吗?"

韦小燕就巴啦巴啦说了一大通流量啊人设啊KPI啊，白桃也听不太懂，至于赚钱——"必须啊"，韦小燕得意地斜嘴一笑，"她们现在开的这两个号真的流量超好，杰西卡的人设是酒商阔太，Gigi的人设是潮汕富家女，广告特别多，是我旗下最赚钱的博主。你知道吗，其实当年做MCN公司我第一个想邀请的人就是你，你又美又有品位还住在那么好的宅子里，简直是现成的博主，可是当时怎么也联系不到你，我就只好去找杰西卡了。"韦小燕冲她使了个鬼脸："现在杰西卡准备把那个花心的顺德仔甩了，下一步准备做独立坚强的单亲妈妈人设……"

白桃如听天书地看着韦小燕滔滔不绝，有一种山中一天，世上千年的感觉。原来，她光顾着跟老章过小日子了，凭空错过了暴富的机会。

"你给我看看她们是怎么做的？"白桃央求道，韦小燕就发给她一堆视频。

此时晚会正开到热闹处，各种程序各种领奖，刘大能是主人，韦小燕作为本场最大的名人，两人上蹿下跳满场飞。白桃乘着这个空当把这一大堆视频翻了个遍，呀，就这种东西，她能拍一万个，太容易了。

"白桃小姐"，突然听到有人叫自己名字，上得台来，发现颁奖人居然是韦小燕，而白桃拿的那个奖叫"白金慈善五周年最佳友人奖"，旁边的石太手上捏着一个"最有品位收藏家奖"。真好笑，刘大能还真能硬掰，知道这些闲在家里的女人们无所事事，就拿这些莫须有的奖杯来笼络她们。白桃微笑着跟石太点了一下头，却发现石太恨恨别过头去不理她。白桃突然想起，喔，差点忘了，当年她和石先生也传过一段绯闻的，哎，这位太太，你还生什么气呢？老公失踪，钱都是你的了，你是最后赢家呀。

合完影下台，白桃拉着韦小燕就往门外走过去，说这里闷死了，咱们俩出去透透气聊个天。

主厅的后门正对着大湖，两人倚在栏杆上，天空半月如钩，夜晚凉风徐徐，白桃拿出了一个金色的烟盒，抽吗？

韦小燕拿了一根："陪你抽一根。咦，Honey Boss你怎么抽上烟了？我看你酒量也上来了，我倒是戒了，怕皮肤坏。"她朝天空喷了一口烟，"姐们虽然不漂亮，但现在靠脸挣钱，牛不？"

"牛！小燕，你说，我可以做杰西卡这样的事吗？"白桃借着醉意懒懒地问。

"天哪，你太可以了，我告诉你，你只要签约我的MCN公司，我三个月之内，包你成为百万大V，全平台给你放送，就做服装家居旅游文化博主，每年美美地到处旅行，拍照，住五星级宾馆吃鱼子酱……"

"这么厉害？"白桃冲她抛了个眼风。

"必须厉害。"

"那我拿什么感谢你，小燕？送你一只爱马仕金棕包吧，我一次也没有用过。"白桃搂过她的肩膀，亲热地说。

"亲爱的,这是公司运作,你不用送我东西。我把你培养出来,我赚得比你多。"

白桃被这番话吓着了,啊,视频不都是她在拍吗?就算是以前明星跟经纪人,最厉害的经纪人也只抽百分之十五的水哎。

"我们的常规操作,一个素人博主签约,至少三年,代理你全平台的广告,不能拒单,然后你三公司七,三年之后,你四公司六,我们享有优先签约权。"

什么意思?

"就跟选秀公司捧明星一样,先把你捧出来,然后大家一起赚钱。我发个合同样本给你,你看看,做不做,你可以回去考虑一下。"

白桃呆了一下,她被满口术语的韦小燕说蒙了。这个披着一肩华丽水钻的中性美人儿一脸狡黠地盯着她,她的瞳孔里发着光,脸上有一种隐隐的雀跃之情。这表情,白桃太熟悉了,那是做生意的人在看一只即将跳入笼中的猎物时的表情。

"大美人,快来,你的奖还没有颁完⋯⋯"刘大能从大厅里跑出来,又拖住韦小燕的手就往里走,如同一对漂亮的亲兄弟。两人边退边冲白桃抛了个飞吻,白桃淡笑着回应,是啊,世界是他们的了。

白桃在晚风中抽完了两根烟,把合同发给饲料公司老总老吴,让他帮她看看。老吴别的不行,看合同倒是一流。过了一会儿，老吴的回信：超级苛刻，你三她七，而且全年无休，而签了约就相当于卖身给这公司了，做到仆街也不能退喔，悬！

天哪，韦小燕怎么能这么对我？白桃心凉了半截。

七

夜凉如水，白桃在湖边怅望良久，突然背上一暖，多了一条披肩，耳边响起一个声音，大家都要转场去消夜，我们去我新修的茶室聊聊？

她没回头就知道是刘大能，黑暗之中，他伸出一只手来拉她。白桃不想拉扯，不着痕迹地把手抬起来，一边扯紧披肩一边开始闲扯："我刚和韦小燕聊了一下，原来她们的MCN公司抽成要七，简直是……"

"那倒也不算太过分，你想要把一个素人做成KOL，他们前期的投入也很大，包括视频团队和推广，现在的行情基本上就是这样……所以白桃，人还是不能做打工仔啊，做打工仔就是预计着给老板吸血的啦……"

"你现在同她的关系好啊，处处都帮着她说话。"

"我同她的关系肯定没有我同你的关系好，你是我的女神。"

刘大能真的有点喝多了，放肆起来，搂着白桃的腰就往湖边一条小路上走："走这边，我有一包上好的茶给你喝。"

白桃本想闪开,但她用余光看到刘泰铭就在远处晶光闪烁的大厅里站着。喔,这个小男孩应该看呆了吧,应该会把此情此景向她姐姐去汇报吧,倒是索性可以气他一下,给这小男孩子上一堂人性教育课,让他知道他那个所谓的姐夫是什么东西。

她提高了声量,娇笑道,大能,我不喝茶,喝茶睡不着,我要喝你的拉菲。

两个人勾肩搭背跌跌撞撞就走到小路深处。月色下,刘大能肆无忌惮地端详着怀里的白桃,唉,白桃,你好美。

"美个啥,老了。"

"你在我心里,永远是最美,"刘大能说得比唱得好听,"你知道吗?我第一次见你的时候,你和你家蒂芙妮坐在一辆红色的敞篷车里,你穿一身白,CAP帽,你车又开得快,开得好,在我们面前打了一个急转。然后你跳下来,我第一次知道中国女孩可以把热裤穿得那么漂亮,到现在我都忘不了,你冲我一笑,我魂都丢了……"白桃回想了一下,确实有那么一幕,那是她着意打扮的相亲装,名车,白狗,美人——女神下凡的架势,拿下过男人无数。

俱往矣,那样的时候,那样的心情,是再也不可能有了。蒂芙妮,也死了好几年了,时移世易,她和刘大能打了十来年的马虎眼,枪来剑往,都不肯亮出自己的底牌,今天终于算是听他说了几句心里的话了,可惜的是,她已经不是梦里人了。

"大能,听说你结婚生子了,你也不和我说。"白桃幽幽叹道。

"……"刘大能窒了半响,打起了哈哈,"年纪大了,父母逼得太紧,没办法,找不到心中所爱,就只能凑合过点日子。"

"你心中所爱是谁?"

"你啰,但是你又看不上我。"刘大能放开了手,目光仍然灼灼地盯着她。

白桃大笑起来:"刘大能,你能不能对我说几句真话?"

刘大能腆着脸说:"我对你说的都是真话,但是像你这样的人,我是想也不敢想,你太聪明太能干,我说什么想什么都瞒不过你,我是配不上你……"

白桃淡淡道:"大能,我们认识十来年,不要讲这种鬼话了。要说聪明能干,我没你一半,你可以啊,月和画廊现在是广州最好的画廊了。"

刚刚认识的时候,刘大能就自报家门说他也是央美的学生,只是比她低两届。白桃心中一跳,怕他再多问几句,自己假文凭的事情会穿帮了,毕竟当年也只是去美院上过几堂大课。但见他从不细说,就放下心来,大概他和她一样,从前都是经不起细考的人。

"哪里,连月和我都保不住了,唉,最近几年大环境差……哎,小心,这里有个台阶。"

一路走一路说,白桃看到了几间新起的临湖平房,外面挂了竹帘纱幔,里面茶椅长藤,倒是打扫得清爽可人,可见是早就预订下的。刘大能在茶桌前忙活起来,空气中满是紫藤花的香气,白桃叹息道,你这茶室哪哪都好,就是这灯光太亮了。

刘大能识趣地把灯光调暗,两个人之间空气突然就没有这么燥热了,有了一点说私房话的气氛了。

他递给她一杯茶,悠悠说道:"师姐你什么都懂,装修也懂,我的事自然也瞒不过师姐你。跟你交个底吧,现在老太太几年没有回内地了,她说要去英国女儿那里养老了。现在的市场也变了,以前是把内地的画家介绍出去,现在主要是开拓内地的买家,招呼内地客人,她不在行,所以她要我另外找个股东,把她的股份买下来。石太倒是有意愿,但我还是觉得你最合适。"

白桃不接他的茬:"原来画廊是老太太的,我一直以为是你的。"

"她八我二,"刘大能微笑道,"如果你能入股,我们五五分。"

"我没钱,我现在穷死了。"

"大小姐,你就别在我面前哭穷了,你住着沙面的大宅子,过着奢侈任性的生活,谁不知道你爸是中山一哥,富豪榜上有名的。"刘大能略带嘲讽的笑容。

白桃一听就煞白了一张脸,好在天暗,刘大能看不清。

是啊，她是白富豪的女儿这件事大概是全广州社交圈暗地里的共识。不错，阔绰亲戚她是有一个，但那是她的叔叔。她们杜家在中山也不差的，曾经有好多的地，有好多的厂，那些年在中山做镇领导的人哪一个没有阔过，可惜那些都是叔叔家的。爸爸和叔叔，名字只差一个字，一个叫炳枫，一个叫炳松，但人差了何止千倍，厂是叔叔挣下的产业，爸爸只不过是个帮闲。本来家里也过得去，但弟弟五岁时跑去塘里游泳，被水草缠住了脚，找到时人已经硬了，从此她家就变成了冰窟。妈妈整日里发呆，像游魂一样，她哭着对她说，妈妈，还有我呢，可是妈妈就当没听见。爸爸呢，他居然就逃了，一年不到跟家里的湖南小保姆跑了，据说在外面又生了个儿子。

所以杜家是叔叔撑起来的，从小是叔叔帮她交的去美院的天价学费，是叔叔每月给她堪称奢侈的生活费，是叔叔给妈妈在公司里找了一份工作，当年考学要填的所有表格上，爸爸那一栏她填的都是叔叔的名字。

叔叔看好白桃，白桃也一直很努力，很努力地离开她的故乡。她知道如果她不努力，她就会被妈妈半卖半送嫁给中山那些种火龙果的土豪。她拼命地读书，拼命地跑，能跑多远就跑多远，就靠自己一双手一具肉身，一个一个饭局地闯，一个一个男人地交……叔叔是帮过她，最大的手笔是刚参加工作时送了她一台二手宝马……可叔叔太爱赌了，他三天两头去澳门，厂子和地就这样被赌没了，送她去北京读书已经是三四个堂弟堂妹忍耐的极限了。叔叔一中风,她更是连人都难见着——婶婶和她妈妈关系不好,堂弟更是恨她恨得牙痒痒,觉得她是专搞他家钱的魅惑人心的小妖精,这几年她索性连中山都懒得回了。

这才多少年,人生多的是物是人非,说她白桃不能吃苦,老林到底也没能看透她。她可是从苦窦里爬出来的人,正因为吃过苦,看尽人的脸色,她才严防死守着不能让自己掉进那个世界。

这么多年,人人都拿她当阔小姐,那她就演出阔小姐的范儿——她挥洒自如地演着黄金女孩,甚至比黄金女孩更像黄金女孩,比她们更有气度,更有气派,小费一百一百地派,爱马仕和裘皮随便往地上放,生气了撸下手上的金表就往水里扔,让那些势利的男人和女人们不敢看轻她。天知道,她为这些场面撑得有多辛苦,要瞒过那些目光如炬的名媛闺蜜和精明男人们,光是准备那些精仿道具就花尽了心思。

有些事,虽然说是演吧,但演着演着,就人戏合一,二十年了没有出过纰漏,没有人敢说她是捞女,还给自己挣下一份身家。就这一点,白桃哪里比那些白手起家的男人差?她在他们手上挣了钱,得了珠宝,但她也为他们的生活贡献了无数的火花和乐趣,这些年,她活得兴兴头头,演得太过投入,到后来,她自己都忘了自己不是中山巨富的女儿,她觉得,只要她想,她就是。

大概是这份胆气，让刘大能这种外地来的人还真把她当成靠爹的富二代了。真是好好笑啊，白桃忍不住就笑起来，这世界真的太可笑了，她活生生的一个人站在这里不重要，最重要的仍然是她后面那个不存在的富贵爸爸。你说，这世界还有理可讲吗？……

刘大能靠过来，拉住白桃的手："白桃，你不要笑我，你知道我这么多年的心吗？爱你的人不计其数，可是真正欣赏你的人只有我，你的才华，你的品位，你的聪明，你的能干……美女我见得多了，但这么有品位这么潇洒的女孩，你是我见过的第一个。谁说中国没有真正优雅的富二代？你天生就应该做美术馆，你代表了这个地方的最高品位……"他瞳孔发圆发亮，映着房间里昏暗的方吊灯，好巧不巧，竟然是铜钱的模样，这真的太搞笑了。

白桃笑得更厉害了，她的一颗心在这狂暴的笑声里跌跌撞撞，高高低低，悠然荡起又落下，再摔了个粉碎。呵，原来刘大能是和她一样的人，大家都是演员，他们在演技上真是不相伯仲，这么多年下来，暗地里将对方当成了后路，她还想到他这里讨口饭吃。谁知道，人家在算计她有个亿万家产的爹，那些殷勤，那些心意，这么多年经营，也算是有心了。

"这样啊，我得回去和我爸商量一下……"白桃轻轻推开了他，强撑起一个矜持的笑脸。在那一瞬间，她决定把自己的戏演下去。

牌打到这里,他Show Hand了,她可得绷住。

只有这样,在她和他的关系里,赢的才是她。

八

坐上等她的劳斯莱斯,白桃直接说回深圳,司机诧异地问不是回沙面吗?她笑道回我男朋友深圳的家了,我要赶回去陪他——她是成心的,刘大能明天结这劳斯莱斯的账时心里一定火辣辣地疼。

再说,她也不想回那个死要面子活受罪的沙面大宅,一百多年的老房子,虽说装修了,但也需要日夜开着抽湿机。那天她从日本回来,深夜到埠,一打开门一股子霉味就惊涛拍脸,味道冲得她连打了几个喷嚏,涕泪直流。她没有开灯,放下行李,跌跌撞撞去了洗手间,只觉得脸上带了三斤的妆,但也来不及卸,肚子又难受。在飞机上因为生气喝多了几杯,酒气攻心顶着胃,肚子又鼓鼓的,拉了一阵稀,总算是回了魂。

坐在马桶上睁眼一看,吓了一跳,迷糊中发现眼前突然站了一个巨大的黑影,吓得她一激灵,人一下子醒透了。

她跳起来按了洗手间的灯,才发现一米高的法国玻璃陈列柜不知何时已经移到路中间了,难怪刚才差点撞上,鬼来了,莫非长腿了?莫非有人躲在玻璃柜后面?她小心翼翼地移动这个法国柜,再拿手机照下去,才发现玻璃柜后面的墙上有个洞，英国人建这房子用了巨石做墙，在岭南的天气里，一百多年多多少少有点撑不住。而一棵巨大的蕨草就长在了这个洞中间，它倔强地探出头来伸出手臂把柜子推向屋子中间，一瞬间她就被这棵伟大的蕨类震慑了心魂。

这株植物界进化水平最高的孢子植物，是如何到达这个古老房间的石头缝里，又如何躲过人类的眼睛，它如何静悄悄地长大，再如何长成钢筋铁骨的身躯，然后把一个百倍于它的柜子推开十厘米的？真是不可思议的植物力量啊！在那一瞬间，白桃的心底里升出了一股对孢子植物深深的敬意。这株巨大的植物打败了她，教育了她，给她做了示范，在真正恶劣的环境里，生物应该以什么样的毅力活下来。但与此同时也让她对这座花了无数力气才勉强维持下来的大房子产生了深深的厌倦，她对自己说"这里是真不能住了"。

白色劳斯莱斯在广深公路上飞驰，两边山峦起伏叠嶂，看久了，恰如两排跳跃的猛兽一直在追随跟跑。一丝寒意从脚底升起，白桃突然觉得今天回家的路忽地就成了逃亡，她终于逃出了让她精疲力竭的老广州，在这里她奔走盘桓二十年，一直以为自己是了不得的猎手，却没想到身边全是想要猎她的人。

好冷，白桃吩咐司机把冷气关了，打开了车窗，夜风没头没脑地灌进来，抽得人脸扎针一样的痛，可是真爽。她在狂风里翻来覆去地唱那几句歌词：吹啊吹，让这风吹……别管风里是谁。

白桃杜薇

不知过了多久,白桃突然觉得脸皮都变硬了,才把车窗关上。她揉揉脸,心想,回家第一时间一定要洗一个热水澡,放满满一瓶盖鼠尾草豆蔻加乳香味的活力精油,然后慢慢沉入水底,把这一身晦气统统洗走,然后再穿上她那件意大利La Prrla白色厚坠丝绒睡袍,吃上半粒思诺思,美美地、沉沉地睡上一觉。然后,明天,又是阳光灿烂的一天了。

下车的时候是深夜十二点零一分,白桃绝没有想到的是接下来的两个小时会是她人生的谷底。

电梯门一打开,白桃就见公寓的门大开,人声鼎沸,走进去一看,四五个保安杵在屋子里,老章瘫在了沙发上,屋子里一片狼藉,地上是一地砸碎的瓷片和书。"家里遭贼了",老章有气无力地说。

"怎么可能?!这里是全深圳安保最好的公寓,有门禁有保安有门锁。"白桃声量渐高,直视四个保安说,"这件事你们要负全责……"

"白小姐,这不能冤枉我们呀,这个贼是个女的,她拿着门禁卡进来的,我们看监控她是拿钥匙开的门。"

"白小姐,这是熟人作案。"

"白小姐你不要吓我们呀,我们担不起这个责啊,我们也说要报警,章先生不让啊……"保安七嘴八舌地说。

白桃懒得跟他们理论,转过头去,看着面如死灰一动也不动的沙发上的男人:"老章,为啥不报警?"

"没有,也没丢什么东西,算了,不要兴师动众了,这大半夜的。"老章满脸疲惫地说。

也是,这是老章的公寓,都是公司帮着置办的家具,倒也没有什么可偷的。猛然间,白桃突然想起:反而是她自己有东西放在这里的,她的衣服、她的包、她的珠宝盒!沙面的家里长期没住人,又潮,她怕把她这些宝贝给潮霉了,特地把这些都搬过来这边公寓了,想着这里保安严密,楼层又高。

别的倒没什么,这箱珠宝可不能丢啊,除了股市里的那些股票基金,这只珠宝箱里就是这么些年她全部的身家了。白桃把手包放沙发上一扔,就直奔卧室而去。卧室比客厅还乱,地上全是她的衣服和包,有脚踩的痕迹,有些还被剪刀剪成了条条,保险箱也大开着。她那只三层高的白色花鸟珠宝盒被胡乱地扔在地上,桃红的格子东一个西一个,里面空空如也。"老章,我的珠宝丢了,怎么没有丢东西啊!我全部的珠宝啊,老章!"白桃锐声惨叫起来。

白桃心疼地拾起那些格子,再抱起珠宝箱,飞快地跑了出来,给老章看。老章闭着双眼,满脸痛苦地长叹一声,"白桃,你别闹了,你说过那些珠宝没几个是真的,不值钱,你不要这么大惊小怪好不好?"

"我只是说它们不是高珠,不是说它们不值钱啊。"白桃气得直跺脚,"高珠一个就要几千万、几百万,我是买不起,但这些也不是便宜货啊,加起来也成千万啊。"

白桃拿起电话,就按110,谁知还没有说话,电话就被人抢了过去,她一回头,就看见老章满脸狰狞地把电话往沙发里狠狠扔去。他突然从一个躺在沙发上的灰脸僵尸变成了满脸通红怒目圆睁的黄风妖怪,他把四个保安往外轰,说我和白小姐两个人先商量一下。把门关上之后,他跑过来按住她低声说道:"白桃,对不起,这个贼我认识,她是我前女友。其实我们早就分手了,但她一直纠缠我,一会要跟我复合,一会问我要钱。她有这里的门禁卡和钥匙,我接到她电话赶回来的时候,家里就这样了……"

"啊,老章,你先放开我……"白桃被老章下死力压住,知道动弹不得,只得凄然一笑,"老章,我求你了,你替我把我的这些首饰要回来,我们就分手,我完璧归赵,不招惹你们了。"

"她是疯的,我不能去找她啊,她拿着刀子要砍要杀我,我怕她啊。"

"你怕她,我不怕她,你带我去找她,我只要回我的东西。"白桃冷笑道。

……

"我不去,我不知道她现在住在哪里。"老章沉下脸说。

"你不去,又不让我去,你是要唱哪出啊?老章,你们莫不是一伙的?"白桃哭了起来。老章慌了,说不是,不是,我早跟她分了,她是个神经病。

白桃趁他手一松,跑去厨房拿起了一把刀,对准老章咆哮道:"那你怕不怕我呢?今天如果你不去,不是你死就是我亡……"

老章吓得跌坐在地上愣了半晌,终于还是说了:"毕竟和她有个小孩。"

九

这时白桃才真正慌了,原来这两年被老章瞒得死死的,竟然不知道老章背后还拖着一拖拉机的前尘旧事。原本想着大家年纪都这么大了,多少有些过去,也就互不追查,互相放过了,却没想到他还拖着一个这么巨大的尾巴。难怪他不肯买那京都的小院子,难怪他时不时地会失踪一下,难怪那些保安看到她神色不一,这公寓怕是一路来过不少女人,她还天真到以为老章是真的老实。

白桃恨不得杀了自己,快五十岁的人了,怎么会瞎了眼,看上这么一个懦夫,这么一个骗子?但凡她有一丝年轻时的狠劲,她就着不了他的道,他能给她什么?什么也没给她!钱,名分,房子,什么也没有!只得一个看似体面的空壳子,她就贪图他这点华丽的头衔,国外的免费酒店住宿,她就把自己全盘给交出去了。免费的保姆,免费的旅行专员,免费的性伙伴,甚至搭上了半生的家当,这也太亏了。

她抱着空空如也的珠宝箱在沙发上发起了呆,咦,满满一盒珠宝居然就全没了,居然就没了,这样的事情怎么可能会在她的生命里发生呢?这不是珠宝啊,这是她用半生的青春换回的信物啊,这里的每一件对她都有极大的意义啊。

她工作第二年攒钱买的那块棕色皮带的爱马仕钢表,是她买下的第一件奢侈品,用来搭什么衣服都合适,衬得手腕特别细,尤其穿白衬衫牛仔裤的时候,不经意地露出表带来,又精致又潇洒。还有那只蒂芙妮银手镯,那种Old School的六十年代复古老款,现在蒂芙妮都不出了,是纨绔前夫送给她的第一件礼物。纨绔虽然纨绔,品位却相当好,公子哥儿的做派。秋天带她到大梅沙玩,正和她笑闹的时候,突然就把一只漂亮的蓝盒子递到她跟前,她还以为是戒指,脸腾一下子就红了,心想,也不至于这么快吧?他笑着打趣她:"你不是真的这么想嫁我吧!"气得她打了他好几拳。

还有老林送的那五六件大手笔的卡地亚,他刚认识就送了她一只卡地亚豹头戒指,现在值四十几万块,每次出去陪他谈生意时都戴着,据说可以镇邪除魔。还有韦小燕身上那条同款的全白金钻的卡地亚猎豹项链,韦小燕当年看到眼红得不得了。老林每年生日总会选一款卡地亚,不多不少,一件几十万块是要的,这是他留给她的全部念想。

后来报纸上说他从银行卷走了几个亿,白桃是不信的。她早几年和Gigi去日本旅行的时候曾一个人偷偷到过老林隐居的东京乡下,一个很偏门的地方,她在他的房子外面待了一会儿。这是日本一栋普通得不能再普通的常见中产阶级的"一户建"独栋小房,两层,有阳台,前院连着马路,连个庭院也没有,停了一辆半旧不新的本田,绝对不是卷走了几个亿的人会住的地方。

白桃隐约听到里面有几个小孩的哭闹,还有日本妇人的说话声,她就不敢进门了。等了好一会儿,等到老林出来倒垃圾。远远看,已经是个彻底干瘦的老人了,头发掉得精光,脸都是黑的。白桃吓得全身发抖,躲在树后连声也不敢出——就审美而言,老林在她的心里在那一刻就已经死了。她甚至有点恨老林,她觉得他把她人生最美的一段记忆给破坏了,他说过她是他最后的女人,可是他在日本不是照样娶妻生子过上了老婆孩子热炕头的生活——据说住的还是老婆娘家的房子。

唉,不提了,说起来,老林还不如石先生对她出手阔绰,石先生是真爱她。全钻宽边手链,足足有二寸宽,戴上手晶光闪烁,那时就是一套小公寓的价钱,两个人连手都没摸过。还有,还有凡克雅宝的A Lhanbra四叶草满钻长链是老赵送的,布契拉提Prestigio系列祖母绿耳环是李总给的生日礼物,宝格丽的灵蛇全钻胸针是一个老外品牌总监送的……就连老吴这个抠门的人也送过她一个土得要死的红宝石戒指……大家都知道白桃不喜欢别的,只爱珠宝。她说房子太死板,车子衣服买回来就贬值,只有珠宝让她心下安宁,就那么一小坨,携带方便,保值增值。十年前买的卡地亚还能照样找到买家,比黄金还好,社交场合,更是增光添彩,还有什么比一颗大钻石能表明身份?

是啊,珠宝就是白桃这些年行走江湖的防身软猬甲,曾经想过就算是哪一天真的混不下去了，一无所有了，拿出一件珠宝卖了，随便到哪个小城市买套房子、重置一个家养老是一点问题没有。这是她压箱底保平安的最后归处，是这么些年和男友们拉拉扯扯起心动念留下的证物，更别提这么多年，自己在世界各地的珠宝市场收集的那些精致趣致的Vintage，那全是不可多得的珍品，戴出来样样都要被赞……半生的身家和心血，到头来却被老章的前女友抢了个干干净净。

真的咽不下这口气，白桃只觉得耳朵里锐痛，整个脸像被一万只手打充血了，人好像要飘起来。她一言不发，抱着珠宝箱就下了楼，老章根本拦不住。老章说白桃你不要去报警，闹翻了我工作要没的呀……你这么有钱，这点珠宝对你来说没什么的呀……白桃懒得理这个面目可憎的男人，她叫了个保安给了他两百块骑着摩托车载她去最近的派出所报警。

摩托车风驰电掣狂奔在深南大道的树影里，远远望见那个写着"派出所"三个红色宋体字的惨白色灯光的所在，白桃突然有一种不祥的预感，似乎那是一个更险恶的所在。

凌晨两点的派出所里有两三个被铐起的人，贼眉鼠眼地盯着白桃，有一个算一个都像探头探脑的灰色鼠类。有个精瘦的警察在值班，他极不耐烦地听着白桃巴啦巴啦说完，面无表情用一口京片子说："你们这属于情感纠纷，最好是内部解决，我们派出所很难出警的……要立案的话，你是屋主吗？这个失窃，得由业主来报警，不然是立不了案的。"

一头凉水从头浇到脚，白桃愣了半晌，才知道原来这官司她居然一点理也不占，明明是她丢了东西呀。她想找老章，却又才想起，手机被老章抢了，丢了。再借保安的手机打过去，无论是老章的手机还是她自己的手机，居然都关机了。

她连打电话搬救兵的可能性都没有了，啊，这世界彻底不要她了，把所有的通道都堵上了。

白桃突然觉得耳朵更痛了，半边脸动不了，瘦警察看着她惊恐地说，小姐小姐，你的脸怎么了？白桃冲到洗手间往镜子里一看，左边的眼睛和嘴都往上吊，嘴和眼睛都合不上了，整个脸就是一个诡异的小丑。

"你吹风了吧！这在我们乡下叫面瘫，用鞋底子拼命抽几下就好了。"那几个被铐起来的闲人满怀恶意地笑起来，"要不要我给你抽？"

白桃气得肝胆俱裂，顶着这张歪了的脸，又坐着保安的摩托车回公寓。老章家的门关了，一按密码，多少次都是错误，这时她才想起，自己还不如前女友，她甚至没有他家的钥匙，来住了这么多天，都用的是密码开门。

这口气实在忍不下来，打呀打啊闹啊踢啊，三五个保安拉住她往外拖，老章好像露水一样消失在茫茫的宇宙里。白桃的人生从来没有过这么绝望的时刻，她觉得坠入了无边的谷底，脚下皆是利石尖刃，细细密密，又无边无际的痛，心底里一丝光也没有了。她用尽最后的力气把珠宝箱往那门口扔过去,她想要在那里砸出一个洞来,透出一丝光来。上帝说了,人要有光啊,没光活不下去啊。

哗,一声巨响,箱子弹了回来,有黏稠的东西从额头涌出,她眼前似乎出现了一道强光,紧接着,她晕了过去。

十

"人之所以得病,是因为身体告诉我们,我们承受不了。"中年医生对白桃说,"面瘫这种病呢,说大不大,说小不小。西医先用激素把病毒压下去,我们中医再来扶正助阳、温经散寒、祛邪引热。但是最重要的还是要靠咱们内心的心理调节,就是不要给自己太大压力,不要焦虑,特别是,不要戴着面具做人。"

白桃只得低头称是,是,是。

那半年,真是见识了中华针灸技术的博大精深,哪痛扎哪。手指尖最痛吧,就扎手指尖,眼睛周围最痛吧,就扎眼周,甚至火针也领略了,烧红的一根大针,直插耳后,听得到皮肉吱吱被烧的声响。白桃到了这个时候,才真正领会了一点,原来除了这具肉身,这世界别的都与我们无甚太大的关系。

每天就是吃药,站桩,去医院扎针,仔细观察人中到底有没有正一点。

有时中午从针灸室走出来,走到毒辣辣的日头里,竟然有一种再世为人的感觉。啊,今天又活下来了,挨过来了,珠宝没有了算什么,股票亏了算什么,人老了算什么,生命卑微到只要这张脸能恢复到正常,甚至不用美了,就是正常就已经是幸福至境了——两边眉毛一样高,左边的眼睛晚上可以合上,嘴巴喝水的时候不会漏水出来,这就是白桃目前最大的心愿。

她把一楼和二楼租给了韦小燕的团队,韦小燕刚好要做拍摄基地,她刚好没钱,人生就是讲一个各取所需刚刚好嘛。白桃挑了个日子,自己搬进了最上面的小阁楼。其实一个人生活,真正所需要的东西少得可怜,那些法国水岸鸢尾雀鸟彩绘玻璃大窗、贾科梅蒂的雕塑、常玉的宇宙大腿、满屋子的花都是完全不必要的东西。就一人一床一桌一椅,足矣。有时候什么都没有,反而好像一身轻松了,笃定了,因为再没有什么可失去了的。

小阁楼里唯一的摆设就是那棵顶开柜子的蕨。

那是白桃从深圳的医院回家后,干的第一件事,她把这棵天外来客从墙洞里请了出来。蕨根比她想象的要小、要紧,她只能拼命地抓住最粗的根茎处往外拔,如钢似铁的根,似乎还长着锯齿。拉锯了十来分钟,一阵蛮力之下,终于扯将出来,与此同时也觉出手指一阵剧痛,血涌了出来。

白桃捧起这一株十几厘米的神圣植物,它有着三根优雅的羽毛样的长叶子,柔弱无主似乎还在她手里微微颤抖。你根本看不出它会有如此巨大的力量,黑色的根须放到清水里,竟然漾出些许的红色……白桃嘴角漾起微笑,嗯,蕨神应该会长得不错吧,毕竟一开始便是以她的血水奉养。

手机倒是还用着,韦小燕常常来问东问西。她现在算是她半个造型师,有时也要帮她找找人。那天中午无意中在一个深圳朋友的朋友圈里,又看见了老章,老章抱着小孩旁边倚着一个女人,那个女人的脖子上挂着她的项链。哈哈,老章和他嘴里的疯女人竟然复合了。她登时明白了,她可能真的被这一对狗男女给算计了……可是,又怎么样呢?打不起官司告不起状,这个亏她怕是真是要吃下了。

"有些亏是要吃的,不吃,你不知道人生的真相是什么。"白桃歪着嘴对着蕨神说。羽毛样的长叶子似乎听得懂似的,在风中微微点头。

那个瘪了一个角的珠宝箱就摆在书柜的一角,白桃拿下来,打开看着空空如也的箱子。借着日头,再仔细一看,在最里面的夹缝中,居然还有一点金色。再用力一扯,居然是一条金色蛇骨链。没想到珠宝箱被人连锅端,还有一样东西留下来,看来跟这物真叫有缘。白桃一眼就认出来了,这是她上班第一年,跟着时装公司去香港进货时在周生生里买的一条金链子。

那时,她一个月工资才两千多块,这只链子就九百块。她欢欣鼓舞地戴着九百块钱的链子走在铜锣湾的白色天桥之上,维多利亚港上空的苍鹰盘旋在头顶,头顶是无尽的蓝天,指尖可以触到无尽的未来。她深深地吸了一口气,闭上了眼睛,在心里她郑重地告诉自己:她就是这城里最美丽的女孩,只要她愿意,她就能得到她想要的一切。

尾 声

摄影师把镜头从大宅外往里拍,穿过郁郁葱葱的棕榈叶,穿过阳台上一丛香槟粉绣球——镜头落在一张圆的温的润的白的脸上,加了炭笔打毛了、有种茸茸性感的眉与眼,唇上再厚涂TOM FORD 33 Universal Appeal,中间加点14 Sable Smoke,唇上形成一种特别温柔的豆沙色,配乐正是法国风流少妇布吕尼的香颂 *Tu es ma came*(《你是我的毒药》),虚焦到定焦,然后终于拍到女主角——知名KOL杜薇。

人设是知性女人,住别墅、穿中装、梳低髻、讲艺术、种花、看书、泡茶,视频拍出来美得很,每一帧都像油画。走的是莫兰迪色的高端女性路线,广告主主要是美容护肤还捎带点茶叶的货,一条报价也过了二万块,算是腰部号。

杜薇最受欢迎的视频种类是五分钟时间给粉丝们讲书,那日编辑们给她备的稿子是冯梦龙的《杜十娘怒沉百宝箱》,杜薇读得十分动情:"但见十娘抱持宝匣,向江心一跳。众人急呼捞救。但见云暗江心,波涛滚滚,杳无踪影。可惜一个如花似玉的名姬,一旦葬于江鱼之腹!"

读完竟泪盈于睫。

一收镜,摄影编辑都齐声叫好。他们正在收拾灯光之物品归元之际,她的老板韦小燕来了个电话,说刘大能的画廊结业了,说他上海的资金链断了,石太正和他打成一团呢。

杜薇点了根烟,站在窗前,听了半天,也不知是喜是忧,顺手摸到额头上那个伤,讪笑起来,人果然还是得读书。今天读书她才知道原来杜十娘的真名就叫杜媺,巧了不是,和她同姓同音。原来杜十娘跳江的时候才十九岁,十九岁的人哪里知道,人也好物也好,其实都是某种幻境。像她不是也要到四十七岁才明白这个道理——不过,硬要说起来,自己竟也算是个现代杜十娘了,李甲刘甲章甲也见了不少,也怒掷了一个百宝箱……

不过,想让她跳江,还真没那么容易。

跋

我的三重宇宙

黄佟佟

一

竟然快五十岁了。

内心觉得自己还没有长大，数字却赫然让人心惊。

平时没有什么机会看到自己的年龄，经常忘了自己有多少岁，只有病历本上要求写。病历本老丢，于是老是得买新的，每当我看着那上面的数字从30＋胆战心惊地跳到40＋，就越来越气愤，为什么医院不能保护隐私，为什么要把我的年龄写在封面上？

其实只有一个人不愿意见到这个数字，那就是我自己。

年岁越大，最让人无法忍受的是记忆力的衰退，昨天带什么包出门都记不起来了，有一种渐渐无用的惭愧感。

有一种潇洒的说法是不记得的东西就应该忘记，我想说出这话的人大概还不到五十，一旦到了五十，你就会发现人其实并不完全由意志决定，人体是化学的也是物理的，化学有衰变,物理有损耗,记忆是衰老变化中首先失去的东西,完全不由意志决定——这对一个信赖意志的人简直是塌天大祸。

一分钟之前要去做的事,一分钟之后却突然想不起来了,人就僵在了当场,这样的情况越来越多。我知道终有一天,我会变成一个连自己的名字都记不起来的老妪,这时,心里就有一个念头,天哪,要赶紧写小说了。

再不写,就来不及了。

从初中起,我就把写小说当成我人生的终极目标,每当见到一个有趣的人,特别美,特别可爱,或者特别恶,就想:嗯,这个人我是要写到小说里的。每当看到绮丽的景象、机智的对话、峰回路转的人间世态,就叮嘱自己,别忘了,这件事是要写到小说里的……但是,记忆却是一条说破就破的小船,随着年岁的增长,渐渐漂浮得离我越来越远。我的朋友说起当年认识我的时候我还是个娇纵的少妇,每天下午要去单位食堂拎两袋牛奶施施然回家。而我完全记不得了,我一步一步走过来的人生,以为根本不会忘记的人生,就这样化为空白,真让人恐惧啊。

如果我们不能记得,那发生过的一切又有何意义?

二

这也是我想出这本小说集的原因。

这本书里的故事来自于从我童年开始的各种道听途说和惊鸿一瞥，当时听了心里一沉或者一喜的故事，随手写了下来。当时只觉得是一种游戏，现在看来，简直是幸运，如果不是即时写下，有一些故事就完全忘记了。比如小戴奶奶的故事，比如金凤的故事，这些故事的写作始于2002年或者更早，到现在，时间跨度有二十多年，篇幅有长有短，文字或许很幼稚，但于我来说，那是很珍贵的存在。

大部分的文字都曾经在文学杂志上发表过，在这里一并要感谢《广州文艺》《小说月报原创版》《上海文学》和《花城》的编辑，是他们帮助我完成了这些小说。我不知道如何来概括这本小说集，它甚至有点像非虚构写作，因为全部都有活生生的原型，里面没有坏人，但也谈不上是多好的好人，或者说他们都是普通人。他们的故事大概更接近于原生世态，讲来讲去，还是人，是我短短的前半生遇到过的一些人一些事一些细节——它们一直萦绕在我心里，时不时就出现一下，拉扯着我的心脏，于是我只得把它们写出来，从另一个意义上它们借由我这个生物个体，从印象幻化成了文字，落在纸上，形成另一个场域——这个过程十分奇妙，因为就算是我自己，也没法控制它们长成的模样。我得说，是它们选择了我，而不是我选择了它们。

故事发生的背景有农村，有城市，有学校，有工厂，有报社……都是我曾经生活过的场景，认真思量，如果说这本小说有什么意义，我想对我来说，它意味着我前半生切切实实走过了那茫茫的三重宇宙——

第一重宇宙是七十年代末至八十年代初一个湘中小镇和它周围的乡村。

我外公家在小镇上，他一度下放到附近一个山冲里十来年，我奶奶家在离小镇十来里的古渡口。我的童年是在山里、渡口、小镇和我妈教书的小学校中长大的。那时我是个不漂亮、不聪明的小女孩，表情永远呆呆的，讷言拙行，是个放在人堆里就看不着的小土豆。大人们一看这孩子就是一副没什么出息的样子，就不大理会我。也正因为如此，我多了很多在角落张望的机会。

湘中地区的民风保守驽钝，说纯朴亦是纯朴，说残酷亦是残酷。清末重臣的老家就在离镇四十多里的地方，叫荷花塘。老家的人最乐于说的是当年他家是如何如何一船一船运财宝回家，这事不知真假，但满足了乡人直白的愿望：出门打工，然后衣锦还乡，最好携着财宝还乡。

成年之后，我终于去看了大宅，二楼小姐的绣楼黑洞洞的，很俭朴，很空旷，空气中飘着一种度日如年的凛冽气息。后来看到书上说做曾家女眷不易：上午得做小菜点心酒酱，纺纱绩麻；下午做针线活，晚上做鞋子……就倒抽了一口凉气，真比流水线女工还要忙碌，但回想到鄙乡对于女性的最高要求就是勤勉，就觉得大概是真的吧——女人是可以不聪明的，但必须贞洁勤快，这是底线。但是对男人的要求就不一样了，男人当然最好也勤快，但男人的最高目标仍然是外出谋事，弄钱回家——最好是能做官。当然很少有男人可以做到官，大部分的男人只学会了前者，他们每天出门，每天名正言顺地在外面打牌喝酒，因为社交属于他们责任的一部分。当然最后他们大都没有赚到钱，而是喝得醉醺醺地回来，打孩子打老婆。从前的女人多半忍，后来可以离婚了，再后来女人也可以出门打工了，农村就多了很多光棍。

至于乡下的精神生活，从前是一年一次的花鼓戏，后来是守在家里看电视，社交生活是打麻将打牌，要到镇上才有书店。后来小镇上的新华书店没了，只有几处盗版书摊，摊上就摆着很多关于这位重臣的书。他是家乡的骄傲，封面上是他的照片，但书名多是厚黑学研究，让人觉得荒谬，重臣一世精明最后让他的乡邻最为看重的居然是这些俗务，可见此地的务实与直接。

我很难说清楚老家的人是一种什么样的人，他们大部分身量不高，脸色严峻。此地常用的一个词叫霸蛮，是个中性词，可以夸人也可以责人，夸人时用来赞美人的创造性，无中生有，不行也得行的刚强，责人时用来暗指对方的偏执与无理。这两个字似乎带出了某种信息，张爱玲的母亲说湖南人勇敢，其实未必是勇敢，更可能是一种无奈，因为外面什么也没有，全靠腔子里的这一口气在霸蛮地折腾。

好勇斗狠似乎是此地男人世界的底色，做到极致，就是不要命。不要命是让人惊惧的，乱世时可以去打仗，和平时期就只剩打架了。划个龙舟常常就伴随着死亡的消息，有些是斗殴，有些是推搡，最近一次我听到的死亡消息是端午大雨闪电击中鼓手高扬的金属锤，鼓手倒河而亡——警车随即而至，人们的脸上没有慌张，更多的是木然。在乡间，死亡是随时发生的事，大家好像习惯了。我有一个英俊的堂兄四十岁不到就死了，因为喝酒。丧礼上，他的朋友回忆起他也不太伤感，只说他这辈子值了，生前是父母的心肝宝贝独生子，永远穿毛料裤子笔挺地出现在牌桌上，比活着的他们都强。

这里的人像河边的草，在春风中勃然生长，又可能因为别人甚至自己不小心一锄头下去而片甲不留。但他们不在乎，对于命的不在乎，反正总有人要死，反正人总会死，命在这里不太值钱，因为反正总在不停地生出来，少一个半个，没什么所谓。

第二重宇宙是八十年代初到九十年代末的湘中小城和厂矿。

六岁时，我随着父母来到市里，但是算是市里的郊区。

这是一个厂区，方圆二十里地密布许多工厂，硫酸厂、氮肥厂、电化厂、机瓦厂、有机厂、纺织厂、水泥厂……所有的化工厂都建在河边，大部分时候化工污水完全没有经过处理就排到河里，空气中弥漫着各种刺鼻的味道，但没有人管——如果都按规矩来，厂子就办不下去，产品赚的利润还不够排污的钱。

和许多把宿舍区安排在厂区旁边的工厂不一样，我父亲在的化工厂把宿舍区建在离厂区二里外的一个山坡上。有高高的水塔，四周用高墙围起来，像一个独立的城堡。极盛时，有接近一千人住在里面。城堡里的人脸色比附近农村的人要丰润许多，他们是有优越感的，公家人，旱涝保收，厂里效益好，还会经常发东西，呢子大衣、鱼还有香蕉。

城堡里的人是矛盾的，一方面他们是高高在上的城里人，一方面他们跟城里的联系非常稀薄，毕竟市中心离此地五十里以上。一方面他们明明住在乡村，一方面他们又极少与乡村的人来往，谁要是娶了附近农村的女孩，那是要被厂里的人笑话的……城市与乡村，城堡里的人都融不进去，于是他们只能生活在独立王国里。大巴是他们与城市联结的唯一生命线，每天有一台免费的大巴早上六点从厂区开到市里，然后在公园的上车点接上人，八点的时候准确地到达厂门口，傍晚五点准时开往市中心，然后再把在市里上学的本厂子弟们接回来。周日的时候则改成早上八点半开，下午三点半再把逛了七个小时街的疲倦的人们接回来。

日复一日，大家聚集在这城堡里，都不富裕，但也都不穷，直到有一天厂子办不下去了，大家都惊呆了。原来堡垒不是堡垒，已然变成孤岛，没有工厂，他们连农民也不如。农民有地可以种菜种谷养活自己，而工人，什么都没有。一千多人哄然而散，各谋生路，直至他们的城堡变成一片废墟。

我在这样的城堡里生活了二十年。

第三重宇宙，1999年，我来到广州。

整个九十年代，广州在几乎所有在校大学生眼里都是最向往的地方，每个大学生的床上都散放着《深圳青年》《香港风情》《南风窗》《足球》和《南方周末》，磁带里除了迈克尔·杰克逊，就是张学友、刘德华、陈慧娴……

刚来广州的时候，只觉得这里热。每天午后几乎都有一场大雨，空气里水分饱满，衣服永远不会干，人恨不得一天到晚都在空调房里待着。但树木愈发深翠，大叶榕每年都要新绿一次召唤春天。而香港则是远方淡淡发着宝光的存在，人们追着TVB电视剧，说着鸟语，街上人流如梭，每一家酒楼里的生意都奇好，奇怪的人来来去去。

我的第一份工作是在一个大名鼎鼎的报社的华南工作室当写手。老板是一个长得体面的中年男人，极少露面。他的下属只有三位，一个写手、一个司机，还有一个漂亮婀娜的办公室主任管着这两个人。我是写手，我的任务是跟着这位漂亮婀娜的办公室主任跑珠三角各地的政府拉赞助。但还没有跑两趟，这个工作室就遭了难。有一天早上回去发现办公室大门四开，空无一人，突然有人端着摄像机冲进来，镜头怼到我脸上，问你知道不知道你们老板在茂名乡下有老婆，你们那个办公室主任就是他的姘头？司机在楼梯间碰到我叫我快跑。后来我看到一部电视剧叫《牵手》，我心想，天哪，这不就是在说我们家老板的故事吗？

半年之内，我换了三份工，因缘际会，我进了当时广州效益最好的杂志上班。这简直是天上掉下来的金饭碗。在湖南，我只是一个郊区小学校里最不讨人喜欢的年轻教师，要苦干十年才可能调到市里。但是到了广州，仅仅凭着在报纸杂志上发表的几篇文章我就进了梦寐以求的媒体行业，其中的感动简直只有奇迹可以形容。那是最愉快的十年，忙碌的生活，不断认识新的朋友，大家挥斥方遒，在臭水沟边一桌一桌地吃着饭，以为这样的日子会持续到永远。

一转眼就很多年过去，杂志垮了，媒体散了，远处的香港也褪却了宝光，很多人去了北方，回了家乡，我却在此时留了下来。

慢慢地，我听到许多人离开的消息；慢慢地，我听到许多人生病的消息；慢慢地，我听到有人疯了，有人退了，有人出国了，有人弃世了……我原以为生活像一列一往无前的列车，只要你肯往炉膛里加煤，它就能一直烈焰熊熊地往前开，谁知原来一切都有尽时。

直到这时，才有了一点恍然如梦的感觉，生活显露出铁青的暗礁切面。人世流转，命运奇幻。来广州最早碰到的顶头上司是一个矮矮胖胖的江西小伙。他那时刚结婚刚买了房子，在一家电视杂志社打工，在我们拿一千多块工资的时候，他每个月要还四千元巨款的供楼款。因为十分需要钱，他谋划着许多现在看来上不得台面的策划，比如让女明星的男同学自爆是伊的初恋。那英俊的男孩还来过我们办公室，耀眼得像一道阳光。我的主任得意地跟我们炫耀这个男演员因为他的策划，成功地把片酬从三千块一集涨到了八千块一集。我疑惑地想这不就是碰瓷吗？但那时节，多的是这样的事情。后来，那个炒作恋情的男演员一直浓眉大眼地在电视剧上露着脸，再过了很多年我听说我们那个主任年纪轻轻得了脑瘤去世了，他那月供四千元的豪宅也不知供完没有。

三

如果我一直待在那个小镇上，会不会成为困守一屋的编毛衣的女人？

如果我一直待在那个小城里，会不会成为一个满脸横肉的中学老师？

如果我一直待在那段婚姻里，会不会成为一个神经错乱的怨妇？……

人越年长，越是爱复盘当年的选择，当年的一个不经意的选择，就是无数平行宇宙的缘起。写故事的人最着迷的是那些埋藏在日常生活后面的深水潜流。生活像一部巨大的机器，很多微小齿轮的转动在发生的那个时刻，你完全意识不到这一声咔嗒有什么异样，但轨迹终因那一刻而发生了巨变。你听得到这部老旧的机器被撞得咯咯作响，一瞬间，未来迎面而来，大家越走越远。

直到多年以后，你在某个清晨时顿悟，过去在记忆里云消雾散，真相从地平线徐徐升起。原来我们曾经有过那样的生活，那些我们以为自己拥有的，也会永远拥有的世界在记忆里再度栩栩如生。

就像我小时候走了无数遍的厂区宿舍，它建在一座茶山之上，高大的围墙像一座城堡，方圆十里你都可以看到它的存在。而进入这个宿舍则是一条狭长达三百米的水泥斜坡，沿着这条水泥斜道登到最高处就是一块平地，左边是白色的单身宿舍，右边是宿舍区的公共厕所。沿着水泥路走十米往左一拐，是一条香樟树簇拥的水泥大道，大道的尽头能看到一个灯光大球场和一个苏式的电影院。电影院顶上有一个巨大的红色五角星，它的左边附设了食堂、水房和幼儿园。

这是建立于七十年代的一个千人规模的郊区中型化工厂的标准格式。工厂效益好的时候，厂里的子弟都渴望能到厂里上班，厂里效益不好的时候，就在附近各谋职业。城堡里的人在城堡里过着与世隔绝的生活，他们自成一个小世界。

宿舍区里的生活大部分是平常到不能再平常，平常到使人绝望。所以你全然不觉得那些喝醉酒的男人、骂骂咧咧的女人、剧烈哭喊的孩子有什么不妥，但是你模糊地知道这样的世界是没有光的。家家户户都散发着破罐子破摔、不得不过下去的悲情。我记得唯有一户姓丁的人家里干净得有种圣洁的气氛，里面只有些微的几样家具，到处都飘动着一股温柔清凉的空气，连床底下的水泥地都擦得锃亮。很快丁家就搬走了，宿舍区仿佛剔除了一个异类，大部分人的家更加坦然地乱起来，一条大走廊通着，吃饭的时候互相乱窜，孩子们从这头打到那头……

时间仿佛静止了，一直到了二十世纪九十年代，报纸和电视里天天在叫国有企业改革，宿舍的房屋日益破旧，厂里时而上班，时而放假，人们一茬一茬地走，留下来的人们越来越沉默。他们聚集在黑暗的棚子下，聊天喝酒打牌赌博，无所事事，流氓们在棚子下面的晦暗处睁着灼灼的眼。

1999年，我离开它的时候几乎是迫不及待，像离开一个破旧的茧。我觉得自己破茧而出，腾空而去，我想我永远也不会想要再回到这里，但是二十年之后的我无时无刻不在想它。我听到很多人去世的消息，大部分是癌症，化工厂的污染太盛……2017年再次回到这里的时候，我发现城堡只剩下了围墙，里面是一块泥泞空地。幼儿园倒是还有几面墙，里面长着一人多高的杂草灌木。我惊奇地发现它远比我想象的要小很多，而我家曾经所在的位置已经变成了一个巨大的泥坑，只有那条水泥斜道还保持着我记忆里的样子，而这条在我记忆中充满希望甚至可以用秀丽来形容的坡道现在却变得如此细小？破旧和荒谬——没有了宿舍区，没有了人，这条通向宿舍区的通道还有何意义？

拆迁之后一切荡为平地，我们的厂区和这片宿舍区被报纸命名为人类不宜居住地带。不久的将来，它将成为长株潭高速公路边上一块无名的坡地——谁能想到曾经有上千人在此处繁衍生息，绝望撕扯，炽烈亲热，那时住在这里的人们以为自己一辈子乃至世世代代都将生活在这里。

是的，一切看似坚固的终将烟消云散，甚至连一棵香樟树也不会留下。庞然大物终归会在某一天轰然瓦解——世事荒谬，真相迷离，只有在记忆里，只有在文字里，它们依然生动地存在——我沉郁的香樟树，我阔大的梧桐叶，我妖艳的夹竹桃。

春光一片大好，真爱如此难找，植物们在春天的微风里沙沙作响，抚慰着那颗惊疑不定的少女心。